UN MONDE
PLUS SALE QUE MOI

DE LA MÊME AUTEURE

Les déviantes
Belfond, 2020

De son sang,
La ville brûle, 2025

Capucine Delattre

UN MONDE PLUS SALE QUE MOI

ROMAN

La ville brûle

ISBN 979-10-414-1711-7

« I need it to be a love story. I need it to be that. »
Kate Elizabeth Russell, *My Dark Vanessa*

Pour toutes celles qui ne l'ont jamais dit à personne.
Pour toutes celles qui ne savent pas à qui le dire.
Pour toutes celles que l'on n'a pas crues.
Pour toutes celles qui ne se croient pas elles-mêmes.
Pour toutes celles qui espèrent qu'on les croira un jour.

Je vous crois.

Harvey Weinstein, ma virginité et la nuque des garçons

La première fois que j'ai fait l'amour, j'avais dix-sept ans et deux mois, c'était l'automne, et Harvey Weinstein était en une du *New York Times*.

On m'a fait le premier cunnilingus de ma vie le jour où Twitter a inventé #MeToo. J'ai découvert le hashtag juste après, en changeant de sous-vêtements. Toutes mes copines de fac avaient posté un message en leur nom. Elles parlaient de métros, de chambres et de placards où personne ne leur avait porté secours. Je les lisais comme pour les faire taire, fort et vite. Facebook était devenu, en l'espace d'une heure, le cimetière des enfances que je ne les avais pas vues quitter.

J'ai donné ma première fellation quelques heures avant d'apprendre qu'une amie d'enfance avait été harcelée par son professeur de mathématiques au collège. Le garçon avait joui et j'avais mal à la mâchoire. Il me semblait que je m'étais trompée quelque part, mais j'ignorais où.

J'ai appelé Victor « mon copain » le jour où d'autres se sont mises à traiter les leurs de porcs. Une amie m'a parlé de son agresseur. Je l'ai imaginé sous les traits de Victor, parce que je ne savais pas bien dessiner le visage des hommes mais que je connaissais celui-là par cœur. Je me disais que le monde était un endroit compliqué.

Je me suis présentée comme « en couple » à mes parents dans la foulée d'un JT dont la présentatrice avait énuméré les noms de cinq grands patrons accusés de viol. Il fallait se préparer, disait-elle, à une avalanche de procès. La nouvelle m'avait gênée, mais pas le fait de parler de mon amoureux juste après. Mes parents étaient contents pour moi. Ils n'ont posé aucune question, ni à propos de Victor ni à propos des porcs. Nous n'étions pas souvent d'accord, mais ce jour-là nous avons compris que ces deux sujets étaient sales et qu'il nous faudrait à tout prix les ignorer. Pas les mots, pas envie, pas besoin. Notre méconnaissance des termes était une formidable excuse pour notre silence. Les copains, chez nous, on n'en parlait que quand ça devenait des fiancés. Les autres, les porcs, on n'en avait jamais vu en vrai, alors c'était comme s'ils n'existaient pas. Il n'y avait pas d'hommes chez nous, ni de femmes d'ailleurs. Seulement une famille qui s'était déjà tout dit. Nous ignorions la violence des corps, voulions-nous croire. Notre brutalité à nous, c'était celle des maris furieux, des mères sans mémoire, des repas froids, des enfants qu'on n'écoute pas et de ceux à qui l'on ordonne de se taire pour ne pas avoir à leur demander comment ils vont.

À l'université, on m'a donné un papier à écrire sur la liberté d'importuner. J'avais dix-sept ans et neuf rapports sexuels à mon actif. Dans la rue, les hommes ne me remarquaient pas.

Le monde de mes aînés s'effondrait avant même que j'aie eu le temps d'y faire mon entrée, alors je me contentais de le regarder imploser sans émoi ni pitié, comme j'aurais assisté à la destruction d'un immeuble dans lequel je n'ai jamais vécu. Je n'avais rien de particulier à en dire, et tant mieux, parce que personne ne tenait à entendre les gamines comme moi s'exprimer. J'aurais aimé, tout de même, qu'on me laisse essayer. Raconter que moi, j'allais bien. Peut-être cela aurait-il pu les intéresser, qui sait. Pitié pour les amoureux, songeais-je alors que la radio chantait un monde fini. Laissez-nous la place d'être heureux et d'en parler.

Un jour, Victor a reçu un appel de sa mère et lui a simplement dit qu'il était « chez Elsa ». Je me suis demandé comment il m'avait désignée le jour où il lui avait annoncé qu'on sortait ensemble, mais je n'ai pas posé la question. Peu importait, au fond. Copine, amie, bonne poire ou pauvre pomme, dans tous les cas, j'étais quelque chose pour lui et c'était l'essentiel. Ce dont j'avais vraiment besoin en revanche, c'était de savoir combien et comment il m'aimait. #MeToo m'effrayait un peu, mais j'avais cru comprendre qu'il suffisait de trouver un gars bien pour s'épargner ces horreurs-là. Il me semblait que si Victor me garantissait un certain degré d'affection, je serais protégée des porcs, de la zone grise et du patriarcat. Je ne lui en ai rien dit. Il n'aurait pas compris. #MeToo ne le concernait pas. #MeToo n'avait touché qu'aux filles et aux méchants.

Adolescente, je n'étais pas féministe puisque je n'en avais pas besoin. Au collège avec les bonnes sœurs, nous n'étions qu'entre filles, donc nous n'en étions pas. Ce sont les hommes que j'ai vus sur Internet à dix-sept ans qui m'ont permis de mettre un mot sur mon identité, par contraste et soustraction. Alors seulement, je suis devenue membre à part entière de la condition féminine, et défenseuse convaincue de mes droits. Ma culture militante s'est très vite doublée de mots savants, de sincères convictions. Mais mon éveil au combat antisexiste, quelque peu malmené par tout le soin que je consacrais à prioriser les désirs de mon amoureux, s'est très vite laissé engloutir par ma virtuosité conjugalo-domestique. Ce n'était pas volontaire, c'était juste beaucoup plus pratique. Plus je pensais féministe, et moins j'agissais comme telle. Je lisais Betty Friedan, Judith Butler et Mona Chollet, puis Victor sonnait à ma porte et je posais mon bouquin dans un coin. Ça ne me dérangeait pas. Cette passion romantique, mi-sincère mi-nécessaire, me distrayait à merveille de mes contradictions idéologiques. J'anticipais si bien les besoins de Victor que j'en oubliais les miens. Je faisais tout bien, alors qu'importait que j'aille mal.

J'ai pris ma première pilule du lendemain une semaine avant la marche inaugurale de #NousToutes. Je n'y suis pas allée. Ce n'était pas pour les filles comme moi. Chacune sa place : les blessées dans la rue, les amoureuses au lit. Il n'y avait pas à se battre pour moi, encore moins à me défendre. J'avais Victor. La colère des autres m'indifférait, moins par égoïsme que par pragmatisme. Ça ne me concernait tout simplement pas. Tant pis si ça m'arrivait un jour, tant pis si ça en faisait souffrir d'autres ailleurs, tant pis si ça paraissait grave à toutes ces femmes. Ça ne l'était pas pour moi. Partout dans mon entourage, mes amies se laissaient contaminer par la peur, mais je refusais d'embrasser le malheur par procuration ou par anticipation. Je voulais vivre mon amour tant qu'il n'était pas encore mort. Plus tard viendrait bien assez tôt.

L'automne s'est éteint, tout doucement. Il a pourri, sans bruit, pendant que j'essayais d'avoir hâte de l'hiver. Un matin, je suis venue en cours très maquillée. J'ai vu mon reflet dans une vitre à l'entrée, et j'ai filé aux toilettes me débarbouiller. C'était mieux. Ce jour-là, je n'ai regardé personne dans les yeux.

Victor avait une très belle nuque, chargée d'une odeur profonde, dans laquelle j'avais l'impression de dégringoler. C'était la partie de lui que je préférais. Quand je la fixais, je pouvais oublier ma peur de ne rien avoir à lui dire, de n'être pas assez intéressante ni assez réactive au lit. La nuque de Victor, douce et sombre, ne pensait rien de tout ça, rien de moi, rien tout court. Je l'enserrais de ma main, et je me disais que c'était à ça que j'appartenais.

Les gens parlaient de consentement, de fluidité, de la nécessaire distinction entre attirance et désir. Mon copain à moi n'évoquait que les prélis et les capotes. Il faisait mal les premiers et n'avait jamais mis les secondes.

Je me suis fait larguer pour la première fois cette même année, au seuil de l'été. Plus personne ne parlait de #MeToo. Harvey Weinstein faisait l'objet d'une enquête. Victor m'a payé un café et expliqué qu'il valait mieux en rester là. J'ai eu envie de pleurer mais m'en suis retenue, parce que je préférais être amère que ridicule. Victor a payé. Je l'ai pris dans mes bras, et je l'ai senti devenir personnage contre ma peau. Par la suite, je n'ai plus jamais pensé à nous deux qu'à la troisième personne.

Je suis une fille de mon époque. J'ai découvert l'amour en même temps que #MeToo. Ça ne me concernait pas, pas plus que ça ne m'a affectée. Ma jeunesse me servait d'immunité, j'avais un amoureux et il me semblait que si je devais croiser la route d'un porc un jour, j'en mourrais. Je me trompais sur tous les points.

Je m'appelle Elsa, j'ai vingt-deux ans, et si je ressemble à votre pote, votre sœur, votre copine, cousine ou voisine, ce n'est pas ma faute.

Qu'ils viennent m'accuser d'avoir menti s'ils le veulent : je leur donnerai raison. Je me fous d'être crue, je veux juste être entendue. Écrire est la seule justice à laquelle j'ai accès.

Lui, il s'appelle Victor. J'aime bien l'invoquer. Prononcer son prénom en son absence, c'est comme une petite victoire.

*

Si la plupart des rencontres tiennent à une succession d'événements aléatoires quasi impossible à reproduire, la nôtre n'a pour originalité que de s'être déroulée exactement comme elle l'aurait dû. Ce n'était pas beau qu'on se plaise, c'était logique. Jamais je ne pourrai me dire « quelle chance qu'on se soit connus ». J'imagine que le hasard a eu la flemme de s'occuper de nous.

C'est un soir de fin août, à ce moment des vacances où l'été prend un goût douceâtre, où l'on vit chaque soirée comme un futur souvenir, et où l'on sort, boit et veille tard non plus parce que c'est bon mais parce qu'on ne le pourra bientôt plus, comme on se forcerait à rester dans un bain tiédi. Je m'apprête à entrer à l'université. Il se passe deux choses très graves dans ma vie. La première, c'est que j'ai déjà dix-sept ans. La seconde, c'est que je n'ai encore que dix-sept ans.

La soirée bat un rythme qui n'est pas tout à fait le mien, mais que je connais bien. Il y a des guirlandes de papier crépon, la musique qui a fait l'adolescence de mes parents et mon enfance à moi, et des quinquagénaires qui regretteront bientôt le rosé qui leur fait clignoter les paupières et palpiter les pommettes. De petits poissons lumineux jouent à éclabousser de soleil les pans de ma robe. On fête les cinquante ans de Corinne, une amie de mes parents. J'ai failli ne pas venir. Mon père a insisté, m'a dit qu'il y aurait « des enfants de mon âge ». Ça m'a vexée mais je n'ai pas su le dire, alors j'ai accepté.

Le fils de Corinne, Victor, n'a pas l'air d'un enfant, et il n'a pas mon âge. On me l'a décrit comme un garçon de vingt ans, en fait il ressemble à un homme. Je ne m'y attendais pas.

Je le repère très vite dans la soirée, par profilage méthodique plus que par intérêt. Depuis quelques années j'ai pour habitude de fixer mon attention sur tout individu masculin de mon âge ayant l'heur de croiser ma route, et d'aussitôt m'imaginer porter ses enfants, prendre son nom, l'épouser, et coucher avec lui, dans cet ordre très précis. J'ai bien conscience que l'exercice est un peu vain, si ce n'est franchement stupide, mais rien n'y fait : dès qu'un garçon surgit dans mon champ de vision, mes radars à romantisme entrent en action. Victor ne déroge pas à la règle.

Nos regards se tombent dessus plus qu'ils ne se croisent, notre premier salut a l'élégance d'un « désolé » et l'assurance d'un « je ne sais pas », mais peu importe. Ce n'est encore personne, mais c'est déjà un homme.

Victor étudie l'économie et le droit. Sa famille est très fière de lui. Malgré, ou peut-être à cause de ses explications, je ne comprends pas bien en quoi ça consiste au quotidien. Sa conversation peine à décoller du thème de sa scolarité et le soin avec lequel il aligne ses pieds vernis expose l'effort qu'il lui coûte d'exister sous le regard d'autrui. Au premier abord, il me paraît assez laid. Mais il est là et ça, c'est intéressant. Je suis sur le point de découvrir qu'on ne tombe pas tant amoureux des gens que de leur présence.

Je me convaincs qu'après un peu d'entraînement, je trouverai le moyen d'être attirée par lui. Son visage, mou, fin et allongé, porte encore la pâleur douce et les cicatrices d'acné que l'adolescence lui a laissées pour souvenir. On dirait la surface de la Lune, avec ses joues creusées de cratères, constellées de petits accrocs de chair et de vestiges de boutons en poussière, et la façon dont ses cheveux sombres, griffés de gel et luisants de sébum, se confondent avec les boursouflures du ciel de cette nuit nuageuse. Ses doigts effleurent les miens, mais ma timidité ne m'autorise pas à y voir autre chose qu'un accident. Je retiens le contact blanc et froid de sa peau comme une leçon d'écolier.

À mi-chemin de mon découpage attentif de son visage, je découvre sa mâchoire, pour laquelle j'éprouve aussitôt une profonde et durable jalousie. Les œstrogènes n'ont guère laissé à la mienne la moindre opportunité d'exister. Victor, lui, a une vraie structure faciale de bonhomme, qu'il porte comme une armure. Sous ses mandibules, je pourrais me trancher la peau. Ses traits ne me paraissent pas symétriques, ni tout à fait droits. J'ai sous les yeux un brouillon de garçon plus qu'un homme à part entière, comme une photo floue ou un dessin inachevé. Je m'en satisfais. Dans une foule, je ne l'aurais sans doute pas regardé, mais il y a de la noblesse, me dis-je, à chercher de la beauté là où peu d'autres y auraient songé. Victor ne sera pas beau tout seul, mais grâce à moi.

Je l'admire tout de suite, pas pour ce qu'il est, mais pour ce en quoi son regard est capable de me transformer : une fille qui intéresse un garçon, première marche vers ce qui me semble être l'objectif de ma vie, à savoir devenir une femme qui intéresse les hommes. En l'espace de cinq minutes, je lui concède toutes les qualités du monde. Les quelques phrases que je passe exposée à sa conversation me rendent intrigante, et même importante – métamorphose que j'attribue directement à son intelligence. Converser avec quelqu'un d'aussi petit, d'aussi simple que moi, ce ne peut être de sa part que la marque d'une grande générosité. Et puis, on ne me la fait pas, ses hésitations, ses petits silences flottants, la platitude timide de son discours sont des fenêtres grandes ouvertes sur une immense sensibilité, dont je suis d'ores et déjà prête à faire un trophée. J'en ai dégoté un bon, c'est clair. Des sourires clignent sur nos lèvres. Ce n'est pas de la romance, mais de la performance.

Ignorant le sens du mot « endogame », je trouve notre couple « bien assorti ». Compatibles plus qu'amoureux, on ne s'aimera pas, on se ressemblera. Ça suffit. Je ne me rends pas compte que c'est par pure paresse sociologique : pire qu'au destin, je crois en ma bonne étoile.

Il commente la fête, la musique, me tend un verre. La nuit souffle un peu, les lampions balaient son visage. Nous parlons de son diplôme, du rosé, du soleil, d'un bar où il ira boire un verre demain, de nos notes au bac et de la difficulté de son sujet de philo par rapport au mien. Ce n'est pas captivant, mais c'est simple. Après une demi-heure, Victor s'éclipse et je le perds de vue pour le reste de la nuit. Ses traits se ramollissent presque aussitôt dans mon esprit. De quelle couleur ses yeux sont-ils, déjà ? Au fond, il ne me plaisait pas tant que ça. Tant pis. Aussi vite que j'ai été prête à lui offrir mon ventre et ma lignée, je l'oublie. J'aime visiblement moins les garçons que leur compagnie.

« Tu as passé une bonne soirée ? » me demande ma mère dans la voiture. J'ai surtout passé une soirée, pour la première fois de ma vie. « J'ai rencontré Victor », finis-je par me remémorer. Je dis qu'il est sympa, la politesse de l'indifférence. Lorsque je reçois un SMS de sa part, plus tard, dans la nuit, j'ai le sentiment que lui-même ne sait pas trop ce qui l'a poussé à m'écrire.

Après quelques messages au rythme poussif empreints d'une complicité toute relative, ce que je prends pour de l'alchimie – et qui n'est que de l'intérêt – se reconstitue.

Les textos s'enchaînent. Je ne le drague pas, je rebondis sur son désir. C'est une non-décision très délibérée.

(J'aurais voulu que Victor m'ait repérée par malveillance, choisie par intérêt et séduite par emprise, mu par un désir conscient de me détruire. Ainsi, il m'aurait été possible de le peindre comme le méchant de l'histoire, et surtout d'y croire moi-même. J'aurais voulu ne pas avoir eu la moindre chance de lui échapper. En réalité, j'aurais pu fuir à tout instant. Comment me considérer victime alors que j'aurais pu ne pas l'être ? Je n'avais aucune raison particulière de rester. Je n'en avais donc pas vraiment non plus de partir. C'est pour cela que Victor a joui d'autant de pouvoir sur moi. À l'origine, il n'en avait pas.)

Septembre démarre dans la cadence militaire et métallique propre aux enfants et aux étudiants. Je me permets d'oublier Victor, mais il revient à la charge. Nos échanges de SMS s'étalent sur deux, puis trois semaines. C'est maladroit. On ne sait pas ce qu'on sait, mais on sait ce qu'on veut. Victor me taquine, me chamaille, me flatte aussi. Alors comme ça, je peux donc être vue. Je n'ose y croire. Mes journées ne se scandent plus d'heures, mais de notifications. Comme il est plus vieux, Victor me rend plus intéressante. J'espère que ça se voit. Peut-être ne finirai-je donc pas toute seule, finalement. J'ai de la valeur. Je ne suis pas foutue. Je n'ai pas le droit de le laisser filer, qui sait si ça se reproduira jamais ? Je décide alors non seulement que je l'aimerai, mais que ce sera réciproque, beau et éternel. Peu importe que j'aie déjà oublié le son de sa voix, il jouit d'une qualité immense qu'aucun garçon n'a encore manifesté dans ma vie : il sait que j'existe et qui je suis. J'ai lu les livres, vu les films, écouté les chansons. C'est comme cela que commencent les amours, et pas autrement.

Le matin, j'attaque chaque trottoir comme un podium de défilé. Je demande à mes amis de relire et valider mes petites réponses. Je n'ai bien entendu pas besoin d'assistants, mais de témoins. Cette histoire concerne au moins autant les autres que moi-même, si ce n'est davantage : quel intérêt d'être amoureuse, si ça ne se sait pas ?

Je flirte par curiosité, il propose un dîner. J'ai peur de le voir. Il ne pourra pas lui échapper que je ne suis pas prête, pas belle, pas drôle. Le jour venu, je me rue au restaurant avec d'autant plus de férocité que je suis persuadée que ce rencard sera le dernier. J'ai toujours peur, mais pas plus que je n'en ai envie. Ça se passe mieux que prévu. Contre toute attente, j'ai des choses à dire. Il m'écoute. Il répond. C'est donc ça l'amour. Il me propose de boire un dernier verre chez lui. Je suis trop jeune pour qu'on me pose cette question, me semble-t-il, mais je sais déjà quoi y répondre. En marchant, je joue à me croire plus grave, plus suave, plus importante. Ça a l'air de fonctionner.

On boit du vin, par rituel plus que par plaisir. Il prend l'air tout timide, me glisse qu'il ne sait jamais quand il faut y aller avec les filles, alors mon cœur se gonfle de tendresse, et dans un souffle, je murmure :

– Je crois que là, c'est vraiment le moment où il faut y aller…

Ce n'est pas mon premier baiser, mais mon seul autre était avec une fille et on m'a dit que ça ne comptait pas autant. Je me réjouis d'être enfin une vraie amante.

Nos lèvres se figent, puis je prends Victor dans mes bras, parce que si j'ai épuisé mon adolescence à rêver d'embrasser un garçon, je n'ai jamais réfléchi à ce que je ferais après. Je tombe de son épaule. Je ne comprends pas trop comment m'y accrocher. On est ridicules, mais je me dis que c'est normal, car on est amoureux. À son contact, je m'aperçois que j'ai contre moi un corps étranger, qui a vécu une vie avant moi et qui ne m'appartient pas. Je le serre plus fort encore. J'ignore tout de Victor, si ce n'est qu'il est là, avec moi. C'est très bon signe, me dis-je. Les plus belles passions sont celles qui ne se justifient pas.

Sitôt le baiser achevé, je commence à me le raconter, à en faire une image, un souvenir, car je sais que les sensations vieillissent moins bien que les concepts. C'était un très beau baiser, me dis-je, maladroit et sincère, un baiser d'enfants, si les enfants s'aimaient. Une joie immense fait luire ma peau, un petit vide s'est percé dans ma poitrine. Je l'ignore encore, mais je viens de vivre les derniers instants de mon innocence.

En bas de son immeuble, j'attends avec lui un Uber que j'espère gentil. Deux filles passent, on les croirait sorties d'un film des années 2000, noires et violettes, des cheveux comme des rubans partout autour des yeux. La première nous coule un regard duveteux, nous susurre :

– Vous faites un très joli couple…

Je souris parce qu'il est trop tôt pour le dire et que c'est une avant-première inespérée de notre bonheur à deux.

Le chauffeur Uber n'est pas très gentil. Je ne peux pas lui décrire ma soirée. J'étais pourtant sûre que ça le toucherait. C'est exceptionnel, deux adolescents qui découvrent qu'ils se plaisent. Moi en tout cas, je n'ai jamais vu ça.

Une semaine après le baiser, l'immeuble et les filles violettes, je partage un bout de sandwich au thon avec Florian, un copain de fac. Il me parle d'un économiste auquel Victor va consacrer son mémoire. Face à cette occasion exceptionnelle de mettre ma relation naissante à l'épreuve, j'ose une initiative d'une audace rare et parviens à caser un « mon copain » tremblant dans un prétexte de phrase, d'une voix que je tâche de rendre adulte et détachée. Il me semble que je viens de commettre un acte très grave, que je n'ai pas le droit d'utiliser ces mots-là, pas encore. Soudain, les yeux de Florian se creusent en petites virgules amusées.

– Ah mais ton copain je sais qui c'est, il m'a dit !

– Comment ça ?

– On fait de l'athlétisme ensemble depuis deux ans.

Je m'en désosse la mâchoire. En plus d'être un don du hasard, mon couple a donc été béni par le destin.

– Et il t'a dit quoi ?

– Ben, il m'a dit.

Florian se consacre au bouquet de cresson final de son déjeuner, et change de sujet. Dès lors, c'est officiel. Puisque Florian ne m'a pas contredite, puisque le monde ne s'est pas effondré après que j'ai suggéré que Victor et moi étions en couple, cela signifie que j'ai le droit de le penser. Victor est mon copain. Nous ne le formaliserons jamais. Quel besoin d'en parler puisque j'en ai fait le constat ? Bientôt, plutôt que de décider de nous voir, nous en prenons l'habitude. Je me mets à utiliser son prénom en lieu et place du pronom « je ». Tout sonne tellement mieux quand ça le concerne. Ce n'est pas tant de lui que je parle, mais surtout de ce qu'il est pour moi. « Mon copain » devient, mieux qu'un tic de langage, un mot en tant que tel, une signature, une identité. « Moncopain », c'est ma synecdoque, mon enveloppe, mon appellation d'origine protégée. Je ne suis plus que ça. Je suis tellement plus grande grâce à ça. « Moncopain » me tombe des lèvres à la chaîne, dans le métro, en session de révisions, au déjeuner. Sitôt la moindre conversation avec un garçon entamée, je me dépêche de me disqualifier comme conquête potentielle par un « moncopain » pavlovien. « Moncopain » a tout un tas d'usages et définitions formidables. Il veut dire que quelqu'un me désire. Il veut dire que je fonctionne. Que je vais bien. Que je vaux mieux que les autres. Qu'aux yeux de quelqu'un, il n'y a pas mieux que moi. Que je suis sauvée. Inaccessible, aussi. Que je sais où j'en suis et, mieux encore, que je sais où je vais.

*

À treize ans, j'attendais mes règles comme le Jugement dernier. Si l'on m'avait dit alors que la moitié de mon adolescence se déroulerait en aménorrhée chronique, cela m'aurait fait horreur. Heureusement pour mon estime de moi, quand c'est arrivé, j'étais trop fatiguée pour y penser. Ce n'est qu'en embrassant Victor que je me souviens que ce n'est pas normal et que cela fait de moi un monstre, une demi-femme, une enfant. J'avoue ma stérilité temporaire à Victor le lendemain du baiser. Il ne comprend pas.

Dans la foulée, je prends rendez-vous pour une échographie pelvienne. Dans la salle d'attente, mes mains forment un garde-fou contre la peau de mon ventre, comme pour me maintenir en place. La table d'examen, froide et douce, me rappelle que je ne sais même pas ce que je renferme, et face aux images noires et grises que la petite sonde fabrique en roulant sur moi, je constate dans un vertige que j'ignore tout de ce que je suis censée devenir. L'échographiste ne semble ni soucieuse, ni rassurante. Je ne suis pas cassée. Je ne suis pas enceinte. Je ne suis pas stérile. Je ne suis rien. Mon utérus est en sommeil, mais pas abîmé. Vous voyez, a-t-elle pointé sur l'écran, tout est là. Ça repartira le moment venu. D'ici quelques mois, peut-être. Je ne me sens pas du tout prête pour ça.

Deux jours plus tard, j'ai comme un hoquet, et je sais que ça a recommencé. Aux toilettes, je vis un baptême nouveau. De mes doigts teintés, j'ai envie de me marquer le front d'une petite croix. Je tapisse ma culotte de papier. Le sang dessine des larmes sur la cuvette des toilettes. J'en ai foutu partout. Mes cuisses poissent, mon ventre bave. J'avais oublié ces sensations-là. Je me demande si Victor trouvera ça dégoûtant. Moi, je ne sais pas trop ce que j'en pense. C'est redevenu nouveau pour moi.

De retour sur ma chaise, j'annonce ma fécondité retrouvée à toutes mes amies, avec une extase dont elles ont la gentillesse de ne pas relever l'incongruité. Je suis heureuse, parce que maintenant je suis mûre pour Victor. J'ai envie d'appeler l'échographiste pour frimer, et puis je me rappelle que je ne suis rien pour elle.

Les règles de mes dix-sept ans n'ont rien à voir avec celles, brunes et chahutées, que j'ai connues trois ans plus tôt. C'était absurde, me semble-t-il avec du recul, une petite qui saignait comme ça. C'était brutal, trop chaud, trop vivant, presque un accident, ça avait quelque chose d'indécent. Je n'étais qu'une enfant. Or, une enfant qui saigne, c'est une enfant blessée.

Je me souviens du mot unique que ma mère avait lâché face à ma première petite culotte imbibée de ce que je savais pertinemment être du sang mais dont je feignais d'ignorer la nature, par tendresse, par jeu, par crainte, par bêtise.

– Déjà ?

Sa bouche s'était repliée comme du papier brûlé. J'avais presque quatorze ans. Elle avait honte pour moi. Je n'étais pas d'accord, mais je comprenais. J'ai commencé à tenir un calendrier menstruel, consigne de ma prof de SVT. Je voulais prévenir ma mère à chaque cycle, mais je voyais que ça lui faisait de la peine, alors je ne m'accordais le droit qu'à des pronoms, plus discrets. Je « les » avais. « Elles » étaient revenues. C'était « ce » moment du mois. Maman hochait la tête. Pas besoin de plus. Il me semblait que ce qu'elle appelait pudeur n'était qu'une mauvaise façon de vieillir.

Le premier tampon sur lequel j'ai posé les doigts ressemblait à un poisson, une anguille trop vorace, prête à mordre ma chair. J'avais très peur de le mettre, mais c'était mieux, disait maman. Tu fais trop de taches autrement.

J'ai alors découvert la solitude des jeunes filles au pied posé sur des cuvettes émaillées, les yeux placardés au ciel, un miroir pour seul compagnon, et un morceau de coton entre les doigts. « Inspirez un grand coup », avait la délicatesse de suggérer la notice du mode d'emploi. Je l'ai lue à plusieurs reprises, dans le désordre, réarrangeant dans mon esprit les fragments de consignes épars comme pour inventer moi-même le procédé. Le texte, songeais-je, n'était voué à être lu qu'une seule fois, mais on le mettait dans tous les paquets malgré tout, au cas où, pour les toutes petites filles comme moi. Ça m'a touchée. J'aurais aimé que quelqu'un soit là pour s'en émerveiller à mes côtés, mais maman n'était pas là et le reste du monde ne savait pas.

Je n'avais inséré les doigts dans mon vagin que deux fois auparavant : une pour voir, et une autre pour vérifier. (Mes intentions peu catholiques avaient trouvé, peu après, une façon bien plus plaisante, et bien plus concluante, d'être exaucées.) Sentir ma peau du dehors contre celle de l'intérieur me donnait l'impression de mélanger deux viandes étrangères, l'une blanche, l'autre rouge. Le tampon est entré dans un hoquet et a pris trop de place, mais apparemment, c'était normal. Je pouvais et étais censée bouger comme si de rien n'était. Je n'en avais aucune envie.

Les heures suivantes se sont écoulées comme prévu, propres et sèches. Personne n'en savait rien. Je me demandais combien de femmes se faisaient comédiennes chaque jour, combien nous étions à performer l'aisance tandis que des filins de coton nous maintenaient les entrailles en place. Quelques jours par mois, l'équilibre de nos mondes intimes reposait sur cet axe invisible de sang et de papier, et cela me fascinait. Je n'étais pas sûre d'avoir envie d'appartenir à cette communauté de funambules clandestines, mais je n'avais pas le choix.

Le soir, il s'est agi de retirer l'objet. « C'est dangereux de le garder trop longtemps », avait prévenu maman. Pourquoi, elle n'avait pas jugé bon de me l'expliquer, Google s'en était chargé. J'en avais retenu des histoires de membres tranchés et de microbes dorés. Cela avait suffi à me convaincre de l'utilité de la manipulation.

Pied à l'étrier de porcelaine, chevilles sciées par ma culotte, nombril à l'air et pulpe des doigts dilatée, j'étais prête à tout, y compris à ce qu'une fois le tampon ôté, un geyser de sang dégorge dans les toilettes et m'asperge au passage. Je n'avais aucune idée de ce dont mon corps était capable.

Mettre le tampon m'avait donné le sentiment de me bâillonner, de ligoter quelque chose de palpitant, de placer mon ventre en apnée, mais cela m'avait paru conforme à un certain ordre des choses. Ça rentrait. Ça passait. L'arracher ne poserait guère plus de difficulté, me répétais-je. J'ai tiré, une fois, une deuxième. « N'ayez pas peur », susurrait la notice dont j'explorais la seconde partie comme j'aurais tâté du bout du pied les poches mouvantes d'un marais. J'ai tiré encore, mais mon ventre résistait. Je découvrais une poigne, une hargne qui avait toujours vécu là sans que j'en aie conscience. Quelque chose, au fond de moi, refusait de céder, refusait de mourir. Cela m'a terrifiée, alors j'ai renoncé. Mon vagin s'était nourri du tampon et sa grosse bouche de pieuvre refusait de le recracher. Un doigt de coton s'était accroché à ma chair, creusant un trou à l'intérieur de moi, et il me semblait qu'extirper ce corps étranger m'aurait décrochée de mes propres entrailles.

J'avais peur de tomber sous mon ventre.

Jambes nues, corps ouvert, je contemplais la possibilité de garder le tampon en moi à jamais. Après tout, ça n'aurait pas été si grave. Le tampon serait devenu d'un beau rose foncé, aurait grignoté des petites cellules d'endomètre jusqu'à devenir vivant lui aussi. Je lui aurais donné un nom. On se serait accommodés de l'autre pour toujours, personne n'en aurait rien su. Et puis le souvenir des bactéries s'est imposé à moi, alors j'ai enroulé mes doigts à la ficelle comme à un mousqueton d'alpinisme, et j'ai glissé sans un mot contre le mur de la salle de bains, asphyxiée de panique face à la perspective certaine et imminente de l'amputation de mon mollet droit. J'ai appelé maman, mais maman ne pouvait rien pour moi. Allez, ça va aller. Tu vas te débrouiller. Mes petits hoquets crispés contre la porte de la salle de bains lui inspiraient, je crois, une angoisse qu'elle préférait prendre pour de la contrariété. Je ne lui en veux pas.

Lorsque j'étais plus jeune, maman n'avait pas peur de me voir nue, de poser ses mains sur moi. Désormais, j'étais toute seule avec mon corps. C'était ma faute. J'avais trop grandi.

Le tampon a fini par sortir. Ce n'était pas grâce à moi ni à une quelconque fulgurance technique de ma part. Il était sorti, c'était tout, et je n'y étais pour rien. Je l'ai pris comme une forme d'anomalie cosmique. Cycle après cycle, j'ai appris, non pas à me « débrouiller », encore moins à ne pas avoir peur de ne pas y arriver, mais à accepter que tout ça me dépassait, que je peinerais tampon après tampon, mais que d'une façon ou d'une autre, tout finirait par rentrer dans l'ordre. Cela se vérifiait. Après de longues minutes à pincer la ficelle, à gesticuler, à attendre de la part de la gravité terrestre une forme de collaboration, trois prières distinctes à la Vierge Marie – invoquer Jésus m'aurait paru inapproprié ; ce sang-là était une histoire de femmes – et beaucoup de silence projeté contre la paroi des toilettes, le tampon finissait par atterrir au creux de ma main et y gésir, sombre et épanoui comme une méduse en eaux troubles. Alors je pouvais aller me coucher, dans la caresse molle d'une serviette que je me collais dans la culotte comme une couche d'enfant. Chacune de ces séances de contorsions grignotait un nouveau morceau de ma confiance en moi. La salle de bains devenait le lieu de mon animalité. J'y étais bête, dépendante et inutile. Ça n'avait aucun sens. Ça ne me faisait pas grandir. C'était juste du temps perdu, et une tristesse que je ne pouvais raconter à personne.

Inutile de demander conseil à mes amies, qui étaient déjà toutes des professionnelles de la menstruation et avaient dû oublier, depuis le temps, la notice des débutantes et les soupirs invisibles des mères usées derrière le battant. Alors, j'ai arrêté les tampons et j'ai recommencé à faire des taches. Maman a peut-être bronché, je n'en sais rien, j'avais d'autres préoccupations à l'esprit : mes règles s'étaient mis en tête d'innover. Vingt-huit jours, c'était trop convenu, il s'agissait de créer la surprise, et mon corps jouait un petit spectacle aussi salissant qu'imprévisible. Je découvrais, en plus des pénuries de serviettes hygiéniques, la hantise des traces rouges sur les chaises d'école.

Après avoir saigné sans discontinuer tout un été durant, la source s'est tarie l'automne suivant, puis mes hanches ont ouvert grand la mâchoire, j'ai pris trois tailles de bonnet et à nouveau dégouliné de noir, de rouge et de brun durant un tas de semaines que j'ai préféré ne pas compter.

Après cela, j'ai eu mes règles deux fois par mois. C'était préoccupant, avait jugé maman. La gynéco sur la chaise de laquelle j'ai atterri pensait la même chose. J'avais peut-être un kyste, un problème, des œstrogènes à doser. On m'a palpé les seins et prescrit un médicament que j'ai exposé sur ma table de nuit en trophée sans jamais y toucher, puis j'ai arrêté de manger et la question ne s'est plus posée.

Mon corps avait cessé de chanter. Ni crampes, ni valses, ni hoquets, ni bouillons chauds. Mon ventre s'était tu, ma tête crissait de vertiges, mes hanches et ma poitrine ont dégonflé d'un trait. Je rajeunissais, dégringolais dans les branches du grand arbre de l'adolescence, comme un fruit pourri. Ce n'était pas très grave. Toucher le fond m'effrayait moins que ce qui m'attendait tout en haut, là où s'agitaient les adultes et les gens pour qui tout était définitif. Le sol, lui, au moins, m'était familier. J'y avais été heureuse, autrefois.

Soudain, je n'avais plus besoin de produits hygiéniques. Maman ne s'en est pas formalisée. Je crois qu'on en était, l'une comme l'autre, soulagées. Tout était tranquille, désormais. Mieux qu'une enfant, j'étais devenue un pur esprit, compatible avec son sacerdoce de retenue, de sauvegarde de l'existant. Je comprenais qu'il n'y avait rien de tel pour empêcher le monde de s'abîmer que de le changer en quelque chose de mort. Telle était la mission véritable des gardiennes du foyer. Tout taire et couver, jusqu'à ce que plus rien ne sorte. Nous voulions pour nos familles des bonheurs de vernis et de formol.

J'avais fini de grandir. Cela ne m'intéressait plus. J'avais délaissé la colère pour l'indifférence, puisque l'avenir n'était plus qu'une attente du pire. Ne pas me nourrir me laissait du temps pour prendre soin de moi. Ma chambre était mieux rangée. Maman était très fière. Mes bulletins scolaires revenaient très serrés, très remplis, très contents. Je les nourrissais de tout ce qui manquait à ma vie. Faute d'idées propres, j'ai arrêté la contradiction, et n'ai plus échangé avec mes parents que des phrases toutes prêtes, des mots à étiquettes. Notre vocabulaire s'est réduit à quatre manières de nous dire les uns aux autres de nous taire. Il y avait les adieux, les politesses, les silences et les commentaires. Le reste n'était que vacarme, et nous y avions renoncé. Quel besoin y a-t-il de se dire que l'on s'aime, quand on a déjà dit que ça allait ?

Nous avons mené, cet hiver-là, le parfait récurage de nos passions, tendu sur nos crânes le silence repu des églises, couvé de lents et secrets suicides au ralenti. Car il s'agissait de mourir, ne nous y trompons pas. On n'a pas idée de combien le ménage mène vite au trépas : rien de tel que d'entretenir le reste pour disparaître tout à fait. Se décomposer, d'accord, mais sans faire désordre.

Je faisais l'économie de mon propre corps. Des mois durant, j'ai rongé ma peau, me suis pelée couche par couche. Si l'on m'avait posé la question, j'aurais été incapable de nommer ce qui n'allait pas chez moi. Ce vide, ce silence-là, était exactement ce vers quoi tous mes efforts tendaient. L'ignorance creusait dans mon ventre un beau trou bruyant, comme la fosse d'un concert mystique, où j'étais ravie de me laisser chahuter par des douleurs, des froids, des absences nouvelles. Je ne comprenais pas ce que je faisais. Il me semblait qu'autrefois, il y a longtemps, j'avais voulu maigrir, ou plaire, ou attendre, une envie du genre, et que c'était ainsi que tout avait commencé, mais je n'en étais pas certaine.

Maman était là mais ne regardait pas. Le peu que je mangeais germait dans mon estomac, donnait des herbes si drues que plus rien ne pouvait y pénétrer. Même mon œsophage fleurissait. J'étais une belle plante qui en avait fini avec le soleil. Sous ma fourchette, le poulet devenait pansement, j'appuyais fort dessus, et je sentais en dessous quelque chose qui vibrait. S'affamer réclame une sacrée discipline, de la méthode, et surtout aucun bruit. Par chance, chez nous, les repas durent exactement le temps d'un silence. Je badigeonnais des prétextes partout au coin de l'assiette, et on m'applaudissait de me retenir, de m'affiner, de me prendre en main. C'est du solide tout ça, dis donc, m'a félicitée mon père en tapotant mon ventre. Il avait raison, et ça m'a fait plaisir. Il n'y avait plus que ça à l'intérieur de moi, des choses qui ne lâcheraient pas. Des ligaments et des cartilages. Je me rêvais comme un navire du Moyen Âge, traversée de câbles et de voiles légères, qu'un rien aurait suffi à emporter très loin.

Un jour, j'ai cessé de mincir et commencé à maigrir, et alors il n'y a plus rien eu du tout. On ne me voyait plus. Personne ne s'est inquiété. J'ai donné quelques signaux d'alarme, mais ça n'a pas même intéressé mon ombre, déjà bien plus grasse et charmante que moi. Je l'ai laissée prendre le pas. Son acharnement à tout obscurcir était plus cohérent que n'importe lequel de mes projets. De premières digues de cheveux ont cédé. Mon ventre était un grand coquillage vide, nacré, acide, empli d'un bruit sans fond que j'aimais laisser me bercer. J'avais très froid. La nuit creusait dans la crème de mes cuisses pour les lécher jusqu'au sang, et qu'il ne reste plus que du carton sur mon dos. Ça ne se voyait pas. On ne me voyait pas. Je n'ai pas fait exprès de me cacher, mais j'y suis très bien parvenue quand même. La laine et le cachemire sont devenus les excuses de mon silence. C'était l'hiver, c'était janvier. Je n'étais pas malade, j'étais discrète. Mes pulls formaient autour de mon visage une parfaite dispense de gaieté. À la fin, je pesais trente-sept kilos et mon malheur était parfait.

Mai a été une violence, car je luttais encore, juin un long sommeil, car je me suis abandonnée. Le bateau était vide et il n'y avait plus de tempête contre laquelle lutter. Même mes articulations se fondaient les unes sur les autres. Je coulais plus que je ne bougeais, il ne me restait guère de gestes, rien que des chutes. Je mangeais des pommes. Il faisait chaud. Je n'en avais pas la moindre idée. Et puis l'été, le soleil et les maillots de bain m'ont rendue laide.

Les racines de juillet commençaient à pourrir, à donner le jus lourd et sucré qui infuse le mois d'août. C'est là que maman m'a remarquée. Elle était la première. Plus grise que vive, je prenais chaque rayon de lumière comme un uppercut. Je m'étais rendue nocturne. Étirées entre les deux bandes de mon bikini, mes côtes formaient les touches d'un clavier macabre, à la porcelaine malade, jaune sous la poussière pâle. Un jour, il était midi et j'avais voulu me baigner. Il me semblait que dans l'eau, je pesais moins lourd encore. Ma mère avait surgi, elle s'étonnait de me voir dehors. Moi aussi. Je crois que, finie et épuisée, incapable de me regarder moi-même, je confiais à autrui le soin de me voir. Le soleil dessinait des champignons sur ma peau marbrée. Mes cheveux plissaient une forme de nuage autour de mon visage, et mes yeux regardaient là où je n'étais pas. Là, seulement, le squelette au bord des lèvres, ma mère a recommencé à m'observer. Ce qu'elle avait en face d'elle ne lui plaisait pas.

– Tu me fais horreur. Tu es maigre à faire peur. Tu es affreuse, comme ça, tu sais.

Les mots étaient durs, mon ventre aussi, nos regards encore davantage. Ce n'était pas juste, mais sans doute ne l'étais-je guère envers moi-même non plus. Alors ma mère m'a traitée comme un problème, une menace, une mine qu'elle refusait de désamorcer elle-même mais dont elle a parlé à toute la famille. Je lui en veux encore aujourd'hui, mais je ne le lui reproche pas. Je crois qu'elle avait peur, et j'ai du respect pour ces choses-là. Quant à moi, je n'avais pas vraiment choisi de réapparaître au monde, j'avais simplement consenti à ce que ça m'arrive.

Je tente de raconter ces histoires à Victor, mais elles ne l'intéressent pas – peu habituée aux rituels de socialisation conjugale, je choisis notre premier café à deux pour dégainer le sujet, ce qui n'est sans doute pas étranger à son hermétisme.

– Tu sais que j'ai recommencé à avoir mes règles ?

– Ah ? Ah ouais…

– Oui, tu sais, je t'avais dit, je ne les avais plus et…

– D'accord…

Aussitôt, la honte me revient comme un souvenir enfoui. Qu'est-ce qui m'a pris ? Les règles, c'est vrai, c'est gênant. Moi aussi, à choisir, je préfèrerais une vie qui en serait débarrassée. Je décide de ne pas l'embarrasser davantage. Qu'importe qu'il ignore tout des hormones, des larmes de sang sur mes cuisses et de mon visage tout seul, loin de mon ventre, dans les toilettes. Tout ce qui compte, c'est qu'au moins, je suis une vraie fille maintenant.

*

À dix-sept ans, je ne me trouve qu'un seul véritable défaut : ma virginité. J'y pense tout le temps, dans le bus, en cours, au supermarché, à vélo. Je regarde les autres, et je me demande ce qu'ils ont de plus que moi. Je meurs d'envie de le faire, moi aussi, mais pas avec n'importe qui. Ce n'est pas du romantisme, mais de la fierté. Je ne veux pas coucher à moitié. Je mérite quelqu'un pour qui ça comptera aussi. J'estime avoir déjà bien assez attendu pour me contenter d'une première fois bâclée, d'un pacte entre amis, d'un accident d'un soir ou d'un compromis. Si certains peuvent s'en contenter de le faire, tant mieux pour eux. Moi, je mérite qu'on me le fasse, et plus encore, j'en ai besoin. Peu m'importe, au fond, que je jouisse ou non, que je saigne, que je crie, que je pleure. Le seul enjeu est de me débarrasser de cette virginité que je n'ai jamais vécue que comme une insupportable contradiction avec ma conviction intime et inexplicable d'être une déesse de sensualité en puissance. Je suis faite pour coucher. Je suis faite pour avoir ces histoires-là à raconter. Il faut que ça m'arrive. Rien de plus. Je n'ai pas vraiment conceptualisé ce en quoi ça consistera. Je pars du principe que l'autre saura mieux, que ça ira de soi, que ce sera, en gros, un missionnaire d'un petit quart d'heure, avec une louche de préliminaires et quelques caresses éphémères. Je ne me préoccupe même pas de définir ce qui constituera à mes yeux une première fois. Je sais juste que je mourrais de ne pas y avoir droit.

Ce sera mon premier sacrilège, mieux encore, une bêtise. Je n'en ai jamais fait de ma vie. Si la sexualité n'en est pas une à proprement parler, cela reste quelque chose dont on ne peut pas discuter avec tout le monde, et donc ce qui s'en approche le plus dans mon référentiel.

Pour la première fois, j'aurai quelque chose à cacher à ma mère. J'ai déjà essayé de fabriquer des secrets dont je lui aurais interdit l'accès, mais même mon féroce besoin de lui désobéir est contraint d'admettre que je n'ai jamais rien connu d'assez intéressant pour mériter de lui être dissimulé. Cette fois, ce sera différent. Comme j'ai hâte d'avoir enfin quelque chose à perdre. Comme j'ai hâte d'enfin vivre quelque chose susceptible de m'abîmer.

Au cinéma, les adolescentes américaines attendent au moins une heure de film avant de perdre leur virginité. Je n'ai pas cette patience-là. Victor et moi nous sommes embrassés un samedi, j'ai retrouvé mes menstruations le vendredi suivant, et je fixe donc à la fin de mes saignements, soit une semaine plus tard encore, le jour de mon dépucelage tant rêvé.

Je ne sais même pas ce que ça veut dire, faire l'amour. Je veux juste que ça me change pour toujours.

– Comment ça il vient chez toi ?

Estelle s'étrangle dans l'angle de son croissant.

– Ben, ouais.

– Mais ça fait combien de temps que vous êtes ensemble ?

– Ben, dix jours.

Plus j'affecte l'insouciance, plus mon sourire prétend que rien de tout ça n'est si important, plus je prends la mesure de combien ça l'est.

– En vrai, ça fera deux semaines quand il viendra.

Estelle fuit mon regard. Je me demande si elle a déjà fait l'amour. En deux ans d'amitié, on n'en a jamais parlé.

– Quoi, tu trouves que c'est trop tôt ?

Sa réponse fuse aussitôt :

– Tu fais ce que tu veux…

C'est donc ainsi que l'on punit les femmes audacieuses. Je ravale un sourire. C'est la première fois que je pense à moi en tant que femme. Oui, je fais ce que je veux. Un frisson d'émoi me lèche l'échine. Je n'ai même pas touché le moindre garçon au-dessous de la nuque que ça commence, que ça m'élève déjà. Comme le sexe a l'air puissant. S'il suffit de le vouloir pour être à ce point transformée, qu'est-ce que ce sera lorsque je l'aurai fait.

– De toute façon, il m'a déjà dit qu'il viendrait.

Les lèvres d'Estelle se flétrissent autour de ce que j'imagine être un nouvel avertissement retenu. Autant l'autorité des adultes me brise, autant sa désapprobation m'excite et donne de la noblesse à mon programme de vendredi. Si mon projet suscite pareille défiance, c'est qu'il compte. Fébrile, je m'aperçois que je n'ai jamais joui d'une telle assurance. J'ignore d'où elle me vient, mais ce n'est pas le moment de flancher. Je ne vais pas seulement coucher, je vais démontrer à Estelle, et au monde entier par la même occasion, qu'il suffit de vouloir être prête pour l'être. Par rigueur intellectuelle, sans doute aussi sous l'impulsion de ce qu'il me reste d'obéissance, je tente tout de même une dernière fois de la comprendre, de saisir ce qui, dans l'idée de coucher, lui inspire une telle méfiance. Je ne vois pas. Mes quatre années à lire des romances pour adolescents me l'ont appris : le sexe, c'est le moment où ça devient intéressant. Une dernière fois, je sonde le silence rugueux de mon amie. À vrai dire, je lui suis presque reconnaissante pour cet accès de rigorisme : plus Estelle me fuit, plus j'ai hâte de la quitter et de me vautrer dans les bras d'un garçon suffisamment libéral pour faire de moi quelqu'un de plus intéressant que sa pudibonderie.

– Bon. Ben j'espère que ça se passera bien.

Estelle se concentre sur son croissant. Elle est jalouse, c'est tout. Je me gonfle d'importance, endosse sur mes épaules la charge des putains, des filles de joie, des libertines, des garces, greluches, galantes, des futiles, des mutines, des belles-de-jour et bêtes de la nuit, des légères, des allumeuses, des publiques, des pétasses et des salopes, des vendues et des achetées, des pouffes et des cocottes, et me hâte de prendre pour un ridicule puritanisme ce dont je mettrai des années à comprendre qu'il ne s'agissait que d'une très maladroite inquiétude.

– Je te raconterai.

Trois jours plus tard, je descends retrouver Victor à la sortie du métro. J'aurais pu me contenter de lui donner mon adresse, mais une peur diffuse qu'il s'égare ou se décourage en chemin me fait redouter de perdre à jamais ma seule chance de quitter la prison du célibat, alors je préfère prendre les devants.

Je n'ai jamais fait monter le moindre garçon chez moi. Victor ne me regarde pas, considère la chambre grise, les affiches bleues. Un instant, je doute qu'il soit au courant de la raison pour laquelle nous sommes ici, puis il me soulage de mon gilet, me penche en arrière et m'étend sur le lit. Une dernière ombre d'incertitude me traverse – peut-être n'a-t-il pas le moindre dessein d'aller au-delà ; peut-être est-il effectivement trop tôt pour penser à ça ; peut-être rirait-il aux éclats si je lui avouais que je ne rêve que de ça depuis notre premier baiser, non, depuis le premier SMS gentil qu'il m'a envoyé –, mais déjà Victor épluche mon pantalon, pince mes cuisses et les écarte, et je m'abandonne au plaisir inouï, non pas de ma chair, mais de savoir qu'un autre a envie de la baiser.

Pas un mot n'est échangé. Je m'en étonne une seconde, puis décide que ça me convient. Je suis encore au stade où tout ce qui est nouveau est normal. Soudain, Victor descend au bas de moi. Je ne reconnais pas ça. Dans ma tête défilent tous les concepts auxquels j'ai été introduite un jour, en cinquième, lors d'une heure de permanence où deux filles de ma classe s'étaient décidées, à voix très haute, d'énumérer un à un tous les mots sales qu'elles pouvaient trouver dans le dictionnaire. Pas de définition, rien que des énoncés. Le projet n'était pas de faire dans la pédagogie. « Cul », avaient-elles commencé. Oui, ça, pas de doute, Victor et moi sommes en plein dedans. « Sodomie », avaient-elles enchaîné. Non, ça non, résolument non. La litanie du vice avait continué un quart d'heure durant, secouée des rires de ces deux gamines ravies de terrifier leurs très catholiques et très innocentes congénères, au premier rang desquelles moi et mon regard interloqué. Les entrées s'enchaînaient. Sans en connaître la teneur, j'en avais deviné la nature. « Arrêtez », avait tenté ma voisine dans un sursaut de cette pudeur conservatrice qu'ont parfois les enfants, le goût de la chose conforme, pour ne recevoir en guise de réponse qu'un nouveau chapelet d'étrangetés, « coït », « anal », « verge », « fellation », « gland », « masturbation ».

À l'énoncé de ce dernier terme, j'avais senti ma rate cuire d'un coup dans mon ventre. Je n'étais pas encore bien sûre de mon coup, mais il me semblait que c'était ça, la chose étrange que je faisais parfois le soir et dont je me doutais sans savoir pourquoi qu'il ne fallait pas en parler. Victor grignote l'élastique de ma culotte. Merde, qu'est-ce qu'il a en tête ? Un ultime mot me revient en mémoire, le dernier qu'avait lâché l'une des deux agitatrices publiques, tout à fait consciente de son effet, ravie de nous sentir nous tétaniser de page en page. « Cunnilingus. » Oui. Oui, bien sûr. C'est donc par ça que je vais commencer. Heureusement, me dis-je, ce ne sont que des prélis. Ça ne compte pas. Victor retire tout ce qu'il reste sur moi, lui reste habillé. Très bien. Je n'y pense pas. Mon esprit a d'autres préoccupations. Ai-je bon goût ? Et mon odeur ? Qu'est-ce qui me dit que je ne sens pas irrémédiablement, terriblement mauvais ? J'ai passé trois jours à supplier Google de me livrer sur un plateau l'exact degré d'épilation qu'aiment les hommes, sans succès. Je ne sais pas ce que les hommes attendent du maillot de leur copine, mais cela ne m'empêche pas de savoir que le mien n'est pas taillé comme il faut. Victor poursuit. Ça chatouille. Ça ne ressemble pas du tout au plaisir que je prends seule la nuit. Peut-être me suis-je trompée. Peut-être n'était-ce donc pas de la masturbation. Note pour plus tard : comprendre ce dont il s'agit. À vérifier dans la foulée : définition de la masturbation.

Je ne sais rien de la sexualité, si ce n'est qu'il faut jouir. C'est comme ça que ça fonctionne, c'est comme ça qu'on atteste l'avoir vécu. Pourtant, rien ne vient. Sa langue surligne tout ce qu'il y a de froid et flasque en moi. Ça tire, ça coule et ça pince en même temps. J'aimerais presque qu'il arrête, mais enfin, ça ne se peut pas, le sexe, tout le monde adore ça. Mes cuisses tremblent. Il s'interrompt enfin, et s'allonge à côté de moi. Je songe à toucher son entrejambe, mais j'en suis incapable. Le plafond n'a jamais été aussi grand. Sans transition, Victor commence à me parler de la grève des transports demain. Je hoche la tête. Je voudrais me rhabiller, mais je n'ose pas. Il me l'aurait dit, si je pouvais.

Victor s'empare de son téléphone, lâche tout d'un coup l'un de ces « putain » lisses qui peuvent tout aussi bien manifester l'agacement que l'amusement ou l'abattement.

– Il se passe quoi ?

– Je sais pas, y a l'air d'avoir un gros truc, genre une polémique.

– Ah ouais ?

Je m'en fiche. Je regarde mes pieds. Ça faisait dix ans que je ne les avais pas vus. J'ai tellement de morceaux de corps à me faire déshabiller.

– Un gars d'Hollywood, il a l'air d'avoir violé des meufs, genre des actrices… mais c'est pas sûr.

– Glauque.

Je mâchonne le blanc qui s'ensuit. Dix-sept ans d'existence m'ont donc menée ici, allongée dans un lit, à trois heures de l'après-midi, dans un petit cocon de sueur tapissé de vêtements, aux côtés d'un garçon dont je ne connais pas encore la date d'anniversaire. J'ajoute une question pour ne pas avoir à assumer la responsabilité de la mort de la conversation :

– Il s'appelle comment ?

– Je sais plus. Einstein, je crois. Harry Einstein.

*

Autour de nous, le monde s'enflamme. #MeToo a commencé, mais je m'y intéresserai demain. Aujourd'hui, je vais faire l'amour, et je l'ai bien mérité.

Ce que nous avons fait ne comptait pas. C'était sale déjà, mais pas du sexe. Dès le lendemain, nous nous y remettons. Victor enlève mon haut, un joli haut bleu que j'ai mis exprès pour ne pas avoir à le garder trop longtemps. D'après ce que m'ont appris les romans, à ce moment-là, tout un tas d'images sont censées envahir la tête de la fille. Pourtant, je n'ai jamais eu les idées aussi claires de ma vie, c'est-à-dire que je n'ai jamais été à ce point consciente d'une absence totale d'idées en moi. Confuse, je tente de mobiliser mes membres, de projeter mon bassin, mon visage ou mes pieds quelque part, en vain. Je me demande à quoi cela peut bien servir d'avoir des pieds dans pareil contexte. Je n'y avais jamais pensé. Est-on vraiment tous faits pour avoir une vie sexuelle ? Il me paraît tout à coup certain que mon corps n'y est pas adapté, du moins qu'il me manque une partie de l'équipement adéquat. Je redoute que Victor ne s'en aperçoive. Un rapide coup d'œil me renseigne et me déçoit. Pas de risque qu'il se moque de moi, il ne me calcule pas. Il regarde le mur, donc pas moi, donc pire que rien. Seule son épaule me fait vraiment face. Pour la remercier, je l'embrasse.

À force d'attendre ma première fois, j'en ai oublié de prévoir ce que j'y ferais. Victor pose ses mains sur moi comme pour ouvrir les guillemets de ce qui deviendra bientôt un souvenir. Il m'étouffe la bouche de sa langue. Si je voulais parler, je ne le pourrais pas. Ce n'est pas comme si j'avais quoi que ce soit d'intéressant à ajouter au débat. Moi qui croyais que l'amour stimulait toujours l'inspiration, je suis déçue.

La main de Victor se plaque sur ma cuisse, comme pour vérifier que je n'ai pas changé, non pas d'avis, mais d'aspect. C'est bon, je suis là. Il m'embrasse, appuie sur mon clitoris. Ça me fait bizarre, mais pas du bien. On a adopté la routine du sexe sans jamais l'avoir vraiment fait. Tout ça est fort intéressant, mais cela ne me dit pas s'il y a ou non érection. Quand bien même ce serait le cas, je me sais incapable de la reconnaître, alors je n'ose pas demander, et encore moins regarder. Comme il ne dit rien, je suppose que tout va bien. Je suis soulagée plus que contente. Trois explorations spéléologiques plus tard, il me pénètre. J'avais lu, sur des forums en ligne, quelques échanges de garçons terrifiés à l'idée de ne pas « trouver le bon trou », sans oser admettre que je partageais cette angoisse avec eux. Victor, lui, n'a manifestement pas peur. Il avance, recule. On dirait qu'il se laisse faire par son corps plus qu'il ne l'anime. Je trouve ça admirable, et un peu triste. La sexualité dépend donc très peu du libre arbitre. C'est très bête, en fait, de faire l'amour. On ne parle pas. On n'apprend rien. À la fin, il n'en reste rien, ni leçon, ni signature, ni preuve. On trouve un créneau pour commettre un acte qu'on taira à ses parents, on se déshabille, on bouge et transpire, on arrête, et puis, le plus souvent, on s'endort. Qu'attendais-je d'autre ?

Le périnée remodelé par les coups de bélier des hanches de Victor, je comprends que je n'aurai droit qu'à ça ce soir, et pas plus. Je ne suis pas triste, juste perdue, ce qui est plus triste encore. Ma tête a déclaré forfait, mon corps n'en est plus très loin. Du papier de verre a poussé partout sur les parois de mon vagin. J'aimerais qu'on me gratte le ventre pour le détacher de moi et que Victor puisse achever loin de mon corps sa petite affaire.

Dans une torsion, mes jambes se retrouvent surélevées. Un muscle dont je découvre l'existence en moi n'a pas apprécié. J'éprouve un grand élan d'auto-identification envers les poulets sur la broche du boucher, les danseuses de french cancan et la structure articulaire des sauterelles. Je n'ai ni mal ni envie que ça continue. Ce n'est pas très grave. Quel besoin ai-je de connaître du plaisir, si je peux l'inventer ?

Je me demande tout à coup si l'on est censé sentir le latex du préservatif contre son vagin. Il n'y a rien dans mon ventre, me semble-t-il, juste une chaleur solide qui va et vient. Soudain, ça me frappe. Victor n'a pas mis de préservatif.

Il est là, pourtant, juste à côté de nos têtes, parrain spirituel de nos ébats. Dans son emballage luisant d'un beau rose de petit-suisse à la framboise, on dirait une confiserie.

Victor l'a zappé. Ce n'est pas sa priorité. Il n'en a littéralement rien à branler.

J'attends, longtemps. C'est impossible. Je ne suis pas la pauvre écervelée qui oublie la capote. Cette minute, la plus longue de la nuit, me fait prendre dix ans. Face au cataclysme, j'adopte ce qui me semble être la plus raisonnable des positions : je décide qu'il n'y a pas de problème. Tout va bien. Quelle cruche j'ai été de m'inquiéter. Si Victor n'a pas évoqué le sujet, c'est soit qu'il a oublié, donc que ça n'est qu'un détail à la marge, soit qu'il s'en est passé de façon tout à fait délibérée. Dans tous les cas, cela signifie qu'on n'en a pas besoin, et je lui fais confiance pour le savoir mieux que moi. Ce n'est pas grave. Ça ne peut pas l'être, puisque ce n'est manifestement pas un sujet. J'ai comme un début de rire. Tout ça pour ça. Toutes ces années à nous marteler qu'en dehors de la capote, point de salut, tous ces clips de prévention et ces contrôles de SVT, tout ça pour m'apercevoir grâce à Victor qu'on peut se débrouiller sans. De toute façon, soit Victor a raison, soit j'ai fait une immense bêtise et ma vie est terminée, or je suis bien trop insignifiante pour cela. (J'ai pour l'interdit la révérence des petites filles sages. Les erreurs, les vraies, sont quelque chose dont je me sais incapable.)

Plus j'y pense, et plus cela tombe sous le sens. Tout va bien. Les médecins exagèrent, voilà tout. Je n'ai pas besoin de connaître Victor pour savoir que lui comme moi savons compter deux par deux, fermer les yeux pour dormir et attendre que le bonhomme devienne vert pour traverser. Si nous savons tout cela, alors nous savons aussi qu'on ne fait pas l'amour sans protection. De deux choses l'une, donc. Soit nous ne sommes pas en train de faire l'amour, mais quelque chose d'assez proche et de totalement inoffensif (pour ce que j'en sais, c'est possible ; du moins, je suis ouverte à l'idée ; après tout, je n'y connais rien), soit nous jouissons en réalité d'une protection autre, garantie par Victor, dont je n'ai pas idée (peut-être sait-il jouir sans éjaculer ? Peut-être est-il atteint d'une azoospermie secrète ? Peut-être est-il capable d'imposer à son propre corps une discipline gamétique d'acier ?). C'est aussi simple que ça. La nuit est douce, d'un coup. Je n'ai pas besoin de savoir ce qui se passe, puisque la sagesse de Victor m'épargne tout devoir d'intelligence. Cela me plaît de n'être plus responsable de rien. Victor a pris cette décision pour notre bien à tous les deux, par amour pour moi, par égard tout du moins, pour ne pas me priver de la moindre de mes sensations, pour ne pas m'imposer l'intermède que je devine effroyablement gênant de l'enfilage de la capote, pour construire avec moi, finalement, l'histoire parfaite de notre première fois. De toute façon il est trop tard, je ne suis pas médecin et j'ai tout sauf l'énergie de songer au fait que je viens de m'exposer à une mort lente et douloureuse sous les assauts de l'hépatite B.

Tout de même. Ça me paraît étrange. Mes doigts grignotent un peu d'air, chamaillent le matelas. Je visualise le préservatif sans le voir. Je ne l'atteins pas. Je n'essaye même pas. Il suffirait d'un « arrête » pour désamorcer toute possibilité du pire mais je reste muette. Par cohérence et loyauté, j'établis que Victor a raison tout seul, ou bien qu'on aura tort ensemble. Le monde redevient plus doux. Le bonheur est une décision, et la peur un abus de méfiance. Ça ira.

Je prends conscience du temps qu'on est en train de perdre, de la nuit de repos que le corps de Victor me rabote. Je m'inquiète soudain de mon contrôle d'espagnol demain. Peut-on réclamer une dispense pour cause de perte de virginité ? Après tout, ça n'arrive qu'une fois dans une vie.

Mon corps gonfle et dégorge, comme passé au micro-ondes. J'en ai marre, et horreur de moi. On n'est pas censé attendre la fin du sexe. On est censé trouver ça beau et rare, puis en parler longtemps le lendemain. Hélas, je n'étais de toute évidence pas à la hauteur. Je tente de convoquer des fantasmes adaptés, ne parviens qu'à remuer des mots sans images, des idées sans envie. Le désir de Victor fonctionne bien mieux que le mien. J'en imite le souffle rauque et le silence mouillé. Il ne le remarque pas.

Je gémis, comme on se parle parfois dans le noir pour vérifier qu'on existe encore. Je cherche autour de moi un regard, pas forcément bienveillant, mais au moins connu. Je trouve ses yeux mi-clos, chauds, animaux, et je me souviens que je n'ai aucune idée de leur couleur. On a éteint la lumière. Je ne peux pas vérifier.

Ça ne va pas. C'est grave, surtout parce que je suis la seule à pouvoir admettre que ça l'est. C'était ma première fois et il n'y en aura pas d'autre. Je ne pense plus qu'à ça, pas même aux trois ovocytes que Victor vient probablement de me féconder ou à l'hépatite B que je refilerai aux triplés dont j'accoucherai d'ici neuf mois. C'était ma première fois, elle n'est même pas terminée mais je préfèrerais que ce soit le cas.

Une grande tristesse monte dans mon ventre, et m'apprend pour toutes les années à venir qu'il est bien pire d'avoir de la peine que de la douleur. Victor va et vient en moi, et au lieu de la déchirure aiguë que j'attendais, que j'espérais à vrai dire, il me semble surtout que je m'alourdis. J'aurais voulu avoir juste mal, les filles normales ont mal la première fois, mais je ne ressens rien, preuve ultime que ce que je vis n'a aucune valeur, ne mérite même pas d'être qualifié d'échec. J'aurais préféré un ratage complet, un drame, un malaise tel qu'on n'aurait plus jamais osé se regarder. Il aurait mieux valu qu'on fasse mal, qu'on pleure, qu'on se dispute. Au lieu de ça, il ne s'est simplement rien passé. Je n'ai même pas saigné.

Victor bouge au-dessus de moi, sans bruit, sans mot, sans cri. C'est comme si c'était déjà fini, sauf que ça continue. Chacun de ses gestes disparaît de ma mémoire sitôt qu'il l'achève. Il n'y a rien, rien à sauver, rien dont je pourrai me souvenir.

J'ai arrêté d'être d'accord avec ce que Victor me fait il y a longtemps déjà, mais heureusement, ma tête a décidé que c'était terminé et ne participe donc plus à l'acte. Seul mon corps est encore impliqué, et un corps, ça ne pense rien, c'est connu. C'est la nuit, après tout. Quelle importance peut bien avoir ce qui se produit sans être vu de personne ? Qui viendra me réclamer des comptes ? Je suis seule aux commandes de ma mémoire, non pas celle avec laquelle je vivrai, mais celle que je transmettrai. J'aurai le choix. J'aurai le droit de l'oublier. Personne ne viendra me le reprocher.

Ça n'a pas été très long. Je ne crois même pas qu'il ait joui. Il se trouve qu'à un moment, il a arrêté de bouger, et qu'on a décidé que ça voulait dire qu'il avait éjaculé.

– Attends, merde, je crois que j'ai fini…

On n'est pas sûrs. On n'en sait rien. C'est bizarre. Je croyais que les cataclysmes faisaient du bruit. De toute évidence, ce n'est pas toujours le cas. Le corps de Victor s'écarte du mien. Jusqu'alors, je n'étais presque rien. Soudain, je redeviens de trop. Victor vient de remarquer qu'il y a un truc bizarre, et moi que je ne vais plus pouvoir l'occulter.

Mon voisin du dessus ouvre une porte, tire la chasse. Demain, j'aurai espagnol à huit heures, et mon ovocyte du mois est peut-être en train d'entamer ses premières divisions cellulaires. Il fera froid, et il faudra que je lance une machine avant la fin de la semaine. Voilà à quoi ressemble la vie quand on n'est plus vierge. Je fais le constat résigné qu'à l'instar des anniversaires ou du premier pied qu'on pose au-delà d'une certaine frontière, ça ne change rien. Victor a l'air de cet avis, lui aussi. Il y a bien cette histoire de préservatif, mais on n'a pas l'air d'avoir grand-chose à en dire, alors ça ne peut pas être bien sérieux. Peut-être même que si l'on se tait assez longtemps, ça finira par n'avoir aucune sorte d'importance, alors je reste muette. Ce n'est pas si mal, jusqu'à ce que Victor se sente la diligence de me dresser un bilan de la situation :

– On a oublié la capote.

Je déglutis. Je comprends que la honte, c'est surtout de la culpabilité qu'on prend en charge pour autrui.

– Ah bon ?

Victor hoche la tête. Il doit me trouver très bête. Ben oui, ma pauvre fille, tu vois bien la gueule du sachet, non ?

– Ouais. On l'a oubliée.

Je pourrais me mettre en colère, contester son usage audacieux du pronom « on », mais je n'en ai pas envie. Pourquoi serais-je moins responsable ? Lui a oublié de la mettre et moi de la lui imposer. Il a raison. On est à égalité. Après tout, c'est surtout pour ma sécurité à moi qu'on s'embête avec des capotes. Si je ne suis même pas capable de faire preuve d'un minimum de discipline et d'intelligence pratique, je ne peux tout de même pas le lui reprocher. Le pauvre ne peut pas non plus penser à tout. Responsable qu'il a été du complexe et périlleux chantier de la confection d'une érection viable, comment aurait-il pu se concentrer sur une question aussi triviale que celle de notre contraception conjugale ?

Victor me considère de longues secondes. Il lui semble qu'il est censé s'inquiéter, mais ça n'a l'air ni d'une mauvaise note, ni d'une dispute, ni d'une guerre à la télé – les seuls visages que l'on est en mesure d'assigner au malheur lorsqu'on a vingt ans. Il en conclut qu'il n'y a ici pas tant un problème qu'une démarche à suivre et que m'expliquer qu'il existe une solution vaudra bien un acte de contrition.

– Ben, au pire, c'est pas grave, t'as qu'à prendre la pilule…

– La pilule ?

– Ben, du lendemain.

– Ah oui. Oui.

Il me paraît plus qu'incongru de me fournir des recommandations contraceptives dans pareil contexte, d'autant plus que cela ne traite en rien notre problème de fond, mais puisque selon la doctrine que j'ai adoptée il y a dix minutes, Victor a raison, je m'empresse d'approuver.

– Bon, ben super.

Problème réglé. Ça a l'air si facile d'être un homme.

– Moi je veux des enfants, bien sûr.

Victor m'informe de ce désir profond comme il évoquerait un cuiseur à riz dont il considèrerait l'acquisition dans un avenir lointain mais certain.

– J'en aimerais bien deux, une fille et un garçon, mais pas tout de suite, tu vois ?

Je hoche la tête. Moi aussi, bien sûr. On aurait peut-être pu parler de nos plans décennaux en matière de structure familiale dans un autre contexte que celui-ci, mais je suis trop occupée à paraître normale pour m'apercevoir que notre conversation ne l'est pas.

– Non, pas tout de suite, c'est sûr.

Victor a arrêté de me regarder. Est-ce que cela signifie que le problème est réglé ?

Je m'allonge, attends une étreinte, une caresse, un remerciement aussi, parce que ce que je viens d'offrir à Victor ressemble tout de même davantage à un service qu'à une expérience.

– T'as pas de...

– De quoi ?

– Non rien.

– J'ai pas de quoi ?

– De maladies ?

– Non, t'inquiète.

Alors ça va.

Son corps se détache du mien. Je me demande ce qu'il emporte de moi avec lui, puis je m'aperçois tout à coup que je suis nue. Ça m'a échappé. J'ai honte mais je ne peux pas le montrer. Dans un sursaut, je songe à courir dans la salle de bains vérifier que rien n'a changé, que mon ventre ne s'est pas maculé d'un noir suspect, que ma peau ne s'est pas creusée sous la marque des hanches de Victor. Je n'en fais rien. Victor, nu et debout, a soudain l'air d'un enfant. Je ne me rappelle plus comment j'ai pu le trouver impressionnant.

– Tu sais...

Sa voix gratte des notes peu harmonieuses, tremblantes.

– C'était ma première fois aussi.

J'ai envie de le gifler. Même sa voix ressemble à celle d'un gamin.

– C'est vrai ?

– Ben oui.

Je l'ignorais. Persuadée du contraire, j'ai laissé reposer toute la beauté du moment sur l'expertise que je lui prêtais, sur ma confiance en le fait qu'au moins l'un de nous deux maîtrisait ce qui se passait.

– Et t'as aimé ?

– Ouais ouais, enfin ça allait quoi.

Il reboutonne son pantalon. Dire que je n'ai même pas réussi à le lui enlever seule.

– Mais t'inquiète, ce sera mieux la prochaine fois. C'est toujours un peu raté au début.

Je souris pour ne pas crier. Ainsi, ça n'a pas été réussi, pas même pour lui. C'est pire que tout. Toute cette pagaille, toute cette médiocrité n'ont été que le produit de deux imbéciles s'essayant à un jeu trop ardu pour eux. Ma première fois est finie pour toujours, ni lui ni moi ne la trouverons jamais belle. Quand bien même elle l'aurait été, j'en aurais enjolivé le récit, bien sûr, mais sans m'y sentir obligée, par un mélange de tendresse et de nostalgie. Le mensonge que je vais devoir bricoler à cause de la capote et de mon silence d'idiote, lui, sera amer et contraint. Ce sera un mensonge de survie, et non de vanité.

Je pense aux soirées de mes amis, à la quatrième bière, celle de minuit, celle où l'on raconte comment c'était quand on l'a fait avec son amoureux et au moment où je prétendrai qu'avec Victor, ça avait été drôle et raté et doux et ridicule et mignon. Je regarde mon ventre offert, nappé d'une sueur qui n'est pas la mienne, et je le trouve tout sauf mignon. J'attends un jugement, une insulte, un pardon. Rien ne vient, et je comprends que je serai bientôt habituée à ce silence. Victor est encore torse nu, la peau couleur faisselle et les épaules affaissées. On a couché ensemble. Je l'ai fait. J'ai un partenaire sexuel. Ces mots sont une extension de moi qui ne me ressemble pas.

– On se voit ce week-end ?

J'enfile un sweat, lui ses chaussettes. Il ne restera pas dormir. Pas la peine de demander pourquoi, je sais que l'excuse sera bonne. Il me fait la grâce d'un dernier baiser, et puis il part.

Mon lit est un sarcophage de désirs et d'erreurs où je n'ai plus ma place. Dehors, il fait trop chaud, malgré le noir, malgré l'automne. Je me penche à la fenêtre. Un profond souffle de moiteur grimpe à la façade de l'immeuble, comme si des corps se décomposaient dans la cour. Dans un frisson, mon ventre se souvient soudain du bébé, des quatre IST et du sida ensommeillé que je viens d'y laisser semer. Victor a dit la vérité : il n'est porteur d'aucune maladie infectieuse, j'en suis certaine, mais il est impossible que je ne sois pas punie d'une façon ou d'une autre pour ma négligence.

Je mets de la musique, mais la mélodie ne flotte pas, elle s'effrite en chemin, quelque part entre mes yeux et ma gorge. La soirée a creusé une douve bizarre en moi. J'ignore de quoi elle est censée me protéger.

Plus je ressasse la soirée, moins je la comprends. C'était censé être ma première fois, mais ça n'y ressemblait pas. Une première fois, me semble-t-il, ça se boucle d'une traite et se dilue sans un mot dans les bras de quelqu'un qui reste dormir. Là il n'y a eu que des silences comme des méduses, mouvants, liquides et douloureux. Ma première fois n'a pas pu ressembler à ça, c'est impensable, à moins que je n'aie vécu le seul dépucelage de l'univers dépourvu de sexualité. J'ai perdu ma virginité et il est trop tard pour la récupérer. Et puis est-ce que ça compte, vraiment ? Pour que ça importe, pour que j'ose y croire, il aurait fallu que je sente quelque chose me transformer, n'importe quoi, pourvu que ça me dépasse et me heurte, pourvu que ça me donne la preuve que mon acte de ce soir avait bel et bien altéré à jamais le cours de mon existence. Il aurait fallu que mes cheveux poussent d'un coup, que mes yeux brillent et que mes bras se délient, que ma peau vire au bleu, que quelqu'un chante dehors et que ma mère s'affole dans son lit. Il faudrait que la nuit se perce d'un cri, que le monde s'effondre et que le matin en se levant décide de basculer dans une nouvelle soirée. Il faudrait que la lune rebrousse chemin, que les parallèles au plafond se rencontrent enfin, que derrière la fenêtre les couleurs aient des odeurs et les nuages des bruits, mais rien n'a changé et je commence à me demander si je n'ai pas halluciné ce carnage. Pour seuls témoins de ma dévastation, les méduses dont les traces blanches et visqueuses s'évanouissent déjà dans les derniers chuintements de la soirée.

Ça n'a peut-être pas eu lieu. J'ai très bien pu me tromper. Ne me reste de la soirée que le goût sec et métallique qu'ont laissé sur ma bouche les lèvres gercées de Victor, la tension imprimée par ses bras rigides, cloués autour des virgules tendres de mes épaules, et le souvenir de mon visage coincé quelque part dans son cou, pour y boire ou y mourir, sans doute. Des fantômes, et les murmures d'un corps qui ne m'appartenait plus.

Tout d'un coup, je me sens aussi adulte qu'abrutie. Je jette un regard à mes mains ouvertes, jaunes et molles, n'y vois que des feuilles mortes où l'on aurait écrit une histoire indélébile dont je n'aurais rien décidé. J'inspire un air qui ne m'appartient pas, expire une odeur qui n'est pas moi. J'ignore ce que je suis censée faire de mon corps. Il me semble que je l'ai achevé, un peu comme un jeu vidéo dont j'aurais complété la quête principale. On peut bien sûr en parcourir encore et encore les niveaux après le générique de fin, mais à quoi bon ? Est-ce cela, grandir, ne plus savoir ce que l'on est ?

Je voudrais appeler Victor, lui demander de m'analyser ce que l'on a vécu, mais je devine qu'il n'en a pas la moindre idée non plus. Je ne comprends pas ce qui m'est arrivé dans cette chambre, ce que j'y suis devenue, comment j'ai pu être tout à la fois si négligente et si lucide, si mutique et si sûre de moi.

La nuit commence à manger les bruits partout autour de moi. Peut-être s'en prendra-t-elle bientôt à mon corps. À vrai dire, cela ne me dérangerait pas. Je rêve, un instant, d'être de la nourriture pour l'obscurité. Je ferais une très belle ombre. J'éteins la lumière pour disparaître un peu. Mes jambes, mon ventre, mes bras, sont des indices, des éléments à charge. Il me faut rester immobile pour ne rien compromettre de plus. Je me doute qu'il y a une leçon à tirer de tout ça, mais aussi et surtout que je suis loin d'être assez compétente pour comprendre laquelle. Il faudrait qu'on m'explique. J'espère que je ne me suis pas trompée mais au fond, je suis persuadée que si.

Je n'ai pas peur, je n'y arrive pas. Ce qui vient de se passer n'est pas encore assez réel pour que je parvienne à l'appréhender. Faute de crainte ou de remords (je n'ai jamais excellé en pensée rétroactive, je m'afflige plus que je ne regrette), ne me reste que la honte, grosse tache de malaise puéril sans la moindre vertu de rédemption morale. Se sentir coupable, c'est déjà commencer à se réparer. Avoir honte, c'est simplement ne pas se mériter. Et j'ai honte. Prostrée dans ma cuisine, je m'imagine avouer à des amis, des médecins et autres témoins plus ou moins qualifiés que j'ai été idiote au point de me taire alors que je sentais un garçon me pénétrer sans protection. Il me faudra pourtant m'y résoudre. Par la suite, je trouverai une combine pour avoir l'air malchanceuse plutôt que stupide, un mensonge sous couvert d'euphémisme : la capote n'a pas été oubliée, elle a craqué. Mais pour l'instant, il n'est que vingt-trois heures huit, je suis seule et aucune histoire ne m'est arrivée, rien qu'un malheur.

Le lendemain matin, je pars en quête d'une pharmacie. Dans la première, on me procure une sacrée leçon de morale, mais pas de molécule contraceptive. Dans la deuxième, on me réclame 40 euros, ce que mes dix-sept ans et l'article L5134-1 du Code de la santé publique n'apprécient guère. Dans la dernière enfin, la pilule m'est donnée sans un mot. J'attends une consigne, un rappel à l'ordre, un commentaire. Seul un petit hochement de tête, discret et presque tendre, me congédie. C'est un silence très digne. De retour chez moi, je prends la gorgée de Volvic la plus grave de toute ma vie. Maman serait furieuse. Étrangement épargnée par toute forme de crampe ou de nausée, je sèche mon cours d'histoire avec conviction, me vautre dans les sections gynécologie de Doctissimo, Madmoizelle, AuFéminin et Quora, apprends tout ce qu'il y a à savoir en matière de contraception, c'est-à-dire tout ce qui pourrait mal se passer, et arrête mon choix sur un stérilet. Atterrée, j'apprends que j'ai autant de chances de dégoter un médecin consentant à poser un stérilet à une mineure que de découvrir un nouvel élément du tableau périodique, mais mue par ce que l'on peut considérer comme la marque d'une immense paresse ou bien d'une foi aveugle et naïve en mon prochain, ou encore d'une très belle forme d'acceptation de la fatalité, je prends malgré tout rendez-vous pour le week-end suivant chez la première gynécologue venue. Je me réjouis bien trop à l'idée de dresser entre moi et la menace de ma fécondité un rempart de cuivre pour laisser un peu de pessimisme altérer ma bouffée de puissance.

Je me mets au lit sans avoir eu mal ni subi le moindre effet secondaire. C'est comme s'il ne s'était rien passé. Je m'efforce d'y croire, mais ce n'est pas évident. Je me persuade tour à tour d'être stérile, folle, prépubère et mythomane. Je m'endors par dépit plus que par fatigue. Je n'ai pas eu de nouvelles de Victor. Je n'ai même pas su quoi écrire à mes amies. J'avais rêvé, longtemps, du message triomphal que je leur enverrais une fois ma virginité perdue. Finalement, il n'y aura rien eu. Une fin de cauchemar m'ouvre les yeux sur le petit matin du samedi. Un vertige métallique, froid, joue du tambour contre ma tête. Des jours suivants, je ne me rappelle rien. Je ne redoute pas du tout une éventuelle grossesse, mais plutôt la possibilité que j'aie tout inventé. La veille du rendez-vous, je décide d'annoncer ma décision à ma mère. Je ne sais pas ce que je cherche, je crois que j'aimerais simplement que quelqu'un me confirme que j'ai bien l'âge de ces choses-là, que j'ai le droit de penser que ça m'est bel et bien arrivé.

Qu'est-ce que tu veux que je te dise ?

J'aimerais l'appeler, mais je me ravise. Je préfère encore la violence d'un écran à celle d'une voix.

Tu veux prendre la pilule, c'est ça ?

J'évoque le stérilet.

Je suis contre. Ça ne me plaît pas du tout. Tu fais ça sur un coup de tête. Tu t'es laissé influencer par un effet de mode. Tu ne t'en rends pas compte, mais tu ne fais que suivre des tendances. Tu vas le regretter.

Je voudrais qu'elle ait le cran de me traiter de traînée. On gagnerait en temps comme en honnêteté.

Je trouve ça assez irresponsable de ta part. C'est tout.

Elle en rajoute. Nous savons toutes les deux que je ne changerai pas d'avis, mais il s'agit là de me punir, pas de me convaincre. C'est très réussi. Maman ne m'avait jamais blâmée que pour ce que j'avais fait. Ce soir, pour la première fois, elle me fait payer ce que je suis.

Je pense que tu te mens complètement. Tu laisses les autres te forcer à faire des choses que tu regretteras.

Je devine à son discours que la contraception, c'est pour les gens qui ne se respectent pas.

Tu es fâchée ?, je lui demande.

Je suis contre.

J'ai toujours tout dit à ma mère, au point que la question de la vérité n'en a jamais été une entre nous. Elle n'est pas mon amie, elle est mon réflexe. Je lui envoie tout de mes journées, jusqu'à des photos de mes dîners pour lui prouver que je mange. J'aime presque bien lui demander de l'aide, lui parler de mes petites bêtises, ne rien lui cacher de mon inconstance, de mon immaturité, de mes caprices. Tout ce que j'ai été, elle en a été témoin. Ce n'est pas la première fois qu'on se dispute, mais c'est la première fois qu'on n'est pas d'accord. Je comprends que je garderai désormais certaines choses pour moi, que si je suis encore capable de tout lui dire, elle n'est plus capable de tout entendre.

Je m'installe dans la salle d'attente de la gynécologue comme je prendrais place à bord d'un wagon de montagnes russes sans mesurer la taille requise, à la fois très fière de ma débrouillardise et extrêmement terrifiée. Mais il est trop tard pour avoir peur, alors je me contente de me préparer. Victor n'a évidemment aucune idée de ce que je m'apprête à faire, mais il n'y a pas lieu de l'embêter avec ça. C'est un problème de femmes, donc ce n'en est pas vraiment un. De toute façon, si j'en suis là, je ne peux m'en prendre qu'à moi.

Je suis tombée sur une docteure très gentille. Elle me laisse parler, tombe d'accord avec moi sur le choix du DIU, me prescrit différents prélèvements en laboratoire, et m'annonce qu'elle va devoir m'échographier l'utérus. Depuis la table d'examen où je m'allonge, je ne la vois pas vraiment. Elle m'explique tout ce qu'elle fait. J'ai plus de chance que les filles des forums Doctissimo. Je me doute de ce qui va suivre. Je décide que ça ira, même si bien sûr ça ne va pas du tout. C'est la première fois qu'on me pénètre avec autre chose que de la peau. Je commence à comprendre que je ne m'appartiens pas vraiment, à cet endroit-là. Je me sens comme un couloir de métro qui ne sert qu'à être traversé, et où l'on ne trouvera jamais rien de beau. Je m'ouvre, je m'élargis. Je suis tellement plus mécanique que je ne le pensais. La gynécologue m'annonce que j'ai un « utérus parfait ». Dans le doute, je décide de le prendre comme un compliment. Je ne me suis jamais sentie aussi petite.

J'ai perdu 90 euros et pas mal de naïveté. Dans la rue, je marche en zigzags. Huit jours plus tard, une feuille de papier toilette teintée de rose m'annonce que je ne suis pas enceinte et qu'il est temps de courir au labo pour m'y soumettre aux examens que la pose d'un DIU requiert. Autour de moi, les gens sont venus pour du diabète, du cholestérol, de la vitamine D. Il n'y a que moi ici pour avoir une vie sexuelle problématique. Je suis la seule dépravée du quartier, de la ville, du pays. Pourtant, je me persuade en parallèle que je n'ai rien à faire à cet endroit. D'un moment à l'autre, c'est sûr, quelqu'un surgira d'un recoin, m'arrachera ma prescription et me beuglera de retourner à la classe de CM1 à laquelle j'appartiens. Il n'en est rien. Une laborantine nommée Sylviane me demande de me déshabiller et me regarde sans rien dire, les yeux vides et doux, comme s'il était prévu de longue date que je lui rende cette petite visite en tête-à-tête. Elle me demande si je suis vierge. « Non », finis-je par lâcher, la voix artificiellement grave, rauque, comme lestée par tout le poids de mon stupre et de ma saleté. Deux flacons de sécrétions vaginales plus tard, je n'arrive plus à parler autrement qu'en huitième octave. Mon vagin, désormais, c'est open bar, Chelsea Street, les Champs-Élysées. Elle me demande de tendre le bras. « Ça, c'est pour la syphilis et l'hépatite B », précise-t-elle en agitant deux premiers flacons de sang. Les petits tubes de plastique médical composent en s'alignant un orgue étonnant, au cuivre rouge et lugubre. Il ne joue rien. On ne joue plus du tout. J'en ai encore l'âge, mais plus le droit.

Le jour de la pose du stérilet, je préviens ma mère. Elle ne me répond pas. Tant pis. Je ne m'attendais pas à des encouragements, encore moins à du soutien. Lui écrire n'était qu'un moyen de m'empêcher de changer d'avis. Je me dis qu'au moins je lui appartiens un peu moins.

Estelle a tenu à m'accompagner. C'est étrange, la vie d'adulte, semble-t-elle se dire alors que la gynécologue referme la porte de son cabinet et m'entraîne vers la table d'examen. On m'a prévenue que la douleur pouvait être affreuse mais je ne sens pas grand-chose, rien qu'un court appel d'air qui m'aspire de l'intérieur. Après ça, je marche comme avant, si ce n'est que j'ai conscience pour la première fois de l'existence des différentes couches d'organes qui pulsent dans mon bas-ventre. Je suis une petite fille qui flotte dans son corps sans l'habiter. Estelle me demande comment ça fait. Bizarre, mais ça va, je lui réponds.

Je dis à Victor qu'on est tranquilles désormais. Il ne s'en étonne pas. Mon odyssée gynécologique est pour lui une aubaine, l'occasion rêvée de laisser tomber le préservatif sans jamais avoir eu à y recourir. L'idée qu'un dépistage de sa part pourrait nous être utile ne lui vient pas à l'esprit. Je n'arrive pas à lui en réclamer un. (Je n'arrive pas à lui réclamer quoi que ce soit.) Ça m'effraie, mais je me dis que j'ai vu assez de médecins pour deux. Je ne lui en veux pas. Après tout, Victor aussi est un enfant. Un enfant majeur, certes, mais un enfant tout de même, qui prend parce que c'est là, profite parce que pourquoi pas, et pour qui ce qui est invisible n'existe pas. Ce n'est pas grave. Je serai l'enfant sérieuse. Je le suis déjà. Et puisque je suis de toute évidence incapable d'éprouver du plaisir à quoi que ce soit, autant que je lui permette d'en prendre.

C'est ainsi que les choses fonctionneront entre nous. Victor sait tout, et quand il ne sait pas, ou quand il se trompe, je me tais jusqu'à ce que ça me convienne. Cette leçon, je l'ai apprise un soir de novembre, le ventre vide et muet, seule sur le sol d'une petite cuisine étudiante.

*

Certaines générations ont engendré des révolutions, la nôtre a livré des témoignages. Au début, je ne parviens pas à les lire. Ce n'est pas qu'ils me choquent, m'ennuient ou m'indignent, non, ce qu'ils décrivent est simplement trop loin de moi. À défaut de comprendre le fond, je fais attention aux mots choisis. Les mêmes termes reviennent sans cesse, et chacune de leurs occurrences les vide d'un peu plus de sens, comme des photocopies photocopiées jusqu'à épuiser toutes les réserves d'encre. Ça parle de viol, de brutalité, de filles trop jeunes et de justice à l'arrêt, et c'est à peu près tout ce que je suis en mesure d'analyser. Ça veut des corps. Ça veut des morts.

Un jour pourtant, j'y plonge, tripes les premières. Je pensais mes amies bavardes, mais leurs pavés et leurs tribunes m'apprennent que tout ce temps, leurs silences ont de loin surpassé leurs confidences. Leurs récits, maculés de violence, de vulgarité, sont des films en langue étrangère dont les images me frappent, mais dont le sens m'échappe. Je les crois parce que je les aime, pas parce que je les comprends. Elles me parlent comme à travers une vitre. Je vois bien ce qu'elles évoquent, mais ça reste froid et brouillé. Ça me paraît inventé, quand bien même je sais que ça ne l'est pas. Je n'y peux rien. Je n'ai jamais été agressée, moi. J'ai parlé à trois garçons sur les six derniers mois.

Mes amies parlent, leurs phrases sont de faux échos, qui se ressemblent mais ne racontent jamais la même chose. Sous les publications fleurissent des bouquets bleus et rouges de « j'aime » et de « j'adore ». Ça fait de gros boutons partout, comme une maladie. Je passe d'un témoignage à l'autre comme je me laisserais prendre la main par une série télé. Les méchants sont systématiquement ceux qu'on croit, et ils s'en sortent à tous les coups. Pourtant, ça reste captivant. On a le sentiment que ce n'est pas possible, que c'est trop gros, alors on lit jusqu'au bout, on n'est pas surpris, de moins en moins affecté, puis on essaye encore. C'est comme les tragédies. On sait très bien comment ça va tourner, mais on ne peut s'empêcher de rester pour le dernier acte. Petit à petit, je reconnais des schémas, des cycles. Ce que mes amies taisent m'intéresse plus encore que le reste. L'horreur est un divertissement endurant.

L'automne se dissipe, les hashtags prennent un goût de rance. Dans moins d'un an, je serai majeure. Pour devenir adulte, il me paraît essentiel de pouvoir me forger des opinions à moi, or aucune des miennes ne dure plus d'une semaine. Il me semble que tout le monde a un peu raison, ce qui est surtout la preuve que j'ai tout le temps tort. Vu l'état de crise de la plupart des figures d'autorité autour de moi, je confie ma formation intellectuelle à Internet, qui me donne entière satisfaction. Mon ignorance s'étale sur une cinquantaine d'onglets. Instagram prend en charge mon éducation sexuelle, *Mediapart* mon parcours citoyen et Twitter mon initiation à la philosophie morale. Les enquêtes du *Monde* et de *Libération* mettent des mots sur les combats que je veux défendre par instinct mais que je ne sais pas encore nommer. Je bouffe des pages et des pages de chiffres sans rien en retenir. Ce n'est pas grave, tant qu'ils m'impressionnent. Dans les gros ventres lourds des zéros, des milliers, je lis le silence affaissé de cette marée de femmes condensées dans des chiffres de papier qui ne veulent rien dire. Cela me rend triste. Je me sens responsable. Mon historique est une très longue liste de pardons inaudibles.

Toutes les internautes s'accordent sur une série d'expériences rituelles, apparemment constitutives du statut de femme. À les entendre, une femme, ça n'a pas droit à la parole, ça gagne moins et ça souffre plus. Ça me paraît cohérent avec ce que je connais du monde. Même ma grand-mère ne demande jamais à mon frère de l'aider à débarrasser. Mais enfin, jamais rien dans mon existence ne m'a confrontée à ces histoires de rues, de coups et d'insultes. Pourtant, mes nouveaux référents expliquent que ça s'est toujours passé comme ça. Je n'en savais rien. Chez moi, il n'y avait qu'une mère qui ne parlait pas et des dîners où les gens mariés ne se touchaient pas.

Je m'attends à ressentir le fameux malaise que tout le monde raconte éprouver à la lecture de ces articles, le guette presque, mais il n'en est rien. Je me demande ce qui, du monde ou de mon cerveau, est le plus cassé, et s'il vaut mieux être une alliée ignare ou une victime éclairée. J'ai presque envie qu'un porc s'en prenne à moi aussi. Au moins, je comprendrais, et je saurais quoi dire. Mais de toute façon, personne ne sollicite mon avis sur tout cela. J'ignore si je suis surtout triste qu'on ne s'y intéresse pas, ou de savoir que je n'aurais rien de pertinent à répondre.

J'examine la société sans m'impliquer, sans passion. J'ai compris qu'il n'y aura jamais de vérité, donc jamais de justice. Il n'est pas question de savoir si les accusations sont fondées, mais de la façon dont on doit réagir. Internet est doué pour ça. On dénonce, on conspue, on bloque, on déteste. Aucune d'entre nous ne cherche à détruire la vie des hommes. D'ailleurs, quand bien même on le voudrait, on n'y parviendrait pas. Les tweets ne donnent pas de noms, les procès n'auront jamais lieu, les hommes puissants pointés du doigt ne sont qu'une poignée, les autres seront oubliés, et les suivants prendront le relais. Ces condamnations virtuelles ne sont que des sentences de pacotille, des réparations de consolation, mais elles soulagent. Elles donnent le sentiment que quelque chose se passe, ce qui n'était pas le cas auparavant. Je n'acquiers pas de certitudes mais des automatismes de pensée. Maintenant, je sais comment juger ce qui se présente à moi. Un sifflet dans la rue, c'est grave ; une main aux fesses, encore plus ; du harcèlement par SMS, davantage encore. Je clique, je signale, je déplore, je dislike. Ma tête s'emplit de rubans de mots qui vont ensemble et qu'il n'y a qu'à dérouler pour offrir une réaction pertinente à chaque nouvelle accusation. Qu'importe d'où vient le crime quand on sait où le ranger.

J'éprouve pour les adultes autour de moi une compassion gênée dont je ne sais pas quoi faire, comme on hésite à présenter ses condoléances à la famille de quelqu'un que l'on n'a pas fréquenté, ou pire, que l'on n'aimait pas. Ma pitié se mâtine d'un rien de condescendance. Il me paraît aberrant qu'on ait pu croire que l'amour ressemblait à ça, avant. Tous ces gens, monstres comme enquêteurs, maris comme victimes, n'ont tout de même pas été très finauds. Si même une gamine de dix-sept ans peut se rendre compte de combien leurs règles de drague, de séduction et d'emprise laissent à désirer, les vieux n'ont guère d'excuses pour leur manque de lucidité. On aurait dû davantage écouter les adolescentes, me dis-je. Elles, au moins, savent quoi faire de leur violence. Elles la gardent pour elles, et ça leur donne envie d'aimer. Ça aurait évité bien des malheurs.

Après quelques semaines, seuls quelques journaux trouvent encore à s'horrifier des porcs. Le ventilateur #MeToo brasse mollement un souffle d'air tiède dans une pièce déserte. Plus les papiers se multiplient, et moins on les lit. La violence ne nous intéresse que quand elle nous ressemble, et personne n'a envie de se reconnaître dans les monstres. Moi aussi, j'épuise mon empathie. Je trouve tout ça très mal, mais plus vraiment affreux. Je me suis habituée. C'est alors que je comprends pourquoi les hommes ont inventé les filles. Nous sommes des machines à accepter. À défaut de vouloir que les choses se passent, nous les rendons possibles.

Je suis tentée, moi aussi, de cesser de lire les tribunes. Un spectre nouveau me menace : l'indifférence. Une tristesse sans corps.

Les pancartes violettes des manifestantes forment l'alphabet d'une langue dont je doute que le monde l'adopte vraiment un jour. Notre passé commun va mourir, certains le pleurent par intérêt, d'autres le piétinent alors qu'il s'agite encore. Je contemple l'agonie sans broncher. Ce n'est pas mon histoire. Je me dis que les porcs ne semblaient pas si différents des types normaux, à l'époque où on ne les voyait pas encore comme ça.

L'ignorance me manque. Savoir que c'est pour la bonne cause ne m'empêche pas de regretter, au moins un peu, l'âge où je ne savais même pas qu'il en existait une. Avant j'étais libre, désormais je suis déterminée. #MeToo me force à exister comme femme partout où je vais. Pour la première fois, je remarque des regards d'hommes posés sur mes fesses dans la rue, je relève leurs interpellations. J'ai honte d'être matée parce que depuis Twitter, je n'ai plus le choix de ne pas y reconnaître du harcèlement. Le matin, je passe les pulls bleu foncé de mon adolescence, et les découvre moulants. Je ne sais pas où ranger mes seins. Je n'avais pas cette interrogation-là, avant.

J'apprends ma féminité à travers les mots des autres. J'apprends qu'être femme, c'est plaire sans le vouloir, et mon corps m'apparaît soudain comme un instrument dangereux que je ne saurai jamais manier. Je croyais que j'étais simplement censée l'habiter, il s'avère qu'il servira surtout à m'assigner une valeur. Victor me prend sur le pas de sa porte, par la taille, par les bras. J'aimerais qu'il attende d'y être autorisé, mais je préfère apprendre à aimer ce qu'il me donne. Je ne sais pas ce que je suis, mais je sais que c'est très facile de l'être. Je suis née pour aimer les garçons comme lui.

Ce n'est qu'une fois que les médias cessent de parler des agresseurs que je me sens en droit de m'approprier le sujet, enfin, pour de vrai. Mon éducation me semble parfaite. J'ai lu les livres des féministes, enfin, deux ou trois, mais ça suffit. J'ai compris le patriarcat, la domination des hommes. Je sais repérer les méchants, les mauvais, on ne m'y prendra pas. Moi, j'arrive trop tard pour me tromper. C'est bon. Je suis sauvée. J'ai eu de la chance. Naître de la dernière pluie m'a permis de passer entre les gouttes. Tout ira bien pour moi. J'ai été assez maligne pour me trouver un garçon gentil capable de me protéger. Bien sûr, ça ne prémunit pas de certains accidents, mais Victor sait, Victor comprend, Victor m'accompagne. On est des enfants. On apprend.

Avec voracité, je m'approprie toutes les certitudes que les féministes ont conçues et défendues pour les filles comme moi. C'est important. C'est mon rôle. Je suis la relève, je suis la génération de la révolution. Nous sommes les femmes d'après. Le monde ne changera pas si les jeunes filles continuent de se cacher. Maintenant que Caroline De Haas, Virginie Despentes et Alyssa Milano ont conquis pour nous de nouveaux droits, c'est à moi de m'indigner des porcs, de remarquer que mon professeur de droit reluque nos seins et que papa n'a jamais vraiment été très gentil avec maman. J'ai voulu être adulte, avoir des convictions, me voilà exaucée. Parfois, je ne sais pas quoi répondre aux adultes et aux garçons. Car avec mes opinions, j'ai hérité de contradictions.

J'ai été humiliée d'apprendre que j'étais une femme, mais #MeToo me permet de m'apercevoir que je peux aussi en être fière. Ma nouvelle identité est toute trouvée. Je ne serai plus une meuf mais une meuf féministe. Ça me rend plus intéressante. Je me plonge dans un militantisme prémâché, n'apprends que les chiffres les plus alarmants que je n'hésite jamais à exagérer. Ce n'est pas tant du mensonge que de la prévention. Pas tous les hommes, mais beaucoup quand même. J'applique une présomption d'innocence remaniée. D'accord pour dire que les hommes ne sont pas coupables jusqu'à preuve du contraire, mais à condition que les femmes soient présumées victimes.

Je me mets à tout voir en noir. Je suis en colère, obsédée. Tout m'indigne, la publicité, le vocabulaire erroné des hommes, la droite, les inégalités salariales, Nadine Morano, la Manif pour tous, la prostitution forcée, les 20 % de TVA sur les serviettes hygiéniques et le masculin qui l'emporte sur le féminin. La vie devient passionnante, parce que révoltante. Je veux convaincre, mais me moque de ne pas y parvenir. Je suis juste heureuse de savoir quoi penser. Enfin, je maîtrise un sujet de conversation en soirée, et peu importe que la moitié de l'assemblée ne soit pas d'accord avec moi. Je préfère avoir tort que rien à dire. Ma peur devenue rage casse l'ambiance. Ça m'arrange. Les gens ont du respect pour les saccages.

En parallèle, je couche avec Victor. Un jour sur trois, bientôt un jour sur deux. Je regarde ces ébats sans les vivre, le ventre bouché par un vieux fond d'éducation catholique. J'ai peur que la sexualité me rende sale, mais le monde est en train de le devenir bien plus que moi, alors je cesse de me faire du souci. La providence m'a déçue. Si les hommes peuvent être aussi immondes, ce ne peut pas être par accident. Quand bien même Dieu m'estimera souillée, je serai à son image.

*

Depuis toujours, on m'a expliqué comment refuser de coucher, mais jamais comment faire l'amour. Avec #MeToo, j'ai vaguement espéré que ça changerait. J'ai vite compris que non.

Durant un cours de prérentrée, une semaine avant que je rencontre Victor, on nous a projeté une vidéo qui comparait le consentement à une tasse de thé. Nous nous sommes collectivement accordés à trouver hilarante cette analogie bizarrement salace, filée par un narrateur dont l'accent britannique primesautier donnait à la moindre de ses propositions la sonorité galopante d'une comptine pour enfants. Le thé doit rester un plaisir, assurait-il. « On a le droit de demander du thé, et puis de changer d'avis. Quand bien même quelqu'un a bu du thé avec vous samedi dernier, il n'est pas admissible de frapper à sa porte le samedi suivant et de le contraindre à en boire à nouveau. Si la personne est ivre, la priorité n'est vraiment pas de boire du thé avec elle, même si c'était ce qu'on avait prévu. Et puis si l'on est frustré que l'autre refuse le thé qu'on lui avait préparé, eh bien, on n'a qu'à boire son thé tout seul. » Je fixais mes camarades un à un, et je me demandais lesquels d'entre eux avaient déjà entamé une forme de vie sexuelle. « Les personnes inconscientes ne veulent pas de thé. Elles ne peuvent pas dire qu'elles veulent du thé. Parce qu'elles sont inconscientes. » J'imaginais quelqu'un jeter du thé sur le visage d'un petit bonhomme endormi. Toute la salle riait. La vidéo nous renvoyait à l'âge où il nous était impossible de parler de sexualité autrement qu'à travers des images triviales et abêties, dont le champ lexical allait, en gros, de la petite fleur aux fraises des bois. En réalité, nous n'avions jamais cessé d'avoir douze ans et aucune idée de ce à quoi ressemblait la sexualité des gens.

Un mois plus tard, un autre professeur juge bon de nous remontrer cette vidéo. Je ne suis plus vierge, je devrais me sentir concernée. Ce n'est pas le cas. En réalité, ça l'est même encore moins. Je suis toujours d'accord pour boire du thé. Et puis, quand bien même j'en boirais sans être d'accord, ça ne serait pas bien grave. En revanche, je ne suis pas bien sûre de ce à quoi ça ressemble d'avoir envie, ou non, de coucher. Je me demande s'il est possible de désirer une chose dont on sait qu'elle nous fera souffrir. Il le faut bien. Autrement, je suis mal barrée.

Personne n'a de récit similaire au mien. J'en déduis que ce que je vis n'a rien à voir avec de la sexualité. Un premier frisson tiède me ramollit la gorge. Alors que la vidéo s'achève, je m'aperçois que je me suis mise à la détester. C'est odieux de parler de sexe comme ça. Le consentement n'a rien à voir avec du thé. On ne nous apprend pas à le fabriquer, et il est toujours trop tard pour prendre conscience qu'on ne l'a pas donné.

*

Octobre perd ses dernières feuilles, et je comprends que j'ai choisi Victor par la force des choses, c'est-à-dire que je ne l'ai pas choisi. Il y a de la valeur dans le fait de chérir ce que l'on reçoit, me dis-je. Victor n'est pas un caprice, il est un cadeau. J'accole mon nom au sien sur du papier de brouillon. Ça ne sonne pas très bien. Tant pis. L'habitude rendra mon nom d'usage familier, et tant pis s'il ne me plaît jamais vraiment. Ça ne me coûtera pas grand-chose et ça rendra Victor content. Renoncer à un patronyme ne sera pas le plus important des efforts que je lui consentirai.

Victor ne se livre jamais, bien que nos conversations ne concernent que sa vie. Atterrée par mon évidente infériorité intellectuelle, je tiens à jour dans mon téléphone une note secrète de réflexions personnelles et anecdotes amusantes à dégainer lors de futurs rendez-vous, dont j'oublie toujours de me souvenir au moment adéquat. Je ne trouve jamais autant à lui dire que lorsqu'on se tait.

J'aime que les trois poils vaguement rigides qui se battent en duel à l'ombre de son menton s'invitent dans nos baisers et me râpent un peu la peau. Je ne saurais pas dire pourquoi. Sans doute cela me rappelle-t-il qu'il est un peu différent de moi.

Je ne saurais pas dire s'il me plaît. Je sais juste qu'il me le faut. Noueux mais pas très nerveux, Victor n'a pas le genre de physique que l'on remarque, plutôt celui auquel on s'attache. Le grain de sa peau est particulièrement rêche, même pour un garçon – mais je ne le comprendrai que plus tard. Pour l'heure, je n'ai personne à qui le comparer, et je le trouve très doux à caresser. À défaut d'être l'homme de ma vie, Victor est l'homme dans ma vie. Ça me suffit.

Je découvre les démonstrations publiques d'affection comme un enfant obtient enfin l'autorisation de rentrer seul chez lui après l'école. Je savais que ça finirait bien par m'arriver un jour, mais je peine malgré tout à croire en ma chance et surtout, il me semble que je ne m'en lasserai jamais. Accrochée aux bras de Victor comme une feuille qui y aurait poussé, alors que les marches d'une bouche de métro me lèchent déjà les pieds, je m'abandonne à replier un peu la jambe en l'air, par coquetterie, par gourmandise. Je n'ai aucune idée de ce à quoi je ressemble, mais je sais que, si je pouvais me contempler de l'extérieur, je me plairais. Nos embrassades s'éternisent. Victor prend goût à disposer de moi dans la rue. Je suis sa première officielle aussi, après tout – comme il dit.

Un soir, après quelques semaines de militantisme exalté, j'abandonne le féminisme. Il a plu, le trottoir est un miroir malade. Le ciel, lugubre, semble prêt à nous couler dessus d'une seconde à l'autre, et chaque nuage y imprime comme une cloque en pleine croissance. Le vent érafle ce que novembre n'a pas déjà brûlé de nos peaux, les boyaux du métro vomissent les gémissements de freins. J'ai trop froid pour être fatiguée. C'est la plus belle nuit du monde. Ma bouche fond dans la sienne plus qu'elle ne l'embrasse, comme si on voulait dégouliner dans la gorge l'un de l'autre. Je m'applique. À choisir, je tiens surtout à bien m'y prendre plutôt qu'à être bien prise.

Soudain, je pense à #MeToo et je nous trouve indécents, mais c'est trop lourd à porter toute seule et Victor n'accepterait jamais de partager cette charge avec moi, alors je décide que je suis indigne de ce combat-là, et renonce à être autre chose qu'amoureuse. C'est ce qui me réussit le mieux. Au fil des semaines suivantes, je cesse mes interventions militantes en soirée. Je suis désormais trop casée pour pouvoir encore prétendre déranger les autres.

Ma vie devient d'une simplicité inédite. Plus je me rends ignare et passive, mieux je me porte. J'ai délaissé les journaux, les débats. Mon bonheur m'attend chez moi. Je comprends enfin le secret des gens confiants. Loin d'être illuminés ou mieux renseignés, ils ont tout simplement eu la chance de tomber amoureux. Le moindre questionnement existentiel me paraît désormais nul et non avenu. Les angoisses de mort, de succès, de renommée ne sont qu'une carence d'affection, je le comprends à présent. Laisser une trace importe peu quand on a une vie parfaite.

Victor ne tient pas à rencontrer mes amis, à m'emmener dehors ou à se souvenir de ce que je lui raconte. Cela ne me dérange pas. Je ne suis pas très heureuse, mais j'ai une bonne raison de l'être, alors c'est tout comme.

Début décembre, nous nous rendons au cinéma. Aussitôt le générique achevé, il m'annonce qu'il rentrera chez lui directement. Deux semaines plus tard il ne vient pas dîner, mais débarque vers minuit. Ça devient récurrent. Il file, me lâche, s'absente juste un moment, décale, annule. Ce n'est pas un problème. Moi, je ne bouge pas.

*

« Sortir avec moi, c'est un sacré changement de statut pour toi, dis donc », me taquine-t-il un jour, alors que je lui passe l'exemplaire de *The Economist* qu'il vient de recevoir, comme un enfant apporte leur café aux adultes après le déjeuner. C'est vrai, mais pas pour les raisons qu'il a en tête. Si je suis à ce point sensible à son avance sur moi, au livre de Thomas Piketty posé sur sa table de chevet et à ses chemises bleu ciel, ce n'est pas parce que ça me prouve qu'il est intelligent, mais parce que ça lui en donne l'air. Et pour ça, Victor est très fort.

Plus que séduisant, Victor est précieux. Pour la première fois, on m'a choisie, et rien ne me garantit que ça se reproduira à l'avenir. Alors je le couve, je le chéris. Jamais de ma vie je ne le quitterai. Petite fille, j'économisais tout mon argent de poche. Adolescente, je découvre que je fonctionne pareil en amour. Je garde tout et je ne touche à rien. Je suis contente de ce que j'ai. Peu m'en importe la valeur, tant que c'est à moi. Victor pourrait me faire n'importe quoi, je le lui pardonnerais aussitôt. Il mérite tout de moi, puisque je ne le mérite pas.

Si je n'ai pas encore bien compris qui je suis, je suis tout de même au courant d'une chose : ce n'est pas assez. Il me faut un personnage plus grand que moi, un rôle dans l'interprétation duquel je pourrai arrêter de me chercher. Grâce à Victor, je trouve enfin à quoi je vais pouvoir consacrer ma vie : l'aider. À défaut d'une identité, j'aurai de la reconnaissance.

Avoir passé mon adolescence à me moquer des femmes au foyer ne m'empêche pas de m'investir dans ce rôle d'amoureuse transie. Je le masse, l'attends, l'écoute, lui passe la pommade, dix balles et mes clés. Voir ma mère se comporter de la sorte m'aurait mortifiée pour elle, mais dans mon cas, ça n'a rien à voir : c'est mon choix. Victor semble jouir de tellement plus de certitudes que moi. De quel droit irais-je gaspiller mon temps et mon énergie à inventer mon propre bonheur quand je peux participer au sien ?

Victor n'est guère enclin aux remerciements, tant pis. Plus Victor m'est ingrat, plus mes sacrifices passent inaperçus, et plus je suis contente. Chaque jour, je prélève de petits morceaux de libre arbitre à mon confort pour consolider le sien et j'investis pour lui tous les rôles de la basse-cour ménagère – copine, psy, prof, bonne pote, daronne, bobonne et pauvre conne. Ça ne me fait pas spécialement plaisir, mais ça nous fait du bien. Il n'y a rien à penser, il n'y a qu'à faire, se taire et prendre soin. Cela me vient sans effort. On n'aime jamais aussi bien un homme que lorsqu'il ne s'en rend pas compte. Je l'ai appris grâce aux livres, au cinéma et aux silences de ma mère.

Je corrige, j'anticipe, je cuisine, je nettoie. « Syndrome de l'infirmière », me taquine Estelle. C'est faux, je ne cherche pas à sauver Victor, j'ajoute simplement du bon au bien, pour le rendre meilleur. Je donne, y compris et surtout ce qui me coûte. Bien sûr, cela m'affaiblit, mais j'en tire une sorte de réconfort, rance et roboratif. Plus je me dépouille, moins je me sens vide. Moins Victor me remercie, plus je m'anoblis.

« Qu'est-ce qui te plaît chez lui ? », me demandent les amies à qui ça n'est pas encore arrivé. Je ne sais pas quoi leur répondre. Je me dis que c'est normal, que l'amour ça ne s'explique pas. Avant, je croyais qu'on aimait grâce à, ou même à cause de. Je découvre qu'on aime surtout parce que pourquoi pas.

*

Dès la naissance de mon couple, sans même que cela ait à faire l'objet d'une discussion, Estelle et moi actons la rétrogradation de nos relations, qui passent de la nécessité à l'agrément. Elle aussi s'est trouvé un copain. Nous sommes casées, maintenant. Je ne m'en émeus pas : on n'a rien sans rien, et les amitiés n'ont jamais été à mes yeux qu'un simple port d'attache que je brûlais de lâcher pour le grand large. Telle la chenille vouée à devenir papillon, vient un moment dans la vie de chaque fille où ses amies laissent place à un garçon.

Estelle annule un déjeuner, et moi le suivant. Nous n'avons plus autant de temps l'une pour l'autre. Nos moments à deux s'espacent, et ça m'arrange. Je suis un peu jalouse de son couple à elle, à vrai dire. Je connais bien son copain, Bastien, il a une voix douce, ne fait pas de mystères et l'emmène au cinéma avec ses amis. Estelle et lui s'aiment très fort, et le pire, c'est qu'il le lui dit. Ils vont même passer Noël ensemble. Parfois j'ai le sentiment d'avoir choisi la mauvaise queue à la caisse du supermarché. Tant pis. Je m'interdis d'y penser, me concentre pour célébrer avec elle notre nouveau statut social lors des quelques déjeuners que nous parvenons à partager. Quelles belles histoires, quel grand progrès. Nous sommes des filles en couple. Moins proches qu'avant, certes, mais assorties.

Petit à petit, notre amitié dégénère en simple habitude, une entente numérique qui fleurit à la lumière de nos lampes de chevet. On rit beaucoup, sans vraiment parler. Il nous est plus facile de partager des memes que des confidences.

« Je suis super contente que tu aies trouvé Victor », me répète-t-elle à la fin de chacune de nos discussions.

Cette petite phrase a remplacé l'habituel « bisous Elsa, je t'adore ». Je m'en satisfais. Il me semble qu'Estelle m'apprécie mieux depuis que j'ai Victor. J'essaye de ne pas penser à tout ce que cela révèle de ce qu'il me manquait avant lui. J'oublie aussi, au passage, que Victor n'est pas le meilleur, mais le premier.

*

Victor m'intègre à son quotidien avec une telle aisance que c'est presque comme s'il ne m'avait pas remarquée. Son alarme sonne à sept heures trente tous les jours depuis ses treize ans, et il le fait encore depuis que je suis là. Je ne change rien à sa vie, ni à ses matins.

Au réveil à ses côtés, l'air est propre, le ciel d'un bleu métallique un peu grisé, dans lequel j'aimerais me tailler une robe de satin, liquide et tiède. Nous ne petit-déjeunons pas. J'ai dit à Victor que moi non plus, je n'en avais pas besoin. La faim creuse dans mon ventre une fosse profonde. Je me dis qu'elle libère de la place pour davantage d'amour. De toute façon, avec Victor, rien ne me manque jamais. C'est fou. Il suffit de ne pas réclamer pour ne plus avoir envie.

Après trois semaines d'ascèse, je songe à lui avouer qu'il me faudrait quelques tartines le matin, ou au moins une pomme, mais je me l'interdis. Le vide dans mon estomac me pèse moins que l'idée de le déranger, ou de créer entre nous un désaccord diétético-doctrinal. Il me semble que notre couple ne s'en relèverait jamais. De toute façon, je trouve aussi mon compte dans ces jeûnes mimétiques qui nourrissent en moi l'exquis sentiment de pureté vénéneuse que des mois et des mois de privation alimentaire m'ont appris à adorer. Je m'abîme sans bruit. Victor sait que j'ai fait des bêtises avec mon alimentation par le passé. Il ne se formalise pourtant jamais des dîners que je prétends régulièrement avoir ingérés avant de le retrouver, de l'étonnante nausée que je partage avec lui au réveil, ou des gâteaux que je le regarde manger sans jamais en réclamer le moindre morceau. Je prends son indifférence pour de la bienveillance, une marque de confiance.

La machine à café taille dans nos silences matinaux une marche militaire dont les vibrations me donnent le sentiment d'être devenue une vraie adulte. Le café au réveil, c'est un truc de grands. Sa bouche âcre et parfumée pose sur la mienne des baisers bruns, des baisers comme du désinfectant.

Je ne laisse jamais rien chez lui, m'y habille toujours le lendemain comme la veille. Avec mes vêtements froissés, ma peau parfumée d'un gel douche qui n'est pas le mien et mon visage râpé par un sommeil de pacotille, je me trouve l'air d'une héroïne, d'un personnage plus intéressant que moi. Certains matins sont un peu bizarres. Il me semble que la nuit n'a pas été tout à fait normale. Heureusement, je peux compter sur mes vêtements froissés pour me rassurer. Si je porte la même robe, le même collant qu'hier, c'est que rien n'a changé. C'est comme s'il ne m'était rien arrivé. En cours, les yeux des autres passent sur moi sans savoir. Cela m'apaise. Si tous ces gens peuvent me regarder sans s'arrêter sur moi, alors ma nuit avec Victor n'avait rien d'étrange, et il m'est tout à fait possible de me comporter comme si je ne l'avais jamais vécue. La douleur, ça se voit, et de toute évidence, mon visage n'en porte pas trace. On n'y lit qu'une jeune amoureuse empressée, des bêtises à l'heure où il faudrait dormir, une certaine arrogance dépenaillée. Rien de plus. Rien de grave.

Un matin, alors qu'il ne me reste que mon pull à enfiler, je reste plantée là, en soutien-gorge sur le lit de Victor, tandis qu'il se prépare. Trempée de lumière livide, une ruine de draps autour de moi, je m'efforce de prendre un air séduisant, d'avancer une épaule comme une proposition, de surligner ma poitrine d'un peu de soleil du matin, de maintenir entre mes lèvres tout juste assez d'espace pour pousser un soupir lascif si besoin.

Ce n'est pas une provocation, mais une demande. Je vérifie. Je réclame. Il y a un peu d'orgueil dans ma pose, bien sûr, mais celui qui vient de la peur, pas celui qui vient de la fierté.

Je ne dois pas ressembler à grand-chose ainsi, nue sans l'être, couverte de filets textiles qui ne cachent rien mais gâchent tout. Sur ma peau se dessinent les marbrures blanchâtres d'une mandarine pelée. Le ventre contracté, les mains posées en petites cloches autour de mes hanches, je prends le miroir pour témoin de ma déchéance. Pas un mot, pas un coup d'œil de Victor. Chaque seconde de son indifférence m'enlaidit un peu plus. Malgré tout, je m'acharne, m'efforce de porter mon corps bien droit, immobile, maigre et offerte. Entre mes côtes, on pourrait jouer une musique un peu triste, une comptine d'enfant peut-être. Le soleil dégouline sur mes épaules. Je regarde Victor et j'attends.

J'attends qu'il s'avise de moi. J'attends un compliment. Peut-être a-t-il besoin de beaucoup de temps pour s'apercevoir qu'il me trouve belle. Peut-être son « je t'aime » a-t-il besoin que je me taise. J'attends, et rien ne vient. Victor ne me dit jamais rien.

Enfin, il prend le temps de me regarder. Enfin. Je me raidis de gratitude anticipée. Et puis il parle.

– Allez, bouge-toi, on va être en retard.

Alors je me colle un très joli sourire d'exposition sur le visage. Mes lèvres étirées creusent un trou dans ma peau. C'est parfait. Je peux y glisser ma déception comme une lettre dans sa boîte. Victor n'en verra rien. Le matin, il ne voit rien du tout de moi. Je ne lui sers plus à rien. Ce n'est plus la nuit. Il n'y a plus besoin.

*

La deuxième fois que Victor a couché avec moi, il m'a prise en missionnaire. Cette nuit-là, jamais je n'aurai à la raconter à qui que ce soit. Seule la première comptait.

– Je t'aime tellement…

Ça m'a échappé. Ça me paraissait approprié. La peau du visage de Victor a pris une texture de steak haché, puis il a recommencé à battre la mesure sans un regard, sans un mot. Sa cuisse a beau écraser la mienne, c'est à peine s'il me touche. (Il a pris l'habitude de faire reposer tout son poids sur le nœud entre ma hanche et le début de ma jambe. Ça fait un mal de chien, mais je n'ai rien à suggérer pour y remédier, alors je me tais. Avec le temps, une plaie se développera à cet endroit-là. Ce n'est pas grave, puisqu'il ne s'en apercevra pas.) Je comprends que j'ai commis une faute. J'ignore comment la nuit s'achève. Je suis occupée à avoir honte. C'est plutôt bienvenu, j'en oublie que j'ai mal.

Je récidive le mois suivant. Allongée à ses côtés, je m'invente mille raisons de tenir à lui, puisqu'après tout, il occupe la place que j'ai créée pour l'amour de ma vie. Les deux syllabes palpitent dans ma gorge. Je tente de les en extirper par à-coups, entrouvre la bouche, mais me heurte à un hoquet, un spasme, manque ma prise, frôle les contours de ma phrase sans jamais la saisir. Et puis ça sort de moi sans que je l'aie décidé.

– Moi aussi…

J'en oublie de respirer. C'est donc possible. C'est donc vrai. L'amour existe, et je l'ai trouvé. « Moi aussi. » Je me retiens à grand-peine de lui demander de me le répéter avec davantage de conviction. Parce qu'il n'était pas très joyeux, ce « moi aussi », ses voyelles comme des bougies fondues. « Moi aussi », « moi aussi », « moi aussi ». Ce n'est même pas un vrai « je t'aime » mais un écho, une pelure, un reflet. Une gifle déguisée en mots d'amour. Si je n'avais rien dit, il n'aurait rien pensé. Quelle gamine pourrie gâtée je suis. On me donne de l'amour, et je ne me concentre que sur ce qu'il n'est pas. Je me tourne vers Victor. J'ai besoin d'apprendre à quoi ça ressemble, un garçon fou amoureux de moi. Manifestement, ça dort déjà.

Quelque temps plus tard, je recommence, pour voir ce que ça me fait davantage que ce qu'il ressent. Cette fois-ci, il ne répond pas. Je me dis qu'il est fatigué. La fois d'après, qu'il est de mauvaise humeur. Puis, après la suivante, j'arrête de chercher à comprendre. C'est une confirmation qu'il me faut, pas des explications. Alors à plusieurs reprises dans les semaines qui suivent, je lui lâche avec précaution quelques autres « je t'aime », avec de plus en plus de facilité. Il suffit de le vouloir pour le dire, et de le dire pour le vouloir. Et plus je le répète, moins ça a de poids. J'use mon amour à vitesse grand V. Mes déclarations deviennent moins belles, mais aussi moins dangereuses. J'en viens presque à avoir hâte d'être totalement accoutumée.

J'attends que ça marche. J'attends d'y croire. Mais il n'a même plus l'air de m'entendre. Je me demande combien de mes mots il occulte comme ça. C'est comme si je ne parlais pas. Peut-être que je ne dis rien, au bout du compte. Rien d'intéressant. Peut-être que mon amour ne vaut rien. Mais si mon amour est une performance, ma douleur, elle, est totalement authentique. (C'est pour ça que j'aime bien avoir mal. Ce sont des souvenirs plus résistants que les autres.)

Un soir de novembre, je lui lance un vibrant « je t'aime » en sortant d'une rame de métro, parce que j'ai toujours rêvé de pouvoir le faire en public. La porte automatique coulisse sur son visage blanc comme un mur. Son silence recouvre le bruit des roues ferrées, et puis le train disparaît. Je ne lui dirai plus jamais que je l'aime. Désormais, je le penserai, ce qui est bien pire.

*

Ma mère et moi n'avons pas de créneau d'appel régulier. Nous ne nous parlons que quand nous y pensons, c'est-à-dire quand nous avons quelque chose à obtenir l'une de l'autre, un conseil, un pardon, un remède passager contre l'abandon. Depuis que je suis avec Victor, je sens entre nous la forme d'un silence inconnu. J'ignore s'il est vraiment nouveau, ou si j'ai simplement été trop bête pour me douter de son existence jusqu'ici. Elle et moi n'avons jamais évoqué #MeToo, ni les hommes. (C'est tout juste si elle a admis que j'en vois un.) Maman a décidé il y a longtemps que le sexe n'existait pas, du moins pas pour nous. Le mot lui-même n'a jamais été prononcé. Maman n'est pas une femme, elle ne l'a jamais été. Je ne l'étais pas non plus avant cet automne. Elle y a veillé. Mais je le suis devenue, et elle l'a remarqué. Ça n'a rien à voir avec ma sexualité bourgeonnante, dont elle ne veut au demeurant rien savoir, mais avec le reste, la rue, les décolletés, les mots à la radio et tout ce à quoi elle sait que je me suis intéressée dans son dos. Maintenant, je sens la chair, le sang, les yeux lourds, l'ambition, l'arrogance, la colère, toutes ces choses qui font désordre et qui rendent les conversations compliquées, et elle m'en veut. Je ne crois pas qu'elle ait raison, mais j'ai honte de moi tout de même. En matière d'humiliation, je suis devenue une grande professionnelle.

Je regrette de ne plus ressembler à la petite fille qu'elle a élevée avec tant de vigilance. La vie était plus facile avant #MeToo, c'est vrai. Celle de ma mère n'est pas heureuse, mais on ne peut lui nier un certain confort. J'aurais pu, dû peut-être, m'installer moi aussi dans cette ataraxie, échapper à la redoutable condition féminine, tuer mes passions, faire de mon corps une fonction plutôt qu'une réalité sensible, me calfeutrer avec toutes mes aïeules dans un confortable étau de respectabilité, une ascèse chaste et invisible, me fondre dans la masse des femmes sans corps et sans visage dont seule la fonction importe, mais j'ai filé entre les doigts de mon éducation et j'ai laissé le monde faire de moi une marchandise, un objet de convoitise. J'ai voulu jouir et je le paierai. Ma mère n'interviendra pas. Il ne me viendra même pas à l'idée de le lui reprocher. J'ai cessé d'être innocente et c'est ma faute.

*

Novembre, décembre, janvier. Victor s'épuise toujours à essayer de me faire mouiller. Ses doigts labourent des poches de sang, de nerfs, de muscles, creusent des calvaires dans des parois dont je n'avais pas même conscience de l'existence, m'apprennent que la vraie souffrance ne se ressent pas sur la peau mais dans le vide à l'intérieur. Victor fouille, et ça ne fonctionne pas.

Je sais pourtant qu'il cherche au bon endroit. Je sais que c'est comme ça qu'on s'y prend.

Soir après soir, Victor touche mon plaisir du bout des doigts, et je contemple d'un peu plus près la possibilité que le problème vienne de moi. Non pas que je sois incapable de jouir, simplement que je me sois trompée quant à ce que ça signifie. Souvent, de longs tremblements, glacés et piquants, comme des serpents qui dégoulineraient hors de moi et me mordilleraient au passage, m'arrachent un frisson d'inconfort. J'en conclus que c'est ça l'extase et que je suis juste trop petite et trop conne pour savoir en profiter. Je ne peux m'en prendre qu'à moi-même. J'ai mal, mais c'est une expérience. Une chance aussi. Les bonnes choses se méritent dans la vie. Comment puis-je prétendre à l'amour si je ne suis pas prête à en sentir la déflagration ? Il me faut dépasser mon corps, ses caprices, ses paresses. Je suis déjà bien faible, je ne vais pas en plus de ça me rendre arrogante au point de vouloir réinventer l'eau tiède et amender les lois les plus élémentaires de l'amour. Et puis ce n'est pas si difficile. Ça finit toujours par s'arrêter. Je peux ensuite dormir et cesser de penser au fait que ça recommencera bientôt.

Chaque fois que Victor se saisit de moi, j'oublie que j'ai eu peur de lui. Je suis très douée pour croire au meilleur. Sans doute parce que je le confonds avec le pire.

Après réflexion, je décide que je ne suis pas ingrate ou capricieuse, simplement défectueuse. Ou pire, gâchée. À vouloir goûter au fruit de ma propre jouissance trop tôt, j'en ai condamné à jamais la maturation. Quelle imbécile j'ai été. Mes séances répétées de masturbation ont épuisé tout mon stock d'orgasmes, et je n'aurai désormais plus jamais accès qu'à de faux échos de plaisir. On n'a peut-être pas le droit d'être heureuse à deux quand on a prétendu pouvoir l'être toute seule.

Parfois j'ai envie de lui, enfin, j'ai surtout envie d'avoir envie. Parfois c'est au-dessus de mes forces. Heureusement, Victor dispose d'assez d'entrain pour deux. Parfois c'est simplement rien. Je ne saurais même pas dire si c'est horrible, parce que je dors et qu'il ne parle pas. Je sais juste que ça ne change jamais. Victor joue dans mon ventre la partition d'une chanson pour les mortes, dont je suis à la fois l'instrument et l'unique spectatrice. Lui sur moi et lui dans moi, la même routine à l'infini, ses gros doigts bougons appuyés contre ce qu'il doit croire être un bouton. Je découvre que me taire est le meilleur moyen de ne pas souffrir. Si le conflit reste muet, alors le conflit n'est pas. La douleur et moi nous connaissons si bien que j'ai cessé d'en avoir peur. Ça va. Ça ira. Je redoute bien davantage de commettre une faute qu'un carnage.

Bien que pénible, ma sexualité naissante ne me paraît pas tant violente que ridicule. Je me demande qui de Victor ou de moi l'est davantage. Lui qui me croit capable d'enchaîner trois explosions d'ocytocine au simple contact de son pénis, ou moi qui multiplie les petits gémissements comme des « bon pour » de l'amour. Si j'optais pour l'honnêteté, en l'occurrence l'indifférence – voire la douleur –, cela déclencherait tout un tas de discussions mortifiantes à propos de la compétence sexuelle de Victor, et après une heure et demie à me faire frotter la paroi du vagin dans tous les sens, je n'en ai ni l'envie ni l'utilité. Je ne suis peut-être pas tout à fait sincère concernant mon plaisir, mais je le suis vis-à-vis de mes intentions. Entre vouloir jouir et y parvenir, quelle différence ? À la vérité, je préfère la tranquillité. Mes orgasmes inventés sont, me semble-t-il, une belle preuve d'amour.

Je n'avais hélas pas anticipé que ma comédie marcherait à ce point. Que couiner que tout était parfait l'inciterait à ne surtout rien changer. Je ne m'en suis pas aperçue, à moins que je n'aie pas voulu m'en apercevoir. C'était tellement facile de croire que nos plaisirs se répondaient en miroir. Souvent, je parviens presque à me convaincre que c'était du bonheur, ces tiraillements douloureux qui me griffaient le ventre. Je suis douée pour les histoires, surtout lorsque j'ai intérêt à y croire.

Il adore me demander si j'ai joui. Au début, c'était presque mignon. Après un temps, c'était inquiétant. Désormais, c'est normal. Jamais il n'emploie le terme « jouir », il se contente en général de « venir », quand ce n'est pas un simple « alors ? » ou un procédurier « c'est bon ? ». Je hoche alors la tête comme je présenterais une excuse, les paupières closes pour me rendre moins responsable de ma malhonnêteté. Mon expression de béatitude ne doit pas être bien convaincante, mais Victor a l'air de s'en satisfaire. La durée de l'interrogatoire, plus agressif qu'attentif, est fonction de son degré d'insécurité du jour. Il me demande combien, et surtout quand. Bercée par sa litanie de questions, je réponds oui à tout et me sens très bonne élève. Il est bien plus facile de lui faire plaisir que d'en prendre avec lui.

– Trois, vraiment ?

Ce n'est pas un mensonge. C'est un souhait.

– Trois orgasmes, ben dis donc, y en a qui ont de la chance…

Nos rapports sont devenus rassurants parce qu'ennuyants, trois fois par semaine sauf exception, toujours sur sa proposition. Je me laisse faire surtout pour donner tort à ma fatigue et parce que partir impliquerait d'admettre ce que j'ai été trop bête pour nommer, trop lâche pour dénoncer et trop faible pour empêcher de se reproduire. M'offrir, c'est continuer de souffrir, bien sûr. Mais c'est aussi pouvoir continuer de croire. Me présenter encore comme la jolie copine de Victor. Tenter chaque jour de me convaincre que je suis capable de le désirer, caresser l'espoir qu'un jour, je me retrouverai allongée à ses côtés sans rien avoir à regretter. Ça ne se produit jamais. La plupart du temps, je me contente de me taire, de subir et d'attendre.

Nuit après nuit, chacun de nos rapports est une mauvaise surprise, que je ne sens pas venir et dont je ne vois pas la fin. Plus que les performances de Victor, c'est mon absence de progrès qui me déçoit. Je n'arrive à retenir ni les positions, ni les transitions, encore moins les petites fantaisies du style jambes croisées ou double pénétration. Le constat est douloureux, mais incontournable. Je n'apprends rien. Je ne suis pas douée.

Bien loin de m'apaiser, le temps en passant aggrave mon retard et confirme ma probable éternelle incapacité à me laisser prendre avec talent. Je serais ravie de partager mes doutes avec d'autres, mais ne peux les exposer ni à mes médecins, question de timidité, ni à mes parents, pour des raisons d'instinct de survie, ni à mes amies, dont je suis devenue la mieux renseignée et la référente officieuse en termes de sexualité.

Parfois, petit alchimiste du lit révulsé de fierté à l'idée d'avoir changé son sommeil en plaisir, Victor s'octroie un coït final, un quickie, cinq minutes dans le noir, parce qu'il le peut plus que parce qu'il le veut. Je ne crois même pas que ça lui fasse plaisir. Il s'agit juste d'en finir le plus tard possible, et ces quelques allers-retours supplémentaires sont la preuve qu'il peut encore tenir, et pourrait encore d'ailleurs, jusqu'à bien plus tard, jusqu'à demain, jusqu'à en mourir s'il le fallait. De ces rapports-là, je ne me souviens pas parce que je n'y suis pas. Victor n'a pas vraiment besoin de moi pour les mener à terme. Alors je disparais tout à fait, comme un peu d'avance prise sur le reste de la nuit.

Avant de fermer les yeux, il me serre contre son torse, et il me semble que je n'aurai plus jamais à me demander où aller. Mon corps est le parfait complément du sien. Puis, lorsque je lui ai assez servi, il me pose là et retourne s'étaler de son côté, juste à portée de main. Il est toujours le premier à s'assoupir, grâce au cachet de mélatonine qu'il gobe religieusement chaque soir sur le coup de vingt-deux heures. (Dans ce petit geste machinal, je reconnais en lui quelque chose de l'enfance, d'une ignorance avide de croire aux tours de magie. Ça me touche et me dérange.) Victor est un vrai dormeur, de ceux pour qui le sommeil ressemble à ces parties de cache-cache où il suffit de poser les mains sur ses yeux pour se sentir disparaître au monde. Il repose plus qu'il ne dort. Il n'est plus vraiment animé, pas mort non plus, bien sûr, mais rien qu'une idée, ce qui est parfait car une idée ne bouge pas, vit encore et se laisse raconter. Minuit l'emporte, et ne reste plus de lui que l'image que je m'en fais. C'est beau de le voir s'éloigner, le coupant de ses joues soudain émoussé, les grosses gommes de ses doigts malhabiles presque affinées, sa carcasse bien moins imposante que la somme de chacune de ses parties. Balourd et immobile, Victor cesse d'être lui et devient un garçon. Alors je le contemple. Il n'en sait rien, mais la nuit, il est à moi. Mieux. Il n'est plus à côté de moi que parce que je l'y autorise.

Si je le voulais, je pourrais partir. Je le fixe, forte et rigoureuse, j'apprends son souffle et ses silences, comme pour le collectionner, le compter, mais au moment précis où enfin, je l'ai tellement inventé, tellement compris que sa survie ne semble plus dépendre que de mon regard, je finis par relâcher ma vigilance. Je crois que c'est ce qui finit toujours par arriver aux gens qui se sentent en confiance. Alors la nuit m'écrase, puis j'ouvre les yeux sur une lumière dont je ne veux pas, il est sept heures et demie, le matin redistribue les rôles et notre couple n'est à nouveau plus mon choix, mais l'évidence d'hier.

Victor s'éveille à son planning plutôt qu'à moi et je recommence à l'aimer plutôt qu'à le voir. Il se lève, je l'imite. Il est impatient de sa journée, et moi prête à l'y accompagner.

Parfois, c'est lui qui émerge le premier, et qui décide de faire commencer le matin plus tôt. J'ignore si c'est une pulsion d'excitation qui le ranime, ou si son éveil précède la naissance de son désir. Tout ce que je sais, c'est que dans les quelques minutes gratuites que lui accorde son lever prématuré, Victor trouve toujours le temps d'avoir envie de moi. Il n'attend pas que je sois réveillée. Son corps vient sur le mien. Il a ce petit grommellement suggestif, quelques « m » étirés, langoureux, auxquels je ne réponds pas vraiment, sans m'y opposer non plus. Je sais ce qu'il a en tête mais je ne suis pas assez consciente pour que ça me dérange. Comment pourrais-je lui en vouloir ? Je ne suis presque pas là. Alors il m'enfourche et m'embroche, et il se réveille sur moi. Les draps contre mon corps sont un suaire, des chairs dans lesquelles je transpire jusqu'à n'avoir plus de larmes, plus de souffle, plus de peurs.

Je le distingue comme une ombre, le reconnais comme un souvenir, inactuel et irréel, sens les muscles qui bavent et la peau qui pleure, et je préfère croire que je rêve encore. C'est triste et douloureux, mais pas d'inquiétude, c'est comme la nuit, ça ne compte pas. Ça ne me dérange pas.

Et puis, le plus souvent, il n'y a rien. Le plus souvent, je suis debout avant lui. Le plus souvent, ça va. C'est de ça que je me rappellerai, en tout cas.

Bientôt, j'aurai peur de tout ce que j'ai oublié.

Bientôt, mais pas tout de suite.

Pour l'heure, c'est le matin, Victor m'aime et je dors encore.

Chagrin d’une peau

Plus tard, je me moquerai de savoir nommer ce qui est arrivé à la jeune fille que j'ai été. Elle aura disparu, et c'est tout ce qui m'importera. Mon adolescence deviendra une histoire, puis une légende, puis une plaisanterie, et enfin un mystère. Plus personne ne m'écoutera, alors je serai libre de penser ce que je veux. On me trouvera folle, ça voudra dire libre. Le soleil jettera des reflets argentés sur mes cheveux. J'aurai l'air d'une fleur fade et déjà fanée, mais que tout le monde fera mine de trouver belle et à qui l'on donnera une place de choix au milieu du salon. On m'ignorera, mais je figurerai toujours sur la liste des invités. Cela me plaira, d'appartenir à des familles qui n'auront pas besoin de m'entendre parler pour savoir que je compte. Tous me fixeront du coin de l'œil, et n'auront pas la moindre idée de qui j'étais avant eux. Ils ne poseront pas la question.

Mon ventre se figera comme une bougie la nuit, se craquellera dans le froid. Personne ne songera plus à m'abîmer, puisque le temps l'aura déjà fait. La résignation lissera mon regard. Je n'aurai plus envie d'apprendre. Me souvenir de ce qui aura disparu sera bien assez. Je m'assoupirai au présent et me réveillerai au néant. Ma tête sera calme et fraîche, parce que presque vide, comme une belle maison désertée de ses occupants. La baignoire où mes souvenirs auront croupi des années durant se sera presque vidée, chahutée par l'âge, la fatigue et la maladie, mais il lui restera une dernière trace de mon passé, comme une flaque visqueuse et coriace, dans laquelle les doigts de ma mémoire pourront plonger leur curiosité. Je m'y aventurerai, parfois. Ce sera drôle et étrange.

Mes derniers souvenirs me colleront à la peau, s'y accrocheront comme de petits animaux. Ils ne voudront plus rien dire pour moi, mais je serai certaine de leur appartenir, et cela me suffira. Je les considèrerai, perplexe et curieuse, saisie par le mélange de honte et de plaisir avec lequel on regarde la saleté qui vient de soi. Je me rappellerai les escaliers de l'immeuble de Victor, que je gravissais fébrile et disciplinée comme une actrice en coulisses, la surface calme et lisse du canal sous sa fenêtre, la craie des façades alentour, la clameur grise et bleue qui éclairait nos matins à deux, les reflets dorés que les lampadaires allumaient l'hiver sur mes vêtements noirs, la promesse de l'été dont je rêvais, et qui n'est jamais venu.

Ces plongées dans un ailleurs perdu me plairont. Elles ne me serviront à rien, mais j'aurai dépassé depuis longtemps déjà l'âge auquel on n'entreprend les choses que si elles ont un avenir. Je me sentirai tout à coup très fatiguée. Le jour tombera petit à petit dans une grande poche de nuit, et je dormirai, encore. Je dormirai en attendant la mort.

Le matin, je me réveillerai en me demandant qui je suis, puis j'oublierai jusqu'à l'étendue de mon ignorance. Mais toujours, à intervalles réguliers, la silhouette de mes dix-sept ans se rappellera à moi. Tout ne va pas bien dans sa vie, mais tout va de l'avant, et ça lui plaît.

Elle est encore assez jeune pour croire que le bonheur vrai est une affaire de futur. De toute façon, elle n'a pas le temps d'être comblée maintenant. Elle doit filer attraper son métro. Demain elle a maths à huit heures, et il est déjà tard.

Comme je serai bien vieille, je la confondrai un peu avec moi, et prendrai les photos pour des miroirs. Avoir dix-sept ans, c'est comme le vélo. Ça ne s'oublie pas, même quand ça fait longtemps.

Je m'essaierai à d'autres âges bien sûr, mais c'est toujours à cette époque que je reviendrai. J'ai dix-sept ans. J'ai conscience qu'un jour, je finirai par ressembler à une vieille dame, mais c'est comme les coups de soleil, on a toujours le sentiment qu'on pourra y échapper. J'ai l'âge des égoïstes sincères et des arrogants gentils. Je me prends pour un personnage de roman, parce que je n'en ai pas encore lu assez pour comprendre que ce sont eux les plus malheureux de tous. Je suis amoureuse et trouve ça exceptionnel. J'ai raison. Mes parents ne sont plus au courant de ce que je fais de mes journées. Je redoute, parfois, que quelqu'un ne vienne s'aviser de ce que je fais dans le noir. Ça n'intéresse personne, et je le découvrirai bientôt.

Mais aujourd'hui c'est l'hiver, je m'enfouis sous des couches et des couches de vêtements qui rendent le début des nuits d'amour plus amusant et j'écoute de la musique très fort pour me persuader que ma vie à moi l'est tout autant. Mes yeux glissent d'un bout de la classe à l'autre. Je me demande avec qui j'ai fait l'amour en simultané, hier dans la nuit. Le soir tombe, Victor m'attend. Pâle et bouillante, je dérobe mon regard aux curieux du métro. Au fond de mes sacs s'endorment les livres que je n'ai plus le temps de terminer. Mes mains jouent du piano dans mes poches. Je ne sais pas tout à fait si c'est le froid, la peur ou la hâte qui les font autant trembler. Ma gorge est sur le point de s'enrouer. Entre mes cahiers et mon ordinateur est plié un petit pyjama gris, parce que dormir nue contre un garçon, c'est pour les actrices seulement. Moi, je suis juste une gamine que l'amour a enrhumée.

L'été prochain ce sera différent, me dis-je. Je serai plus intelligente, plus fraîche, plus spontanée. Je dormirai sans pyjama, comme les filles sauvages au cinéma. Je n'aurai pas maths à huit heures, ni peur de tomber malade. Victor m'aimera mieux, je lui présenterai mes parents. S'il continue à m'aimer cet été, cela signifiera que je n'étais ni un hasard, ni un arrangement, mais une décision, une vraie. J'en rêve. Je voudrais mériter de survivre à l'été.

Il n'y a pas eu d'été, bien sûr. Mais ça, peut-être que quand je serai vieille, je l'aurai oublié.

*

J'ai regardé beaucoup de films qui parlent de viol, de zone grise et de procès un peu sales. Eux ont des images pour défendre leur récit. Moi, quand Victor était sur moi, j'avais les yeux fermés.

Je voudrais vivre sur un écran de cinéma. Personne ne m'empêcherait de parler. J'aurais de l'ordre, une cohérence, et surtout un sens. On me donnerait des prix. Les gens viendraient écouter mon histoire, et uniquement cela. Pour un temps donné, je ne connaîtrais pas la moindre contradiction. Il règnerait autour de moi un grand silence, que j'aurais imposé et pour lequel on éprouverait du respect. Un silence d'art. Un silence d'homme. À la fin, je m'éteindrais, je recevrais des applaudissements pour récompense. Nul besoin de me réinventer ni de sortir de ma loge, penaude et poisseuse, après le spectacle. Je serais simplement terminée. On parlerait de moi avec émotion, et on se souviendrait de moi comme d'un moment qui aurait compté. Tout le monde ne serait pas d'accord avec moi, certains même me détesteraient, mais ça ne changerait rien à ce que je suis. Qu'importe la critique, qu'importe la réception du public. Mon récit aurait un début et une fin qui ne changeraient jamais.

Mais je suis humaine. On me dit que c'est mieux, que j'aurai tout le loisir de me construire, de me trouver. Je n'en suis pas certaine. J'ai l'impression qu'exister toute une vie durant, c'est surtout prendre beaucoup de risques. Si encore j'étais certaine de ma vérité, cela m'intimiderait moins. Le problème, c'est que je suis à peu près certaine de m'être trompée. Erreur sur erreur, photocopie sur photocopie : très vite, l'image ment. D'ici dix, vingt ans, que me restera-t-il de ce dont je doute déjà aujourd'hui ?

Je voudrais un capteur, un fixateur, une poudre chimique et très toxique, capable de figer les images dans ma tête et de les empêcher de muter. Peu m'importe que mes souvenirs soient des monstres, pourvu qu'ils cessent de se métamorphoser. J'ai tout tenté pour les immobiliser, hélas ne pas les consulter les dissout et trop les manipuler les altère. Déjà, ma mémoire vieillit, se parcourt de rides molles, de poches pâlies. Bientôt la place viendra à y manquer. Alors les versions des faits se brouilleront, se mêleront, se rationaliseront et il ne me restera plus qu'une image unique de Victor, de mes dix-sept ans, de ces nuits-là. Je me demande laquelle ce sera. Je voudrais qu'elle soit malheureuse. Ce sera la moins mauvaise façon de me rappeler que quelque chose n'allait pas.

*

Un soir, Victor se la joue original, et me la fait à l'envers. Littéralement. Il me retourne, et me laisse gésir ventre à plat, fesses à l'air. Plutôt que de lui demander d'éclaircir ses intentions, je choisis de lui faire confiance. Quand bien même il traiterait ma question, il y a fort à parier que je n'en comprendrais pas la réponse. En matière de sexualité, au-delà du missionnaire et de l'amazone, n'existent pour moi que des concepts, des interdits plus que des possibilités, des mots comme bondage ou fist, que je n'ai jamais prononcés et dont j'ignore tout, si ce n'est que ça n'est pas pour moi.

Alors j'attends, pas si inquiète au fond, puisque je n'en sais pas assez pour savoir tout le mal que le sexe peut faire. Mon dos me protège de ce qui m'attend derrière, barrage aveugle entre mon innocence et la débauche à venir. Un regard mélancolique lancé vers personne, les yeux dans le mur, je sens la main de Victor sur ma fesse, relie péniblement ce contact nouveau à l'acte auquel il me semble qu'il correspond, retiens un frisson de peur et, je crois, de fierté (je ne pensais pas devenir quelqu'un d'assez intéressant un jour pour faire l'objet de ce genre de pratique), me demande tout de même si Victor est vraiment certain de ce qu'il ambitionne, décide que oui. Pas le choix. On y est déjà. J'accepte le projet comme je goberais un médicament, sans bien comprendre en quoi il me fera du bien, mais avec la foi bête et tranquille d'un enfant, avant de m'apercevoir que je ne suis pas d'accord.

Sans avoir la moindre idée de ce à quoi la sodomie peut ressembler, je brûle tout à coup d'une hostilité irrévocable envers la pratique, non par dégoût mais par principe : je suis une femme, je dois être baisée mains sur les seins et droit dans les yeux. L'amour que nous faisons lui et moi n'a jamais été beau, mais jusqu'ici j'avais au moins le réconfort de le trouver normal. Tant pis.

Victor me place à quatre pattes. Il fallait donc un homme pour me rendre à ma condition d'animal. Rien n'a été inséré dans mon rectum depuis un hasardeux suppositoire antibiotique il y a dix ans. L'image me distrait un instant des mains de Victor, mais une torsion inopinée de ma joue écrasée sur l'oreiller me rappelle tout à coup ce qui est en train de se passer. Je ne suis toujours pas d'accord, puis je décide que mieux vaut l'être. Mon opinion sur le sujet n'influencera en rien l'issue de l'opération, mais se forcer à consentir est encore la moins désagréable des façons de subir. Je devrais être reconnaissante : je pensais avoir bouclé mon tour d'horizon de la sexualité, mais de toute évidence, mon initiation est loin d'être achevée. Quelle corvée. Je ne suis pourtant pas très exigeante. Je n'attends pas grand-chose de mes rapports, ni orgasme ni même plaisir, simplement de la prévisibilité. Vivement que j'aie tout vu, tout subi. Alors je n'aurai enfin plus rien à découvrir, donc plus rien à redouter. Ce que d'autres appellent routine sera ma sécurité. Avant d'avoir droit à ce bonheur d'ennui, il me reste à passer par l'étape sodomie.

« Ça va faire mal ? » ai-je envie de demander à Victor. Je me retiens, je dois être courageuse. Ce n'est qu'une résistance de plus à cramer, un passage obligé, une énième et j'espère dernière étape de ma métamorphose en parfaite terre brûlée, où il n'y aura plus rien à détruire, plus rien à défricher, et où je pourrai enfin me reposer. Victor surélève mes fesses. On dirait une séance de yoga qui aurait mal tourné. Ma peau est sèche, celle de Victor suinte. Frottées l'une contre l'autre, elles produisent un bruit de plomberie, de tuyaux cassés. Ça coule sur mon dos. Plus Victor transpire sur moi, et plus j'ai l'impression que je participe, moi aussi, au rapport sexuel, le voile de sueur sur ma peau comme un miroir de son désir. Voilà. Je suis prête même si ce n'était pas ce que je voulais. Victor me prend par les hanches, me cale contre lui et me tâte, me palpe, m'épluche presque. Il lui suffirait de me demander mais il ne le fait pas.

Enfin, il me pénètre. Ça n'est pas aussi bizarre que prévu. J'attends, et puis je comprends. C'est une levrette, pas plus. C'est différent mais pas vraiment. Je suis presque déçue. Mon consentement forcé au sexe anal me paraissait un geste d'une noblesse d'âme absolue, qu'il est vexant de voir ainsi inexploité. Victor n'a même pas l'air content. Il met longtemps à jouir, une demi-heure, trois quarts d'heure. On s'y prend mal et moi j'ai mal. À la fin, je lui demande s'il a aimé. Il me répond que ce sera mieux la prochaine fois. Je m'endors désolée pour la bêtise que je n'ai pas su faire.

*

Je suis blonde mais pas assez. C'est plutôt un châtain éteint, qu'on dit doré pour me flatter. Je ne suis peut-être pas très maligne, mais j'ai tout de même un peu compris certaines choses de la vie. L'une d'entre elles, c'est que les gens disent ce qu'ils veulent plutôt que ce qu'ils voient.

J'ai les yeux gris faute de mieux, pas même un véritable vert ou un beau bleu. Mon nez tombe, petit et rond, comme une excuse sur mon visage. Je ressemble à une poupée de deuxième gamme, la peau qui brille, le crin qui casse. J'ai le ventre plat, mais pas par mérite. C'est juste que je ne mange pas. Souvent, je regarde à travers la peau de mes abdominaux, transparente et figée, un hublot fermé sur une tempête. Je sais qu'à l'intérieur, c'est sale. J'ignore à quel point. Peut-être toute cette chair tendue éclatera-t-elle un jour. Alors se répandront partout mes vices enfouis, ma graisse cachée, toutes mes saletés de gamine menteuse qui se fait passer pour plus vertueuse qu'elle ne l'est.

Ce sera bien fait.

Mes mains, petites sans être fines, racontent l'adolescente qui a oublié de grandir et la fillette pas très dégourdie, dont les seules aventures se conjuguaient au passé simple dans des livres à rendre à la bibliothèque le mercredi suivant. Entre mes joues s'étirent deux plis de peau dont je devine déjà la fanaison, la fripure, les taches à venir. Plat et large, mon sourire écrase mes yeux et double mon menton. L'assumer ne suffit pas à l'aimer, et ça se voit. Mes yeux et ma bouche sont jolis pris à part, mais insérés sur mon visage, on sent que rien n'a été poussé ni à bout, ni à temps. Je manque de cuisson. Je n'ai pas de forme à moi. Je déciderai plus tard. Je patiente en attendant qu'on m'autorise à me reposer. Quand je serai grande, je serai un beau gâteau de paradis.

J'ai failli ne pas être jolie, et ne le suis devenue que par défaut, parce qu'il ne viendrait à l'idée de personne de me trouver moche. Ma mère y a veillé. C'est sous le poids de ses regards noirs que j'ai compris, à quinze ans, que je courais tout droit vers la laideur. « Tu pourrais être tellement belle », m'a-t-elle avertie pour me dire que je ne l'étais plus. Alors, j'ai appris le maquillage, la faim et le regard d'autrui. J'ai bien réussi. « Tu grandis », me complimentaient les adultes pour ne pas dire que j'avais maigri.

J'ai l'air d'une enfant. Ma valeur réside dans le fait que je parais assez naïve pour inspirer un désir de convoiteur, pour que poser ses mains sur moi ait l'air d'une découverte, d'un acte créateur. J'offre un mirage d'inédit. Je ne suis pas la plus belle, mais celle qui mettra le plus de temps à s'apercevoir qu'elle peut l'être. On n'aime pas ce que j'ai à offrir. On aime que je ne l'aie encore cédé à personne. Je n'ai pas d'histoire, j'attends qu'on m'en donne une à vivre. On ne me fait pas l'amour, on m'initie. Le pire, c'est que ça marche même si ce n'est pas vrai. Chaque fois qu'un regard d'homme se pose sur moi, ça a l'air d'être le premier.

Je ne le fais pas exprès. Je me sens trop petite pour porter les armes que d'autres ont forgées pour moi.

Depuis Weinstein et les porcs, j'ai compris que s'élever contre un homme, c'est affronter le système tout entier, et j'ai si peur de ne pas avoir le droit de mener ce combat que je ne m'autorise même pas à l'envisager.

Je voudrais qu'on me laisse n'être que moi, mais avec les débats, les lois, les scandales et les tribunes que #MeToo fait pousser partout, c'est comme si on me forçait à devenir soit une guerrière, soit une proie.

Or puisqu'on ne m'a rien fait de vraiment mal, je ne me sens pas le droit d'attaquer. Je n'ai pas vraiment le choix : je suis vouée à devenir une proie. J'en suis sans doute déjà une.

Être perçue comme une enfant, c'est perpétuellement le redevenir. Je ne sais pas ce que c'est, d'être une femme. J'aurais besoin qu'on m'y encourage, mais pour l'heure, on préfère me mettre des bâtons dans les roues. J'ai dix-sept ans, #MeToo a ruiné mon éducation sexuelle et sentimentale et j'ai déjà usé tout mon amour. Je n'ai jamais réclamé, j'ai toujours reçu. Je ne sais pas vouloir. Si l'on me laissait libre de réclamer n'importe quoi, je ne sais même pas ce dont j'aurais envie. Je suis innocente, parce que vide. C'est fade, mais c'est reposant. Il suffit de se laisser raconter par les autres.

Je ne comprends pas comment Victor peut me regarder autrement que comme une enfant. J'y pense tout le temps. M'imaginer l'excitation qu'il conçoit de ma peau, de mes yeux, de mes cheveux me dégoûte. Pas une seule partie de mon corps n'est prête à assumer le poids du moindre fantasme. Je crois que c'est précisément de ça qu'il jouit. Je m'en accommode, parce que je préfère qu'on veuille de moi pour de mauvaises raisons plutôt que l'on ne veuille pas de moi du tout. Sentir mes hanches pressées, retenues sous ses doigts, c'est aussi avoir l'impression de valoir quelque chose. C'est au moins ça. Je vaux un corps, une bouche, un lit, une nuit.

J'imagine les pornos que je n'ai jamais vus. Je me rends sale, parce qu'il me semble bien que c'est comme ça que ça se construit, une sexualité, mais je n'en dis rien à Victor. Je me contente de repasser dans ma tête une litanie de mots gras et suintants. Défoncer, baiser, enculer, vider, remplir, démolir, déglinguer, prendre, niquer, bousiller, retourner, sont les nouvelles idoles que je commence à prier. Est-ce cela, les coups de hanche de Victor contre mes petits os ? Est-ce la chair, la vraie, la luxure, la débauche, celle pour laquelle je pourrais être punie ? J'en doute. Je ne crois pas que le péché fasse ce bruit de volaille mouillée dont couinent nos torses malhabiles, mais j'espère malgré tout qu'on progresse dans l'outrage, d'une façon ou d'une autre. Qu'on a brisé un interdit, qu'on se nécrose, qu'on se corrompt. Qu'on fait honte à nos ancêtres et un mal irréversible à nos cœurs d'enfants. Que quelque part, un dieu nous condamne. Quitte à ce que coucher soit une corvée, autant que ça me rende intéressante. Je n'ai peut-être que dix-sept ans, mais j'ai bien compris que tout le monde se contrecarre de ce que racontent les jeunes filles. Si je veux être entendue, je dois impressionner. Un jour, je choquerai, et peut-être qu'on m'en aimera un peu mieux. C'est mon espoir. D'ici-là, j'invente ma damnation, et rêve aux horreurs que Victor et moi pourrions inventer. Il serait temps qu'il s'y mette. Entre ses cuisses collantes, je commence à végéter. C'est que j'ai tout un programme de blasphème à tenir, moi. Je veux choquer les saints, les anges, les parents. Je veux être abîmée par un homme, un vrai, un grand. Pas un adolescent qui me pénètre en missionnaire et m'embrasse comme un chien.

Parfois, j'essaye de me rendre plus belle pour lui. Je passe une robe, mords mes lèvres, tends les joues. Il s'en fout. Notre relation est un château de sable. L'essentiel, c'est que je suis là, et qu'il peut faire ce qu'il veut de moi, précisément parce que je finirai par lui filer entre les doigts. Ce qui lui plaît, c'est que ça ne durera pas.

Ce n'est pas sa faute, après tout, si je m'abîme. Lui se contente de me consommer.

Avec Victor, je comprends qu'aimer au présent, ce n'est pas véritablement aimer. Que quand on tient vraiment à quelqu'un, on pense avant tout à protéger celui qu'il sera plus tard.

*

– 1 euro 40.

Voilà donc le prix de l'amour vrai.

Je lâche mes centimes sur le comptoir. La vendeuse glisse ma carte postale dans un sachet transparent.

– Merci, au revoir, bonne journée.

La journée n'est pas bonne, elle est extraordinaire. Estelle s'amuse de mon regard grand ouvert. On dirait que j'ai mis la main sur les joyaux de la Couronne.

– C'est pour Victor, pas vrai ?

– Oui… Il y a un dessin de renard dessus, c'est mimi. Enfin, je trouve.

– Fais voir.

Je lui tends ma trouvaille sans un mot, fébrile comme un enfant de huit ans qui attend de savoir si sa maman trouve son dessin réussi.

Sitôt la maison en vue, je me propulse dans ma chambre. Comment commencer ? Cher Victor ? Mon Victor ? Mon chéri ? Coucou ? Cher toi ? À qui seulement suis-je en train de m'adresser ? Je compresse mes souvenirs de son visage pour tenter de le recomposer, d'en retrouver l'image. Je n'aboutis qu'à une sorte de flou brillant, avec six yeux et pas de nez, pour lequel j'éprouve aussitôt une intense affection. Comme il m'est facile de l'aimer, lorsque je l'oublie.

« Mon amour » ?

Ça se tente. (Mes démonstrations d'affection sont une longue désensibilisation médicale. J'augmente la dose petit à petit, et j'attends le jour où ça sera trop pour lui.) Et puis non, c'est trop risqué.

« Salut toi »

La désinvolture, voilà l'aisance des filles plus légères que moi.

« Ici tout va bien, on mange beaucoup de fromage et on en est déjà à la troisième saison de *How I Met Your Mother !* » En vrai, on regarde *Vampire Diaries*, mais je préférerais me faire empaler la rate au stylo-bille plutôt que de le lui avouer.

« Je t'embrasse depuis les champs bourguignons, et j'ai hâte de te retrouver pour réviser. » Victor et moi ne parlons jamais de sexe, nous nous le faisons deviner. Notre réticence à prononcer le moindre terme un peu trop connoté est calquée sur ce que nous croyons être le détachement des adultes, mais en réalité, il a surtout quelque chose de la pudeur apeurée de l'enfance. Notre euphémisme habituel, c'est de dire que nous allons « réviser », avec un petit ricanement que nous trouvons très subversif, puisque précisément, plus nous nous voyons, et plus nous prenons du retard sur nos travaux scolaires. Il est presque touchant de constater qu'à nos yeux la seule transgression aussi intimidante, aussi grave que la sexualité reste de ne pas faire nos devoirs.

« Beaucoup réviser ;)

Voilà. Je crois que je n'ai rien à ajouter. <3 »

Je laisse un blanc là où il aurait fallu écrire je t'aime, et puis je signe. Soudain, je prends peur. Mon petit rêve romantique vient de se faire cueillir par la réalité. Je place entre ce saut dans le vide et moi le premier obstacle matériel venu.

– Faut que je trouve une enveloppe. J'en ai chez moi.
– Je peux t'en trouver une ici hein…
– Non non, t'inquiète. Je la posterai quand on sera rentrées.
Estelle étire un sourcil suspicieux, puis repousse le sujet en haussant une épaule. Elle a l'habitude de me voir heurter des murs invisibles que je suis la seule à distinguer.

Le lendemain, dans le train, je pose devant moi la carte postale, à nouveau recouverte de son papier transparent, et petit à petit, comme on finit par ne plus se reconnaître dans un miroir, j'en prends honte. C'est une niaiserie, une réclamation, une transaction, la main tendue d'une gamine désespérée aux prises avec son schéma d'abandon. Je n'enverrai jamais la carte.
– Ça va ?
Mon sourire calme suffit à rendormir Estelle. Tout va bien. J'ai juste honte, mais ça ne se raconte pas. Ma honte, c'est un combat entre moi et moi.

Depuis que je suis avec Victor, j'ai honte tout le temps. J'ai honte de mes pas vacillants le long de son escalier, de mes aisselles trempées, j'ai honte des trente secondes que je prends pour m'inventer un visage avant de sonner chez lui, de la hâte avec laquelle je retire mon manteau pour ensuite attendre, plantée dans sa cuisine, à moitié découverte, déjà offerte.
J'ai honte du ravissement avec lequel je me contredis pour qu'on puisse tomber d'accord, de l'ignorance que

je feins pour le laisser nous engoncer dans de beaux paradigmes artificiels, des listes de cadeaux potentiels que je dresse la nuit au cas où je viendrais à le décevoir et devrais me rattraper.

J'ai honte de mon corps étalé, de mes jambes suspendues coincées en W, comme chez le médecin, de mes tenues bien choisies et des sous-vêtements que je leur assortis, de ma peau tendre et de mes yeux écarquillés, de mes seins à peine finis et de la hargne avec laquelle il les pétrit, de la fureur avec laquelle je me répète que je ne veux rien d'autre, que je n'ai jamais voulu que ça.

J'ai honte des draps que je tache, des petits gémissements que je simule, des cœurs que je dessine sur des cartes postales que je n'ose pas lui envoyer. Le soir, lorsque Victor s'en va, je mange les pâtes dont il n'a pas voulu, puis je me regarde dans le miroir. Ma bouche a bavé sur mes lèvres, ma peau s'est froissée. J'essaye de m'empêcher de penser à lui, parce que je me doute que lui en a déjà fini avec l'idée de moi.

J'ai honte de moi, au moins autant que je me prends en pitié. J'ai honte de m'être précipitée. J'ai honte enfin du ressentiment que je commence malgré moi à concevoir envers Victor, j'ai honte à l'idée de lui reprocher des choses dont il n'a ni le contrôle, ni conscience. Victor n'a jamais demandé à être l'amour de ma vie. S'il me déçoit autant, c'est aussi et surtout parce que j'en attends trop de lui.

Coincé dans mon livre, le renard de la carte a perdu ses yeux. Je les lui rendrai le jour où je n'aurai plus honte de l'avoir acheté.

*

Ma pinte n'est pas si imposante, mais plus je la serre dans mes mains, plus je me sens importante. Ce soir, je suis la copine de Victor. Tout le monde le connaît ici, et personne ne m'attend. Je suis une surprise. J'espère être bonne.

« Afterwork de promo. » Je pose les mots sur ma langue, les laisse rouler entre mes dents. C'est le genre d'événement auquel ne se retrouvent que des gens importants, des gens comme les amis de Victor. Ils sont cinq, six, des garçons aux dents brillantes, le cheveu sombre et luisant, la mâchoire limée et un rien d'obscurité dans le petit empiècement que leurs muscles creusent sur leurs joues encore imberbes.

Tout à l'heure, au comptoir, Victor m'a regardée (je n'ai pas su dire si c'était comme un parent ou un copain), puis il m'a annoncé :

– Je te prends une bière.

Ce n'était pas une question, mais j'y ai répondu quand même. D'accord. On tombe toujours d'accord, Victor et moi, surtout parce que je le veux bien.

– Ah, viens, ils sont là.

Mon mètre soixante devient de la nourriture pour la foule, finit par en émerger à peu près intact. Victor ne me tient pas par la main. Un parterre de jeunes hommes monochromes joue à avoir raison autour d'une procession de verres vides, les coudes plantés en ronde de couteaux partout sur le comptoir. L'un d'entre eux repère Victor, et aussitôt, une galerie de tissu bleu marine se tourne vers moi. J'ignore absolument ce dont on est censé parler en pareille occasion. Peut-être s'apprête-t-on à m'interroger sur l'état du monde, mes différents positionnements idéologiques, ou mes références philosophiques. Je tente de me remémorer le nom de l'historien passionnant dont

Victor m'a parlé hier. Rien ne me revient. Je suis dramatiquement sous-préparée.

Un silence plus tard, je me présente toute seule. Des larmes commencent à embuer mon champ de vision. Victor ne s'en aperçoit pas. Il ne me regarde pas. J'ai terriblement peur de lui faire honte.

– Euh, du coup, je suis Elsa…

– Ah, c'est super…

Je ne vois guère en quoi c'est super d'avoir un nom, mais soit.

– T'es en L1, c'est ça ?

– Euh… Oui. En sciences politiques.

– Où ça ? Assas ? Paris-I ?

– Paris-VIII.

– Et tu es en double diplôme avec autre chose ?

– Non, je fais que ça pour le moment.

– Ah ben dis donc Elsa, tu montes en grade avec Victor alors !

– Ah tiens, tu connaîtrais pas… Comment elle s'appelle ta cousine, Étienne, déjà ?

– Apolline.

– Tu la connais Apolline ? Dans ta promo, une blonde ?

– Euh, non, je crois pas…

– Et vous vous êtes connus comment ?

– Par nos parents.

Même « par hasard », ça aurait été plus joli que la vérité.

– Eh ben super. Bon, ben passe une bonne soirée Elsa…

Au fil de la soirée, je regarde Victor s'abîmer dans une ivresse que je ne partage pas. On n'a jamais dansé ensemble. Ça se voit. Mou et aberrant, Victor glisse quelques doigts dans mon décolleté, avant de dégringoler sur ma bouche, dans mes cheveux, à la naissance de mon dos. Il m'embrasse, encore. Il m'embrasse, mais je pourrais aussi bien ne pas être là. Son corps devient liquide entre mes bras, le genre qui tache et qui ne part pas. Son ami Antoine surgit dans mon champ de vision, me sourit. J'irais bien lui parler, mais je suis occupée à être aimée. C'est de ça qu'il s'agit, enfin je crois. Je ne m'amuse pas, mais je suis censée, alors je fais comme si. Ce n'est pas très difficile. Je ne comprends pas comment Victor fait pour être aussi bourré. Peut-être est-ce moi qui ne fonctionne pas comme il faut. Ce ne serait pas la première fois. La gêne écrase mes gestes, fige mon visage. Victor ne le remarque pas, occupé qu'il est à le labourer de baisers. Je n'entends pas deux heures sonner, mais je les sens passer. Je voudrais partir, mais Victor n'est même plus vraiment là, alors je peine à savoir comment l'emmener avec moi.

– Vous allez rentrer ?

À entendre Antoine, je m'aperçois que j'avais besoin d'une permission pour pouvoir le faire.

– Oui, on va y aller.

– Bon, j'imagine que tu sais déjà hein, mais quand Victor est bourré il est HS, faut juste le traîner dans son lit et attendre que ça passe…

Je n'en sais rien du tout. Je suis tellement moins dans la vie de Victor qu'Antoine ne le croit. J'accueille ce qui est une précieuse information comme une plaisanterie de connivence. Antoine me regarde partir avec un sourire de dépit.

– On n'a pas eu le temps de parler ! La prochaine fois ?

Dehors, il fait encore plus froid que nuit. Antoine s'est trompé. Victor n'est pas HS du tout. Les yeux mi-clos mais très alertes, il me regarde sans me voir, et je sais qu'en rentrant, il faudra qu'on couche ensemble. Le métro chuinte dans son tunnel. Chacun de ses arrêts secoue Victor, fermente son ivresse, accélère sa transformation en quelque chose de plus âpre, de plus tranchant, que j'identifie comme un besoin d'en finir, de jouir puis de mourir. La rame nous recrache à l'extérieur. Il est trois heures. Avant, la nuit, je dormais.

Traîner le corps de Victor m'épuise, mais cela m'occupe aussi. On n'a guère qu'une centaine de mètres à parcourir jusqu'à la porte de son immeuble, mais je fais durer ma tâche, veille à bien aligner chacun de mes pas. J'attends que la nuit fonde sur moi.

Comme j'aimerais qu'elle me prenne dans ses bras, et m'emporte ailleurs, loin des verres vides, de la fumée et des mains des garçons. L'air glacé m'injecte une rasade d'anesthésie bienvenue. Tant que j'ai froid, tout va bien. Tant que j'ai froid, c'est que personne ne me touche. Chaque vague de frissons craquelle ma peau de nouvelles écailles, me tanne le cuir, me barricade dans une coque d'insensibilité. Victor émerge le temps d'ouvrir sa porte. L'appartement est glacé, lui aussi. Ça me fait plaisir. On tombe dans le lit comme des pommes pourries au sol. Les mains de Victor m'ouvrent la bouche, le ventre, je crois. Je n'en sais rien. Je ne sens plus rien. Je suis planquée au chaud à l'intérieur de moi.

Victor me baise sans un mot, il n'y a que des ombres pour nous voir. Elles ne parlent pas, mais je sais qu'elles sont là. Je voudrais qu'elles ne me quittent pas, mais Victor rallume la lampe de chevet, le froid se dissipe, et les ombres filent à leur tour. On a inventé un morceau de jour en plein cœur de l'obscurité. Maintenant, ma solitude se voit. L'ampoule grésille un peu, bombarde de la lumière sèche sur ma peau rougie. Je suis finie. Victor ne me regarde pas. La tiédeur ambiante sublime toutes les larmes à l'intérieur de moi, les crame, les fume, les évacue de ma gorge, de ma tête, de mon ventre, en une vapeur discrète que je laisse couler sans bruit. Il ne sait pas. Il ne me voit pas. Je rétrécis encore, je crois qu'il ne restera bientôt plus grand-chose de moi. Cela ne me dérange pas. Je pèse un fruit, une fleur. Victor m'a bien mangée ce soir. Il a eu raison. Je ne suis plus personne mais au moins je suis jolie. Je suis là. Je ne bouge pas. Comme je suis belle, maintenant que je me vois. Comme je suis belle, quand je disparais.

*

Très vite, je ne peux plus invoquer l'excuse de l'ignorance. Je ne peux plus prétendre que je ne sais pas. Je ne peux plus faire comme si je ne le voyais pas venir, au moins un peu. Et pourtant, j'oublie. Je devrais avoir pigé, depuis le temps, qu'il me touchera chaque nuit que nous passons ensemble, que ce sera long et douloureux, qu'il oubliera ce que je lui aurai dit, qu'il se moquera de mes cheveux et fera un commentaire sur les muscles crevés de mon ventre. Je devrais savoir. À ce stade, je devrais savoir ce qui m'attend.

Mais rien n'y fait. Je n'apprends pas, je continue d'y croire. L'espoir est une drogue redoutable. Descente après descente, l'effet est inchangé. Pan, pan, à terre bébé. Ça fait mal, ça fait pitié, mais je me relève toujours et j'espère encore, toujours aussi fort. Ce n'est même pas de l'emprise. Non. C'est juste que je reste, et que j'oublie.

« Aujourd'hui, c'est nos cinq mois. Je n'ai jamais été aussi heureuse de ma vie », j'annonce à Estelle. Je confonds bonheur et espoir. Dissonance cognitive, diront les psys. On voit, et on ne retient pas. Mieux, on ne voit pas, et on croit ce qu'on veut. Je nous peins une histoire si belle de l'extérieur qu'à force de la contempler de loin avec mes amis, j'en oublie que c'est moi qui l'ai créée.

Demain, je vais prononcer un discours devant toute ma promotion, depuis l'estrade de notre grand amphithéâtre. C'est le troisième tour d'un concours d'éloquence interuniversitaire. Après deux prestations en petit comité, j'ai gagné une place sur scène. Bien sûr, ils finiront par s'apercevoir que je suis nulle, mais d'ici là, j'aurai droit à cinq minutes de gloire. Ce sera un beau moment, à condition que Victor vienne me voir. Ce n'est pas pour lui que je me suis inscrite, bien sûr (personne n'aime celles qui veulent plaire ; une fille bien, ça séduit sans le faire exprès), mais gagner en son absence n'aurait aucun sens.

– Tu viens demain soir ?

– Demain soir ?

– Mon concours d'éloquence tu sais, devant tout l'amphi. C'est demain.

– Ah mince, je vais avoir trop de devoirs, désolé.

– D'accord.

– Il vient ton copain ?

– Il vient, oui.

Personne n'en saura rien.

Plus notre relation dure, moins j'en mémorise les détails. Bientôt, c'est tout juste si je remarque ce qui se passe autour de moi. L'amour rend bête, paraît-il.

Dans mon cas, il me rend surtout distraite. Ma ligne de métro habituelle est fermée, et j'ai un cours d'espagnol qui saute parfois. Le reste, je n'en sais plus rien. Je vais en cours, je porte des baskets noires, je mange du poulet rôti le dimanche midi chez mes parents, mais ce n'est pas vraiment moi. Je me suis abandonnée moi-même.

Être moi ne me manque pas. C'est tellement mieux d'être l'amoureuse de Victor. Il me dévore, oui, mais la condition des proies est moins pénible qu'on ne le croit. Plus on disparaît, moins on souffre. C'est bien fait. Victor me rapproche d'une béance complète, pure et anesthésiée, comme une mort mais en moins. J'y retourne, encore et encore. Personne ne m'y oblige. Je suis contente d'y aller.

Il y a la douleur, bien sûr. Mais comme je la connais bien, je peux choisir de ne pas l'éprouver.

Lui, il trouve des excuses. Désolé, c'est juste pour cette fois. Il aura une, deux heures de retard, ça va ? Oui, ça va. Ça va toujours. Il me donne ses devoirs à corriger, part en week-end, a oublié de proposer à ses amis de m'emmener aussi. La prochaine fois ? La prochaine fois, bien sûr. Il y en aura toujours une. Mon anniversaire, c'est quand déjà ? Comment ça, c'était hier, mon exposé ? Ça s'est bien passé au moins ? Oui, bien sûr. Tout va bien, toujours. Ah, je voulais qu'il soit là hier ? Fallait lui dire. Je l'ai dit, je crois. Je ne sais pas. Faut t'affirmer un peu, tu sais. M'affirmer, d'accord, mais pour dire quoi ? Il faut qu'il y aille, il se rattrapera. Et là, j'ai mal ? Pas trop, ça va. Je fatigue ? Un peu, mais ça va. Il peut continuer ? Bien sûr, on est là pour ça. Je peux payer ? Il me remboursera. Je ne lui réclame jamais de comptes, parce que je ne les tiens pas.

*

– Bon par contre je te préviens, pas ce soir. Je suis fatigué.

Je le regarde sans un mot. Ça a l'air tellement facile, quand c'est lui qui le dit.

*

Ça commence la nuit, dans cette fatigue trouble où l'on comprend que l'on n'appartient à nulle part. Il plane dans la pièce un peu de lumière du soir, quelques restes de soleil. Je n'ai pas peur, puisqu'il ne fait pas encore tout à fait noir. Je m'endors trop tôt, gavée de fatigue comme une enfant de sucreries.

C'est l'hiver, mais je n'ai pas froid.

Victor m'appelle, une fois, puis deux, et je réponds du silence des bienheureux. Entre chacune de mes expirations, je traverse un miroir et deviens encore un peu moins de ce monde. Je suis blanche et molle, je suis une bougie morte.

Il fait ce qu'il croit avoir le droit de faire, et moi je m'applique à croire qu'il ne me fait rien. Je ne suis là que pour lui, alors je ne suis pas vraiment là. Je m'abstrais, le temps que ça dure. Il y a cinq ans, pour la première fois, j'ai rêvé d'amour, et ça ne ressemblait pas à ça.

Victor repose à côté de moi. On est à égalité, maintenant. On veut dormir pour oublier, lui que la fête est finie, moi qu'elle n'a jamais commencé. Est-ce que ça lui fait vraiment plaisir, ce qu'on fait là ? En a-t-il envie, vraiment ?

Je voudrais un miroir au plafond de ma chambre, pour nous voir, nous comprendre, m'assurer que nos corps côte à côte racontent bien les nuits de folle passion que j'ai besoin de croire que nous vivons. Mais il n'y a pas de miroir là-haut, rien que des moulures aveugles dont les lèvres pendent comme des plaies ouvertes. Il n'y a pas de plaisir, pas d'amour. Il n'y a rien. Soudain un grand vide aspire l'air autour de moi. Mon inspiration tremble dans ma gorge. Victor n'est pas encore sur moi, mais il le sera bientôt.

Sa main remonte sur ma cuisse, son pied me bloque le mollet. Chaque morceau de moi s'anesthésie à son toucher. Je disparais à l'intérieur de moi. Après quelques minutes, ses lèvres posent contre ma nuque un baiser comme un tour de clé, sec et final, et je ne suis plus qu'un bloc compact de chair qui ne veut pas.

Son souffle me coule dans le dos. J'y suis. Je coule, je n'ai nulle part où aller, nulle part où m'enfuir, si ce n'est l'étreinte où Victor me suçote déjà. Je me délite, lentement, dans ses bras. Il n'a même pas le courage de demander, et à peine celui de me regarder. C'est parce qu'il le peut qu'il me veut encore, pas parce que ça lui fait plaisir, une compensation anticipée pour la prochaine fois où il n'y arrivera pas, un crédit à faire valoir en cas de panne future.

– Non…

Ce « non » tout doux, à peine audible, me fait fondre les lèvres, me dessèche la bouche, me fripe la gorge aussitôt. Je voudrais l'assortir d'un « pardon », mais je ne peux pas. Ce « non » a raclé jusqu'à ma dernière fraction d'air. J'ignore d'où il m'est venu, d'où j'ai trouvé la force de le prononcer. Il ne me ressemble pas, je n'ai jamais utilisé ce mot-là. C'est comme s'il était sorti d'une poche cachée, d'une réserve de secours, le petit comprimé empoisonné de dernier recours que les résistants cachaient dans leur molaire pour ne pas avoir à parler. Dire « non » à Victor, c'est tuer tout ce qu'on a, flinguer tout ce que j'ai d'aimable à ses yeux. Comme j'ai dû avoir peur pour que ça s'échappe de moi. Comme j'ai dû le craindre pour commettre ce saccage-là.

J'attends un cri, une punition, une fin, quelque chose, mais le silence continue de couler sur moi, et les mains de Victor de me pousser, encore, encore, molle contre le coton. C'est comme si je n'avais rien dit. Ce devait être un non trop tendre, un « non » d'enfant, trop vert et trop naïf pour avoir la moindre prise sur les choses graves que nous faisons dans mon lit. Victor boit mon visage. Je ne sais pas s'il m'a entendue. Je sais juste qu'à ce moment-là, il me prend et que je ne veux pas.

J'attends la lumière, j'en cherche partout autour de moi, même une lumière qui n'existerait pas, une lumière du ciel, du soir, de midi, bleue, noire ou artificielle, un soleil inventé, une ampoule aux antennes d'insecte, une ombre qui joue à briller ou un éclat dans les yeux, mais il n'y a rien. Dans la nuit que le corps de Victor écrase sur moi, il n'y a rien. Ça dure trente secondes, dix ans ou trois heures. Aucun de nous deux n'a plus de visage, parce qu'il a les yeux fermés et que moi je suis partie. Je pense à ma lumière sans nom et j'attends qu'elle vienne me prendre dans ses bras, mais elle ne vient pas.

Et puis ça s'arrête, et il s'allonge à côté de moi, tout près, bien plus près que quand il était sur moi. Il ne dit rien, absent à lui-même. Un nouveau silence, dans lequel il s'endort, puis j'attends. J'attends que la lumière revienne. Il commence à rêver, je commence à survivre.

Le reste, je ne m'en souviens pas. Le reste, ça ne se raconte pas.

*

Une nuit, je tache mes draps. J'observe les traces le matin venu avec une fierté douceâtre, le sentiment d'avoir fait une bêtise, certes, mais une bêtise d'adulte. C'est une signature. Le sang court sur mon lit comme de petites bêtes drôles et foutraques. Il se passe tellement de choses en moi. Plus que l'université, mes premiers verres de vin et les baisers de Victor, les cicatrices noires et brunes qu'imprime mon sang sur le coton font de moi quelqu'un qui a une histoire, une intimité. Ça me plaît beaucoup.

Deux semaines plus tard, c'est le lit de Victor que je tache. Je dis « je », mais ce n'est pas moi. Ce ne sont pas mes règles, mais du sang qui sort d'endroits de moi que je ne connais pas, des crachats, des hoquets, mon ventre qui se noie tout seul. Je m'en veux. Ce n'est pas normal, je ne me l'explique pas. Voilà plusieurs mois que nous couchons ensemble et jusqu'ici, rien à signaler. Face au drap froissé que griffent trois longs doigts de sang, je sens monter en moi un cri de petite fille étranglée de stupeur face à une bêtise qu'elle n'a pas souhaité commettre, et qui comprend avec désarroi que parfois, on peut être responsable de quelque chose sans l'avoir voulu. « C'est pas moi. » En guise d'absolution, j'ai droit à un « c'est pas grave » embêté. Le regard de Victor colle au lit une seconde de trop, et je comprends que si, en fait, c'est grave, au moins un peu. Ceci n'est pas un simple incident, mais un aveu de faiblesse. Non seulement j'ai saigné, mais je ne l'ai pas senti, ni dit, ni empêché. C'est la preuve que je suis inadaptée au sexe, que je ne le mérite pas, que ce n'est pas fait pour moi. (En réalité, ce sont des appels au secours. Je subis Victor, mon corps aussi. C'est normal qu'il parle. Heureusement qu'il parle. Mais moi, j'ai trop honte pour lui reconnaître cette capacité-là.)

On se retrouve le lendemain, Victor pour prendre son pied, moi pour réparer mes offenses. Pour cette seconde chance, je tente de rigidifier les parois de mon vagin comme on s'empêche de respirer. Mais lorsque Victor se retire, il entraîne de fins filaments écarlates avec lui, et nous comprenons que j'ai récidivé. J'imagine que mon ventre en avait assez de souffrir en silence.

– T'as tes règles ?

Je secoue la tête, le lui assure deux, trois fois d'affilée. Il ne me croit pas vraiment. Le sang qui sort des filles, on lui a appris que ça ne pouvait être que ça, alors bon, soit je suis un peu bête, soit je lui mens. Dans tous les cas, c'est mon échec et nous le savons. Un échec renouvelé car bien entendu, ça recommence. Sitôt que Victor me pénètre, je ferme les yeux et prends honte par avance, comme un enfant sait qu'il mouillera son lit sans rien pouvoir y faire. Victor ne s'en plaint jamais. Il continue de s'en étonner, ce qui est pire. Et moi, je saigne. Je ne pleure pas, je saigne.

Bientôt, ce n'est plus la douleur que je redoute, mais l'idée qu'elle se voie. Baver mes fluides sur les draps rend ma tare évidente et m'empêche de croire que je fais tout comme il faut, que je suis bien avec Victor. Je n'arrive plus à me laisser charmer par l'histoire selon laquelle je suis heureuse avec lui. Il y a toujours mon sang pour me rappeler que ce n'est pas vrai.

Je ne me laisse pas abattre, convoque un éventail de techniques tout aussi inutiles les unes que les autres, mais dont la succession frénétique me donne une illusion de progression. Un soir, par pensée magique, je compte des multiples de huit et divise le temps en fractions pour conjurer le mauvais sort. Mais là encore, je flingue les draps.

Lorsque Victor se retire, ses yeux sondent son bas-ventre, sa couette, ses doigts. Puis il se fige, me repousse pour évaluer les dégâts. Pas besoin de commenter. On sait. L'air froid de la pièce m'épluche les jambes. Je suis encore nue, Victor n'a plus un regard pour moi. Je cherche malgré moi dans les renflements du tissu la trace des silhouettes qui s'y sont enlacées quelques minutes plus tôt. Je ne les retrouve pas. Victor racle les draps à grandes tranchées furieuses, les bat presque, et les fourre dans le ventre de sa machine à laver. Je me dis que je mérite au moins une petite partie de cette violence-là.

Il n'y a pas tant de sang, tout juste quelques gouttes. On pourrait faire avec, s'en moquer, sacrifier une vieille housse de couette à nos ébats, au moins attendre un peu que l'émotion du moment se dissipe, mais ça ne nous effleure même pas l'esprit. Tout doit disparaître. C'est sale, ce n'est pas normal. Je m'imagine partir à la machine aussi. Au moins, je pourrais y saigner de tout mon saoul sans que personne le voie.

*

– T'es venue ?

La question est systématique, mais ne manque pourtant jamais de me surprendre. Je suis désormais tellement rompue à l'art des petits gémissements simulés que je les confonds avec ce qu'est vraiment le plaisir, et tellement habituée à ne pas jouir que j'en oublie que l'existence de mes orgasmes le taraude encore.

Pour moi, le dossier est réglé. Je ne prends pas mon pied mais lui croit que si. Fin de l'histoire.

– Oui oui…

Il n'est pas très tard, à peine vingt heures. On a pris nos habitudes, avec Victor. Baise très tôt, dîner, dodo. Je pourrais interroger le fait que l'extrême prévisibilité de cette routine m'apaise davantage que la présence de Victor elle-même. Je préfère ne pas.

– Tu dirais que je suis un bon coup ?

Ça, ça ne fait pas partie du script. J'accuse une seconde de surprise. Le mot ne figure pas encore dans ma panoplie conceptuelle.

– Enfin, j'imagine qu'on n'a pas moyen de savoir pour l'instant. Faudra attendre que toi tu sois avec d'autres mecs et moi avec d'autres meufs.

La dernière phrase de Victor est lâchée avec une telle désinvolture qu'elle n'en est même pas vraiment vexante, juste déplacée. Je pourrais le lui dire, mais fidèle à ma lâcheté, je me contente de me sentir stupide sans un bruit. C'est de ma faute, aussi. Il n'y a que les imbéciles pour croire que le premier amour peut durer toujours. Je masque mon humiliation derrière un peu de sarcasme, découvrant par la même occasion que j'en suis capable :

– Je vois que t'as confiance en notre couple.

– Ben quoi, on n'est pas mariés.

C’est sorti comme par réflexe, plus sincère qu’agacé. Pas besoin de le réfléchir, c’est juste vrai. Il ne cherche même pas à être blessant. C’est comme ça.

Plus que la perspective de le perdre, ce qui m’afflige c’est le vertige de comprendre qu’une fois seule, il me faudra exister sans l’alibi de notre « histoire d’amour ». Que restera-t-il de moi, alors ? Sans lui, lorsque tout aura été dit, lorsque mes souvenirs de nous deux ne seront plus que des espoirs morts sur pied et mes frustrations des regrets, il me faudra trouver de nouveaux mots pour raconter ce qu’il m’a fait. Ces mots-là, j’en ai si peur que je préfère ne même pas les imaginer. J’ai joui d’un amour qui n’existait pas, voilà ma punition.

Le bonheur à crédit, ça se paye en désillusions.

Sèche et déçue, je tente d’aller dans son sens, parce que c’est le seul qui m’est confortable :

– Tu verras bien l’an prochain avec les Belges…

Ce n’est pas une prédiction, c’est une peur. L’an prochain, Victor partira là-bas en master. Je comprends tout à coup qu’il me quittera avant de finir sa valise. Mon sourire me déchire la joue. J’ai trop honte de moi pour penser à être triste.

Victor s’est assoupi. Comme son monde est simple.

Non seulement il ne doute pas que je l’aime, mais il sait déjà que d’autres le feront plus tard. J’essaye de ne pas être jalouse de ses certitudes, échoue aussitôt. Je ferais aussi bien de dormir. Ce n’est pas comme si l’avenir de notre couple se jouait ce soir. À défaut de l’être pour la vie, je suis sa petite amie au moins pour la nuit.

Je m’étale à ses côtés. Un jour, ce lit sera pour lui un souvenir, et moi un personnage. La première copine.

Celle qui se tenait là au bon moment, qu'on prend pour voir et pour tester, par ennui ou par opportunité, parce qu'il en faut bien une, une première copine, une fille pour s'amuser et pouvoir se dire qu'on est devenu expérimenté, un corps tendre et frais dont on se souviendra dans quelques années avec tendresse et nostalgie, fragment d'une époque plutôt que personne à part entière, la fille avec qui c'était sympa, franchement marrant, pas très sérieux mais quand même un sacré bon moment.

C'est pas mal, c'est déjà ça. On s'aime un peu, mais c'est juste pour voir. Il n'y a rien d'indécent à admettre que nous avons une date de péremption. N'est-ce pas le cas de la plupart des couples ? Sans doute devrais-je même remercier Victor pour son honnêteté, sa maturité. C'est presque un cadeau qu'il me fait, une autorisation de l'aimer comme bon me semblera dans la limite des stocks disponibles. D'autres peut-être en rêveraient. Que moi ça me brise, c'est mon problème.

Je ferme les yeux. On se séparera de toute façon, d'accord, mais il serait stupide de refuser dès maintenant ce qui pourrait encore presque m'apaiser. Je me love contre lui. Il ne me repousse pas. Je peux rester là. Il m'endort, il me garde. Alors je ferme les yeux, et je déserte la scène. C'est un confort, aussi, que de se laisser disparaître.

*

Victor me donne des consignes d'autant plus sévères qu'il les considère comme de simples conseils. Il s'y prend mal, doute lui-même de la façon dont il pose sa voix, s'essaye tour à tour à me reprendre comme une gamine, à me cajoler comme une petite sœur puis à me secouer comme une amie. Il faut que je me mette là, que je ne bouge pas, que je l'attende encore. Je dois relire son devoir d'anglais, l'accueillir chez moi à onze heures, et me mettre comme ça sur le côté s'il te plaît. Et puis fais gaffe, qu'est-ce que t'es maladroite dis donc, attends non, touche pas ça, je m'en occupe, laisse.

J'obéis, parce que pour moi, c'est ça l'amour. Être regardée par quelqu'un qui sait mieux que moi quoi faire de moi.

Chacun des ordres de Victor me fait perdre un peu plus de valeur, mais je les accepte, les savoure même, parce qu'ils m'arrachent à l'enfance, et que j'ai davantage besoin de grandir que d'être respectée. Au fil des semaines, je me découvre d'une bêtise sans nom, au point que je me demande comment j'ai pu survivre dix-sept ans sans un Victor plus lucide que moi pour me recadrer. Et plus j'ai l'air nigaude, plus il paraît intelligent. Je serai son tremplin, son faire-valoir, et tant pis pour ma fierté. Quitte à ce que l'un des deux prenne appui sur l'autre dans son élan, mieux vaut que ce soit lui. Après tout, il a de l'avance, c'est lui le plus grand.

Le plus pénible des reproches de Victor est aussi son plus mesquin. Cette réprimande-là, je ne m'y habitue pas. Non pas que je la trouve déplacée. Je me déteste simplement de ne pas parvenir à corriger le tir.

La première fois, c'est un soir d'automne, au stade de notre relation où je connais son deuxième prénom, mais pas encore celui de son frère. Je me satisfais de notre couple comme d'un vêtement neuf auquel je serais en train de m'habituer. Plus fière de moi que contente de nous, je nous vois vivre sans tout à fait vivre ce qu'il y a à voir.

Victor prépare des pâtes. Il en a trop mis mais je ne lui ai rien dit. Il doit savoir. On parle de choses et d'autres, de ses profs, de ses amis, de sa famille. Je me demande si, d'un point de vue strictement théorique, il me serait plus facile de me faire vomir chez lui. Dans ma salle de bains à moi, je n'y suis jamais parvenue.

– Ah non fais pas ça, je déteste ça !

La voix de Victor a accroché une note suraiguë que je ne lui connaissais pas.

Mon cœur fond dans mon estomac. Je l'ai déçu. Je ne sais pas encore en quoi, mais mon corps, lui, courbé, accablé déjà, est prêt pour sa sanction.

– Qu'est-ce qu'il y a ?

– Quand tu tires sur les manches de ton pull, là, que tu rentres les mains dedans, je déteste ça. Ça fait petite collégienne qui minaude, là, tu sais, pour se donner un air de timide, ça m'insupporte. Désolé hein, mais vraiment, les trucs de pauvre gamine fragile comme ça, c'est ridicule. T'es pas comme ça, si ?

– Non.

– Alors le fais pas, OK ? Désolé hein, mais vraiment…

Il n'a pas l'air très désolé. Mes mains s'extirpent de leurs cages de coton noir. Je n'avais même pas conscience de les y avoir cachées.

– Comme ça c'est mieux ?

– Ouais, c'est mieux.

« Pardonne-moi, d'habitude je fais jamais ça, je sais pas ce qui m'a pris, c'était juste là, c'était la dernière fois », voudrais-je ajouter, mais ce serait mentir et je le sais. Je suis bel et bien cette affreuse petite fille mijaurée, une coquette, une empruntée, j'ai simplement su le dissimuler jusque-là, au point de convaincre Victor que je vaux mieux que moi-même. Par mon geste, par ma faute, je viens de percer un premier accroc dans ma couverture, mais il est encore temps pour moi de sauver la face, de me planquer dans ce qu'il me reste de mensonges. Hors de question de le décevoir encore. Victor est, après tout, mon dernier rempart avant, dans cet ordre, le célibat, la mort et le désespoir.

Je ne le ferai plus, crient mes mains ballantes, pelées et mortes, abandonnées à l'air moite de la cuisson des pâtes. Si je pouvais, je les trancherais. J'aurais mal, mais je n'aurais plus peur. Rien ne sort de ma bouche. Je ne me fais plus assez confiance pour ça. L'immobilité est mon dernier espoir de ne pas me trahir, alors je bafouille mes excuses au-dessus de l'eau des pâtes que je ne me sens pas capable de manger, et puis j'accepte la suite des événements, sel, poivre, yaourt, vaisselle à deux et missionnaire. C'est rien. C'est juste comme ça.

Bien sûr, très vite, ma vigilance faillit, et je faute à nouveau. Jamais ça ne lui échappe.

– Les mains !

Quand ce n'est pas un très las :

– Putain, tu recommences…

Ou même un simple et méchant :

– Arrête !

Ah, oui, merci, je lui réponds.

Je suis mauvaise élève, et Victor professeur impatient. Je ne progresse guère et, quoi que je tente, mes mains finissent toujours par m'échapper. Très vite, il se met à les tirer lui-même hors de mes manches, à les arracher sans un mot, comme il m'ôterait des puces ou me raclerait de la moisissure. Petit à petit, ça devient une habitude. Victor me décroche les poignets et je le regarde faire, plongée dans le désarroi déçu de l'enfant accablé non pas tant d'être puni que d'avoir échoué à ne pas reproduire sa bêtise.

J'y vois la preuve qu'il se soucie de moi. Personne ne l'avait jamais remarqué, pourtant c'est vrai, je passe mon temps à planquer mes mains dans mon gilet, à triturer le tissu comme un pansement infecté, à tuer tout ce qui dépasse de moi, c'est insupportable et je me réjouis d'avoir un amoureux assez attentif pour s'en être aperçu.

Un soir, Victor colle une petite claque à mes mains tapies.

– Tu le fais exprès ?

Peut-être bien, au fond. Je n'en sais plus rien.

J'en parle encore moins que je ne progresse. Personne ne comprendrait. Ce n'est qu'un tic, voyons, me dirait-on, alors que bien sûr que non, c'est une faute, une défaillance profonde qui finira certainement un jour par avoir raison de l'immense supercherie qu'est notre couple. Le printemps me donne raison. Victor se lasse. Ses doigts se saisissent désormais des miens avec plus de sécheresse que d'agacement. Il me fait mal. Ça m'empêche d'oublier que je ne suffis pas.

Encore aujourd'hui, il m'arrive de recommencer. Sitôt que je m'en aperçois, je fige mon souffle, crispe mon dos dans l'attente de la sanction. Ensuite vient la honte, puis la colère, que je dirige sur moi par facilité, avant de retirer mes mains de mon gilet comme si le coton avait été chauffé à blanc. Personne ne s'avise plus de mon petit manège, pourtant. Ça ne m'empêche pas de me mépriser.. Victor m'aura laissé davantage de peur que de souvenirs. J'ai hérité de sa mission de vigilance. Pour ce qui est de me surveiller et me punir, je crois même être devenue plus douée qu'il ne l'a jamais été.

Mes mains racontent une histoire que j'ai un peu oubliée. Pardon, semble murmurer ma peau tordue en sortant des manches où elle tente de se cacher. Pardon, l'ombre. Victor a disparu, certes, mais je ne suis pas prête pour autant à lui donner tort. Fantasmer sa sagesse, sa supériorité morale, donne du sens à ce qu'il me serait bien trop douloureux de reconnaître comme de l'abus. Je ne peux pas être victime. Je n'y arrive pas. Je ne le mérite pas. Le rôle d'élève, de disciple faillible, est le seul que je me sente digne d'investir, même a posteriori.

Il faut que Victor ait été un sage, un tuteur. Que je puisse continuer à me dire que j'ai gagné à le connaître. Je peux vivre avec cet héritage de violence, je l'honorerai même, pourvu que ça m'ait été utile. Mais admettre que rien de tout cela ne m'a jamais élevée, je n'y suis pas prête. Je doute de l'être un jour.

*

Et puis est venue une nuit que j'ai aimée. Une nuit à cause de laquelle je ne serai jamais une bonne victime.

Par la suite, j'ai essayé de l'oublier, en vain. On ne peut pas faire exprès de perdre un souvenir. Plus on en a honte, plus il devient difficile de l'occulter. Le seul espoir de s'en débarrasser, c'est de l'égarer par mégarde, et l'image de cette nuit m'obsède bien trop pour que je la néglige de la sorte.

Pire qu'un souvenir, c'est un regret. Mes cheveux sont sales, mon nez glousse de la chaleur conjuguée de deux verres de vin, et pour la première fois mes hanches, moites et mouvantes, ressemblent à des animaux libres plutôt qu'à un produit coulé dans du plastique. Il est tard, on meurt de chaud, ma peau est douce et glissante, cernée de noir. Le brun de ses yeux poussé jusqu'à l'orange, Victor fond plus qu'il ne bouge. L'air de sa chambre suinte sur nous, nos gestes patinent, coulissent. On nous dirait faits de cuivre, de cobalt, d'acier, de ces beaux métaux qui brillent et peuvent être transformés soit en œuvres d'art, soit en incendies. On a fait un peu les deux ce soir-là, je crois.

On a bu, moi à peine, lui à en faire pitié. Sa peau titube sur la mienne. Chacune de ses caresses hoquette sur mon dos. Pour la première fois, il me remplit sans m'évider. Cela faisait longtemps que j'attendais ça, trop pour que je m'en réjouisse vraiment. Les yeux fermés, je me laisse languir dans un plaisir tiède, fade mais satisfait, une réparation que je ne n'attendais plus. Victor me rend ce qu'il me doit, un peu tard, mais c'est bien. C'est trop tard, mais c'est bien.

Les draps jaunes et mouillés enroulent une peau supplémentaire autour de mon corps. Je fonds, je transpire, c'est pareil. Je ne jouis pas, mais ma béatitude se nourrit d'autre chose encore, de plus fort, de plus bizarre. Je suis fière, parce que pour une fois, c'est moi qui ai choisi d'être ici. C'est moi qui ai eu un désir, et c'est moi qui l'ai exprimé. Rien ne m'a contrainte à me trouver là. Vu la teneur de nos rapports précédents, j'avais toutes les raisons de croire que celui-là me décevrait tout autant, mais j'ai eu ce sursaut de foi, de confiance, cette croyance que tout irait bien. Mon vœu s'est réalisé. Je passe un bon moment, et c'est complètement de mon fait. Je me sens aimée. Je me sens aimée par moi.

Victor ne sourit pas. Victor fait l'amour comme on rédige une dissertation : avec application, un certain sens du devoir, et la peur de ne jamais en voir le bout. Je passe une main dans ses cheveux, il m'appartient un peu, je crois. Je le vois pour ce qu'il est, rien de plus. Un garçon de bonne volonté, mal éduqué et pas très sensible à ce que vivent les personnes plus fragiles que lui. Je lui suis reconnaissante de n'être pas plus que ça. Il sera facile à oublier. Je crois qu'au fond, je suis tout à fait consciente de ne pas être amoureuse de lui. Je me moque un peu de Victor, et c'est précisément grâce à ça qu'il me plaît ce soir.

La nuit est brève, l'étreinte davantage encore. On y connaît un amour faux et très beau, une passion de pellicule. Nos corps vautrés sur le lit dévorent toutes les lignes diagonales de la pièce, les murs autour dessinent des perforations au-delà desquelles il n'y a plus rien à regarder. Quant à nos souffles, ils s'affaissent si fort, si profond qu'ils en ondulent presque la surface du lit, les contours de l'horizon. Au cinéma, on nous trouverait de mauvais goût.

Bientôt, plus vite qu'à l'ordinaire, Victor terminera. Alors il rangera son corps sous le mien, et on recommencera à n'être rien du tout.

J'ai bien conscience qu'aux yeux du monde et de la loi, avoir aimé – pire, désiré – l'étreinte de Victor ce soir-là fait de moi une moins bonne victime. On n'est pas censé vivre des instants de grâce avec son violeur. Qu'importe que ça n'ait jamais été que quinze minutes perdues dans dix mois de dents serrées. En sciences fondamentales, tout ce qui n'est pas vrai dans l'ensemble des réalités observables est faux. L'exception n'est pas une aberration statistique négligeable, mais une preuve d'erreur. Si j'ai aimé le sexe avec Victor un soir, je n'ai pas le droit de dire que je ne l'aimais pas tout court.

Une victime, c'est une victime tout le temps. Soit on est violée, soit on ne l'est pas. L'indulgence de Schrödinger ne vaut que pour les chats.

J'ai aussi conscience que je n'ai moi-même aucun intérêt à vivre avec le souvenir de cette étreinte, que ça complexifie ce que j'ai eu besoin de construire pour guérir de Victor. Admettre que la nuit était belle, c'est renoncer à pouvoir parler de lui comme d'un monstre, puisque c'est admettre qu'il était aussi capable de me faire du bien. Admettre que Victor était capable de me faire du bien, c'est devoir me demander tout à coup pourquoi il ne l'a pas fait plus souvent. Et me demander pourquoi il ne l'a pas fait plus souvent, c'est devoir admettre aussi que c'est peut-être en partie parce que je ne lui ai jamais parlé de ce qui n'allait pas.

Il est déjà difficile d'admettre qu'on a subi un abus, pas parce qu'on se sent humiliée, mais parce qu'on doute de dire la vérité. Il est infiniment plus pénible de s'apercevoir que ça aurait pu ne pas avoir lieu, et qu'il aurait peut-être suffi d'une conversation pour s'épargner ça.

Nier ces quelques minutes de plaisir jusqu'à les prendre pour un fantasme, une simple vue de mon esprit, m'aiderait sans doute à prendre Victor pour le méchant qu'il n'est pas, mais ce ne serait pas honnête. Si je veux construire un récit vrai, un récit pérenne, un récit qui m'instruise et m'élève, j'ai besoin de ce souvenir-là. Personne ne pourra jamais l'entendre, ni ceux qui me plaignent ni ceux qui me méprisent. Les premiers ne comprendront pas, ils y verront un sursaut stockholmien, les seconds une simple preuve de ma duplicité et du fait que tout ce temps, je n'ai jamais été qu'une allumeuse en manque d'attention, une menteuse qui avait besoin d'une histoire horrible pour paraître vertueuse en comparaison. Tant pis pour eux, tant pis pour moi. J'ai besoin de laisser vivre cette nuit-là en moi, même si elle raconte ce que Victor avait de doux et qu'au fond, j'ai le plus intérêt à taire.

Victor m'a abîmée, Victor ne m'a pas écoutée, Victor m'a fait de la peine à en saigner et mal à en pleurer. Et puis il se trouve aussi qu'un soir, c'était beau. C'est parce que toutes ces réalités se contredisent qu'elles sont importantes. Tout ça coexiste, et je n'ai pas le droit de l'oublier.

Mémoires du vide

Victor m'offre une rupture comme une prise de sang : brève et indolore.

Juin vomit partout autour de nous du soleil dont les coulures rendent la verrière opaque, un œil malade à la chair jaune et mourante.

Mon couple aura duré une année universitaire.

Je me disais aussi, c'était bizarre qu'il veuille me faire sortir, me payer un verre. Ça ne dure pas plus de deux ou trois minutes. Il veut me parler de l'avenir. C'est important, dit-il. Il ne faut pas que je l'interrompe. Il ne faut pas que je sois triste. Il part. Ça vaut mieux pour l'un comme pour l'autre. Ce qu'on a vécu était beau. J'ignore s'il le dit parce qu'il le pense ou parce qu'il veut s'en convaincre. Chacune de ses phrases m'arrache un long lambeau de fierté. Je me déçois de n'avoir pas su le retenir. En plus de la naïveté, je me découvre un nouveau défaut : le manque d'imagination. Pour autant que Victor m'ait intimidée, je n'avais jamais redouté de le perdre avant aujourd'hui.

– Tu sais Elsa, t'es une meuf incroyable. Vraiment, t'es parfaite.

C'est la première fois qu'il utilise mon prénom.

– Tu veux que je te dise ? Aucun mec ne te mérite, voilà ce que je pense.

Le sourire le plus désolé du monde me troue les gencives.

– Et puis tu sais, dans deux ans, quand je rentrerai, si jamais on est encore tous les deux célibataires, rien n'est impossible… Tu vois ce que je veux dire ?

Je vois. Victor m'arrache la jolie fleur d'amour que j'ai fait pousser pour lui, et je découvre qu'elle n'a jamais eu de racines. Que tout ça ne demandait peut-être qu'à être nettoyé depuis le début.

– En tout cas, je suis rassuré… J'avais peur que tu me foutes une claque, que tu te mettes à pleurer… Tu le prends bien, c'est super…

Histoire d'intervenir au moins une fois, je souffle :

– T'es sûr de pas vouloir essayer ?

Je n'en ai pas envie, mais je préfère m'inventer un désir plutôt que d'admettre que je n'en éprouve plus aucun. Et puis, on se sent mieux quand on supplie que quand on n'attend plus rien. J'insiste un peu, fais valoir quelques arguments. Il me semble que Victor m'en est reconnaissant. À défaut de rendre le moment intéressant, ma piteuse tentative lui permet d'avoir l'air raisonnable plutôt qu'intraitable.

– Non, vraiment pas. J'ai vu des amis qui ont tenté. J'ai vu ce que ça donnait. Je n'ai pas envie de ça.

Je dis d'accord.

Je ne sais pas quoi ajouter, concentrée sur le fait qu'il faut que je me dépêche de finir mon verre.

– Je veux dire, c'est pas de l'amour, tu comprends.

J'ignore s'il parle des relations à distance ou de la nôtre. Je ne pose pas la question. Victor me jette un regard très affectueux. Je ne me rappelle pas l'avoir jamais vu me considérer comme ça.

– Ça me confirme ce que je savais. T'es vraiment parfaite, Elsa.

Il passe les rasoirs de ses yeux bruns le long de mes joues. De ma peau sortent des larmes plutôt que du sang. Je les ravale, les laisse couler sous ma chair. Le regard de Victor est froid, déjà repu. Il se détourne de moi et emporte un morceau de mon visage avec lui.

Victor insiste pour payer, ni par devoir ni par plaisir, simplement pour avoir encore quelque chose à dire. Son dernier mot lui coûte un peu plus de sept euros. Au pied du métro, je le prends contre moi. Je retiens son odeur, son poids, mais pas sa voix, puis je descends les escaliers en prenant tout mon temps, distante et absorbée, comme si j'hésitais entre les innombrables options de destinations passionnantes et insolites que mon célibat tout frais m'offre à profusion. J'espère que ça impressionne Victor. Il ne me regarde déjà plus, mais peu m'importe. Savoir que quelque chose n'est pas vrai n'empêche pas d'y croire. Une fois cachée dans la pénombre verte et mouillée des escalators, je fonds en larmes pour oublier que je ne sais pas quoi penser de ce qui vient de se passer.

Dans la rame, les gens ne me regardent pas. On m'avait pourtant raconté que pleurer dans le métro était la meilleure façon d'attirer l'attention des inconnus. Cette indifférence me heurte davantage que la rupture. Je ne sais pas ce que ça signifie au juste, mais cela ne me semble pas rassurant. J'appelle une première amie. Elle me dit qu'on en parlera le lendemain, alors je mets mes larmes en pause. Arrivée chez moi, je constate que je n'ai pas grand-chose à foutre de la fin de mon histoire d'amour. Je vais faire comme si, bien sûr, mais au fond, ça m'emmerde plus que ça ne m'intéresse. Un passage aux toilettes et une cuisson de farfalle plus tard, je m'aperçois que j'ai oublié de penser à Victor et que je suis d'ores et déjà passée à mon partiel de sociologie.

J'appelle une deuxième amie pour me remettre sur le droit chemin de la déprime. Hélas, j'échoue complètement à avoir l'air triste. Tout juste parviens-je à répéter :

– Je ne comprends pas.

Je ne veux pas dire « pourquoi il m'a quittée », mais « ce que je suis censée faire maintenant ». Hélas, mon amie passe à côté de mon sous-entendu. « Ce n'est vraiment pas ta faute, ma belle, c'est comme ça. »

La nuit tombe. Un copain me propose :

– Tu veux sortir pour te changer les idées ?

Je refuse. Pas besoin. Je vais bien. Je me rappelle soudain que ce n'est pas normal, alors je me sens mal. Non seulement j'ai raté mon couple, mais je suis en passe de rater ma rupture. Après quelques contorsions des paupières, j'acte mon incapacité à verser la moindre larme supplémentaire, et je décide de me coucher, par dépit plus que par besoin d'anesthésie. Dormir me paraît plus facile que prévu. Si c'est ça, le cœur brisé, c'est quand même autrement plus simple à gérer que ce que les poètes romantiques m'ont donné à croire. Au réveil, je contemple ma tranquillité avec effarement.

Déçue comme jamais, je décide de renoncer à l'amour. Si je suis à ce point écœurée, c'est précisément parce qu'alors même que j'ai tout fait pour croire mon couple exceptionnel, je ne ressens rien à l'idée de l'avoir perdu pour toujours. La médiocrité de mon histoire m'a épuisée, au point que j'en ai perdu tout intérêt pour la chose et peine à croire que je pourrai en connaître de plus palpitantes à l'avenir. Blasée mais sereine, je déclare la fin définitive de ma carrière sentimentale.

Le lendemain, j'écris un poème éploré par principe, l'envoie à mes amis pour rendre un peu plus intéressante ce qui m'apparaît comme la rupture la plus fade du monde. Je fixe l'écran longtemps. Bientôt, Victor et moi aurons laissé s'écouler toute une journée sans nous adresser le moindre message. Ce sera la première fois. Une nouvelle nuit prend le pas sur mon ennui, et le réveil me confirme que Victor ne me manque pas. Mes amis prennent de mes nouvelles. Rien à signaler. Je m'étonne même de les voir à ce point attentifs à mon chagrin. Je ne suis pas triste. Je suis mortifiée. Je me suis donnée à un garçon de tout mon saoul sans jamais rien ressentir pour lui, comme j'aurais joué à la dînette avec une telle virtuosité que j'aurais cru voir l'espace d'un instant les reflets d'un vrai repas dans mon assiette en plastique.

Quelques semaines s'écoulent. Victor ne me manque pas, mais son souvenir me gêne. Je ne sais pas quoi faire de tout ce que je ne ressens pas pour lui, de toutes les émotions que j'échoue à invoquer. Alors, pour éviter d'enfin me poser les bonnes questions, je commence à me moquer de Victor partout autour de moi, et je fais une fabuleuse découverte : ce n'est pas de consolation dont j'ai besoin, mais d'attention. Drôle et étonnante pour la première fois de ma vie, je reprends l'habitude de raconter mon couple avec Victor plutôt que de parler de moi. Je gagne en assurance. L'histoire grotesque que mon absence totale de recul me permet encore de présenter est facile, plaisante et palpitante, exceptionnelle non par sa teneur, au demeurant très fade, mais par l'absence totale de pudeur avec laquelle je consens à la dévoiler. Victor ne m'a pas assez aimée, eh bien, la foule s'en chargera à sa place. Je ferme les yeux et m'émerveille d'avoir ainsi trouvé la lumière. C'est doux, et très plaisant. Le rire est une économie de pensée.

Mes amis applaudissent mes bonnes vannes. Ils voient mes boutades comme le signe que je me bats, que je fais face. Ils traitent mon ex d'imbécile, de salaud, de connard. C'est comme s'ils l'avaient davantage fréquenté que moi. Leurs mots me troublent, semblent décrire un inconnu. J'ai passé des mois à m'accrocher à ce que j'ai inventé pour le trouver attirant, au point d'oublier qui il était. Quand je songe à notre histoire, c'est comme si je tentais de visualiser les plans d'un film qu'on m'aurait raconté. C'est alors que je comprends que je ne me porterai pas mieux sans Victor, puisque je n'ai pas vraiment été avec lui. La vérité de mon couple avec ce garçon est tout aussi sale que mes mensonges, mais pour des raisons très désagréables, que personne n'a envie de connaître. Alors on se tait, et on rigole.

On me demande comment c'était au lit avec lui. Je n'en ai jamais parlé auparavant, parce que notre vie sexuelle a toujours été la propriété de Victor. Malgré la rupture, malgré ma liberté nouvelle, qui me dédouane de tout devoir de loyauté, je ne me résous pas à briser ce tabou-là, à me réapproprier ce que j'ai subi. Pas une once de pudeur là-dedans, j'ai simplement peur de ce dont je pourrais me souvenir, et de comment mes amis pourraient réagir. À force d'en taire le récit, j'ai oublié ma vie sexuelle. Je sais juste que c'était sinistre, et que ce ne sont pas des choses qui se disent. Alors j'hésite à déballer ces histoires de nuits foireuses, de pénétrations râpeuses, d'amour sale parce qu'obligatoire. Un soir cependant, je m'abandonne à évoquer le sujet de façon sincère. Je décris les contours, les circonstances, parce que le reste m'effraie et m'échappe, mais ça suffit à apeurer une amie, dont le regard de pitié, soudain et poisseux, me convainc de ne plus jamais aborder le sujet sérieusement. Aussitôt, je me mets à en parler comme de tout ce qui m'affecte et m'affole, c'est-à-dire comme une blague. Tout le monde se marre. Tout le monde adore. Très vite, je tire mon carburant de cette hilarité. Tant pis pour la consolation, je vivrai de scandale.

Dès lors, je n'arrête plus. Je raconte les mains sales, les gros doigts gourds, l'indifférence dont je repeignais mon plafond, la façon dont j'ai associé chacune des variations missionnaires que Victor essayait sur moi à un chapitre de mon cours de droit, le petit hoquet suffoqué qu'ont les hommes qui ne savent pas jouir au moment de l'orgasme, et le couinement très caractéristique qu'émet une peau repeinte de sueur lorsqu'elle se frotte à un ventre asséché par l'ennui. J'expose tout cela d'une voix tranchante sans être froide, très amusée par ma propre histoire, et surtout par la façon dont je la livre en pâture pour rien, pour un rire. L'aisance avec laquelle je fais de ma honte une anecdote est telle qu'elle en est presque troublante. Ma cruauté tranquille arrache des croassements hilares à mon auditoire stupéfait par tant de crudité, tant de maturité. Il va sans dire que je ne me prive pas d'en rajouter, de me moquer de ce pauvre mec incapable de comprendre qu'il faisait autant d'effet à la fille en face de lui qu'un ustensile de cuisine. Ça ne réclame aucune forme d'effort. C'est automatique.

C'est facile. La violence de Victor devient industrielle. Un produit que je sais fabriquer.

Après un mois, démolir Victor ne me suffit plus. Je me suis accoutumée à ma vacherie, devenue bien trop prévisible, et j'ai besoin de tension, de contradiction pour avoir l'impression de continuer à l'emporter sur lui. Alors je commence à me salir, moi aussi, ou plutôt celle que j'étais il y a un an, parce que j'ai du pouvoir sur elle, à défaut d'en avoir sur Victor. J'y vais un peu fort. À m'entendre, tout était ma faute. Je prends un grand plaisir à travestir mon innocence en bêtise, ma gentillesse en crédulité, mon indulgence en inconséquence, ma soif d'amour en marque de faiblesse. Plus les gens rient, et plus je me hais. L'essentiel n'est pas que je dise vrai mais que j'ose le dire. Mon histoire devient comme une rumeur. Personne n'y croit, mais tout le monde aime se l'entendre raconter. On m'en redemande. Mieux que les couples ratés, les filles qui se diminuent d'elles-mêmes sont le plus doux des faire-valoir. Petit à petit, je confonds ce que je récite avec ce que je crois. Je m'anéantis. Ça me tranquillise. (On a tendance à sous-estimer le grand repos qu'offre la dévalorisation comme preuve d'identité.)

On me demande par quel miracle notre relation a pu durer aussi longtemps. Mon ignorance me tombe des lèvres. Je n'en ai aucune idée.

Au début, j'étais persuadée que Victor s'était trompé, qu'il s'était jeté sur l'opportunité d'un couple sans bien prendre le temps de calculer ma valeur produit, qu'il avait très vite capté que je n'étais qu'une gamine, et que s'il avait consenti à subir ma compagnie dix mois durant, c'était par flemme de me larguer et manque d'imagination plutôt que sous le coup de l'agréable surprise que lui aurait procuré la découverte de mon intimité. Maintenant qu'il m'a quittée, l'hypothèse de l'erreur de casting ne tient plus. C'est un drôle de paradoxe, mais son discours de rupture m'a convaincue du fait qu'il m'avait choisie en toute connaissance de cause, que je n'étais pas sa copine par hasard, et qu'il n'est pas resté avec moi par charité, mais pour autre chose – sans doute par intérêt. (L'idée que je pourrais inspirer de l'amour à quelqu'un m'est toujours doucement risible, et le restera longtemps.)

La voilà, mon explication. Ce n'était pas un couple, mais un échange de bons procédés. Il n'y a pas eu d'amour, rien que de la nécessité. J'étais prête à me satisfaire de n'importe quoi car j'avais envie d'aimer plus que de l'aimer, et Victor m'a choisie parce que je passais par là et que la perspective de passer la vingtaine sans avoir pécho lui était insupportable. Faute d'apprécier notre relation, il s'est contenté de mes services jusqu'à ce que mes coûts surpassent mes bénéfices. Chacun est devenu l'excuse parfaite des hypocrisies de l'autre. On aurait pu, qui sait, continuer à se donner raison des années durant. Victor me donnait le sentiment que je méritais d'être regardée, et je le persuadais qu'il était plus puissant qu'il ne l'était.

Cette piste me convient. Considérer que j'ai été le compromis de Victor n'est guère flatteur pour moi, mais j'aime cette symétrie de nos désespoirs, qui me permet d'être enfin à l'aise avec l'idée que je n'ai choisi ce garçon que par commodité. Au moins, si j'ai vraiment été une copine de pis-aller, son barrage contre le pathétique, alors j'ai eu à ses yeux une utilité véritable, j'ai compté. Ramollie d'une tendresse toute paternaliste pour les tocards que nous étions, je nous raconte à mes amis, m'étonne de la douceur de mon récit, et découvre qu'en nous faisant passer pour des losers assortis, je nous rends aussi touchants, sinon plus, que des amoureux transis. On a pour les perdants la même tendresse que pour les amants. En cela, c'est presque comme si j'avais eu droit à un amour décent.

Après quelques semaines de célibat, je m'aperçois que je n'ai plus à vivre chaque rencontre comme un miracle, ni à me jeter sur la moindre proposition d'intimité avec stupeur et gratitude. Ma toute neuve abondance de relations me permet de transformer mes peurs en exigences. C'est une bonne nouvelle pour ma confiance en moi, et une catastrophe pour ce que je me raconte à propos de Victor. L'histoire selon laquelle on n'était que deux lourdauds liés l'un à l'autre par dépit ne tient plus. Je n'ai pas tant changé que ça depuis Victor. Si mes amis prennent soin de moi aujourd'hui, c'est que je le méritais déjà à l'époque. J'avais de la valeur. Il a vu quelque chose de beau en moi, et il a voulu l'accaparer. J'ai honte, soudain, de m'être contentée de quelque chose d'aussi triste, d'aussi plat, d'avoir pris la convoitise d'un garçon pour la plus pure des passions. Désormais, je ne peux plus dégainer la blague des deux imbéciles aux nuits grotesques sans qu'une profonde tristesse ne s'agglutine dans ma gorge. Je ne pleure pas pour Victor, mais pour la petite fille qui ne s'aimait pas assez pour croire en ce qu'elle ressentait.

C'est là que je commence à comprendre. Quel enfoiré. C'est une haine rapide, facile, qui me foudroie les veines comme du sucre chimique, sous les assauts de laquelle je monte et redescends par poussées. L'ordure. L'enflure. Les souvenirs me chahutent par à-coups. Ça bouillonne, c'est brouillon. Bientôt, j'ai un ennemi et il s'appelle Victor. Je le maudis, je l'abomine, avec d'autant plus de conviction que si je le pouvais, je ne demanderais qu'à être en paix avec son souvenir. Mais de tout ça, bien sûr, je ne dis rien. Ce n'est pas divertissant. Alors je continue à jouer mon sketch révolté, sans avouer à personne que c'est devenu ma vérité. J'ai passé un an à le traiter de gros con pour plaisanter, et maintenant que je le pense vraiment je n'arrive même pas à en parler.

Je n'ai pas de quoi faire dans la nuance. J'ai mal, donc j'exagère. Mon récit intérieur n'intègre bientôt plus que le pire. Je me dis qu'occulter tout ce que Victor a pu m'offrir de bon n'est jamais qu'une forme de juste compensation pour ce qu'il m'a infligé. Si j'en ai besoin, c'est que j'en ai le droit. Je me pense comme une fille flouée, pas encore comme une victime. Ce que m'a fait Victor, me dis-je, était sacrément injuste. Plus tard, je comprendrai que c'était grave.

À côté de ma rage nouvelle, mes blagues perdent de leur saveur. Bientôt, je ne parle plus du tout. « Et Victor ? », me demande-t-on. « Rien à dire ». Rien à dire, parce que plus rien à gagner. Mes amis n'ont pas envie d'entendre cette violence, je le sens. La désillusion, c'est drôle, mais pas le désespoir. Mes reproches un peu vaches étaient marrants, ma colère froide les effraierait. Alors mes récriminations restent muettes et moites, blotties dans ma tête, incapables d'en être extraites.

Depuis Weinstein, les gens se disent prêts à entendre la colère des victimes, mais #MeToo n'a rendu audible que l'indignation lisse et rangée des colonnes de magazines. Ma colère à moi, petit animal sale qui fait du mal à tous ceux qu'il touche, n'a pas sa place dans les débats que les journalistes ont rendu à la mode, pleins de mots prêts-à-parler et de valeurs montées comme des meubles Ikea, à la va-vite mais qui présentent bien.

Désormais, il n'y aura plus de plaisanteries, plus de boutades, plus de grande comédie. Je me tais. Trop réelle à présent pour pouvoir être feinte, ma rage m'esquinte, m'épuise, mais je trouve dans cette fatigue un grand soulagement. Je sais qui je suis, parce que je sais qui je hais.

Une nuit, alors que je suis allongée sur un matelas au pied de son lit, Estelle m'invite à parler de « mon ex », comme elle dit. Hésitante, honteuse soudain, j'esquisse le début de mon tissu de récriminations habituelles, mais c'est comme un spectacle qu'on voudrait monter ailleurs que sur scène, ça sonne minable. Sans mon public, sans les vapeurs d'une soirée, mon récit a l'air de ce qu'il est : faux. Pour la première fois, je me demande si mes souvenirs ne sont pas aussi factices que les histoires que je raconte en soirée. Cela ne signifie pas que Victor est innocent, simplement que j'ignore pourquoi il ne l'est pas, et que je n'ai aucune idée de comment expliquer ce qu'il m'a fait. « C'est compliqué », je souffle comme une excuse. Soudain, je n'arrive plus à lui en vouloir. Tout m'y incite, mais ça m'échappe, comme si je tentais de parler une langue dont j'aurais tout oublié.

J'aurai cru deux ans à mon mensonge, à cette histoire qui rendait Victor grotesque, mais pas grave, et que j'ai inventée pour me protéger de ce que je ne voulais pas avoir vécu. Et tout ce temps, j'ai échoué à interroger ce qui n'allait vraiment pas, concentrée sur le minable pour ne pas me confronter à l'abominable. On nous apprend que les gens mentent par intérêt ; les victimes, elles, se mentent par survie. Hélas, les mensonges comme les hommes finissent toujours par mourir, et le mien n'a pas fait exception. Je le comprends enfin : Victor n'était pas qu'un pauvre garçon.

Dans un serment fébrile, je me promets de découvrir ce qui m'est arrivé. Si le déni m'a permis de tenir, seule la vérité pourra me guérir.

*

– Il te manque pas trop, ça va ?
– Non, ça va.
– Je l'ai croisé l'autre jour, rue de Rivoli.
– Ah bon ?
– Ouais. Il tirait une de ces têtes…
– Comment ça ?
– Ben, par rapport à toi. Tu lui manques.
– Ah bon ?
– On en a parlé.
– Et il disait quoi ?
– Il était très triste. Il était amoureux, tu sais.

Florian se tourne vers moi, semble chercher à lire dans mes yeux si ses mots me font souffrir, plaisir, ou m'indiffèrent. Il attend longtemps, parce que je n'en ai moi-même aucune idée.

– …
– Ça va ?
– …

Ma voix pèle partout dans ma bouche, des consonnes se heurtent à mes dents, rendent mon silence très violent.

– Enfin, je sais pas, il tenait beaucoup à toi quoi… Tu sais, c'est pas parce qu'il t'a quittée que t'es obligée de croire que t'as aucune valeur…

Deux ou trois tendons tirent très, très fort la corde de mon cou. La bouche de Florian se crispe un peu, de ce rictus nerveux qu'ont les parents face à un enfant capricieux. Il pensait que ça me flatterait, et voilà que je me vexe. Qu'est-ce qui me prend ?

– C'est juste…

Un à un, mon cœur perd ses pétales dans mon ventre. Je ne suis pas vexée, je suis bouleversée. Si Florian dit vrai, si Victor a bel et bien été amoureux de moi, si l'on m'en apporte la preuve, je ne m'en remettrai jamais. Si Victor m'a aimée, je n'ai pas le droit de me défouler sur lui en soirée. Si Victor m'a aimée, c'est moi l'ingrate. Si Victor m'a aimée, jamais je ne pourrai imputer ma souffrance à quiconque d'autre que moi-même.

– C'est comme ça, un premier amour, ça finit rarement bien…

Non. Ça, non. Tout à coup, la douceur molle de Florian me devient ignoble, et j'ai comme envie de pousser son visage au fond de son propre crâne. Deux énormes poings de colère m'écartèlent la poitrine, un râle brûlant me pousse dans la gorge. Pas ça. Pas « premier amour ». Victor n'a pas droit à ces mots-là. Victor m'a fait mal, et contre cela je ne peux rien, mais j'ai encore l'espoir de l'empêcher de me priver d'un premier amour réussi. Il était un brouillon, il était un mensonge. Il ne peut pas avoir compté. Je refuse que ma relation suivante, si relation suivante il y a, soit un contre-avis, une seconde chance. Et si Florian fait de Victor quelqu'un de sincère, et de notre relation autre chose qu'une erreur, alors cela veut dire que jamais je ne connaîtrai ce bonheur-là.

– En fait, pour tout te dire, on a même parlé, lui et moi. Il disait qu'avec du recul, il aurait peut-être fallu tenter de…

Florian s'avise de mes yeux vides, ravale sa bêtise.

– Enfin je devrais peut-être pas te dire ça. C'est fait. Y a pas de regrets à avoir.

Je veux être la honte de Victor, pas son regret.

– Tout ça pour dire qu'il t'aimait vraiment, je te promets.

S'il m'aimait vraiment, il ne m'aurait rien fait de tout ça.

– C'est comme ça, mon Elsa.

Oui, c'est comme ça.

– Bon maintenant va falloir trouver quelqu'un avec qui ce sera encore mieux, mais c'est pas gagné !

– Pourquoi tu dis ça ?

– Disons que… d'après ce que j'ai entendu, c'était pas mal du tout au lit, si tu vois ce que je veux dire…

– Qui t'en a parlé ?

– Ben, Victor.

– Mais il t'a dit quoi ?

– Ah ben apparemment tu prenais sacrément ton pied… Il paraît que t'avais genre trois, quatre orgasmes d'affilée !

La colère me racle les os. Je crisse, je grince, je brûle de tout cracher. Pas par fierté, ni par vengeance. Non, si mes mots me pèlent les lèvres, si les mains m'en tremblent de frustration, si je finis par vomir ma vérité, c'est parce que je refuse de laisser croire à Florian que c'était ça, mon maximum. Que ce sera ça, ma référence. Je ne cherche même pas à ce qu'on déteste Victor. J'interdis simplement à quiconque de respecter ce que nous avons été.

– Je simulais.

– Mais non ?

– Si, si.

– Attends, tout le temps ? Enfin je veux dire… il s'en rendait pas compte ?

– Il était trop occupé à essayer de finir.

– Mais non !

– Si, si. Il mettait vraiment une éternité à finir.

– Mais c'est plutôt cool pour toi en tant que meuf, non ?

Le coup d'œil que je jette à Florian lui enseigne que le vagin n'est pas fait pour être récuré pendant une heure.

– Et il se rendait compte de rien ?

– Rien.

Il me sourit. C'est moi sa préférée, maintenant.

– Bon, il est vraiment temps que tu retrouves un mec avec qui prendre ton pied, alors.

– Ou une meuf.

J'ai un rire gêné. Je suis un peu éberluée par ma saillie. Les yeux de Florian aussi.

– Une meuf ? Ah ouais ? T'aimes les meufs, toi ?

Je crois. Enfin, je n'en sais rien. Victor disait que non, parce que je n'avais jamais essayé.

– Ça m'étonne pas. J'ai toujours pensé que t'étais trop belle pour être hétéro.

C'est gentil. Je ne sais pas ce que ça veut dire, mais c'est gentil. Ça me suffit.

– Mais mon Dieu Elsa, j'en reviens pas… Il captait vraiment, vraiment rien ?

– Je suis très bonne comédienne.

Je le dis sans panache. Il n'y a pas de quoi être fière. Florian éclate de rire.

– Oh là là, je devrais pas dire ça hein, mais vraiment c'est hilarant…

Pour lui, c'est drôle, oui.

*

– Tu sais qu'il m'a encore écrit ?

– Ah ouais ?

Voilà dix jours qu'Estelle est elle aussi célibataire. Bastien l'a déçue, clame-t-elle depuis à qui veut l'entendre, avec la ferveur d'une convertie. Des mois durant, je lui ai envié son bonheur à en crever. Je découvre que sa révolte m'est plus pénible encore. Là où je ne suis parvenue qu'à moquer ce que j'ai connu avec Victor, elle a fait du spectre de Bastien un combat, un programme politique, le mot d'ordre d'une révolution. C'est presque beau à voir. La colère lui vernit les cheveux, agrandit les yeux, rougit la bouche. Dans un soupir moite, elle s'empare de son téléphone, y fait défiler les captures d'écran comme les pages d'un code pénal.

Pour la première fois, on est célibataires ensemble.

– Bon, et toi, il t'arrive quoi de beau ? Ça va la rupture ? Ça fait combien de temps, déjà ?

Il faut croire que, même absent, Victor est resté ce qu'il y a de plus intéressant chez moi. Je renifle mon orgueil blessé. À quoi m'attendais-je ? J'ai été la première à orchestrer ma disparition derrière ce garçon. Rien d'étonnant à ce qu'on ne me distingue plus de lui. J'y ai veillé. Je l'ai voulu. Victor n'est plus mon copain, mais il reste mon sujet.

Alors ? Alors oui, ça va. Il ne me manque pas tant que ça. Ce n'était pas une si belle histoire que ça. Estelle s'en étonne. Ben oui, oui. J'ai passé un an à me sentir stupide, un an à souffrir, sans jamais trouver comment existier pour lui ailleurs que dans la cage blanche de notre lit. Le regard d'Estelle s'amincit. Nous prenons peur, je crois, de ce qui se dessine dans ma confession. Alors je me rabats sur ce que j'ai déjà raconté mille fois, les broutilles, les mesquineries, les excuses premier prix. Estelle rosit à nouveau, de toute évidence bien plus à l'aise avec ces sucres rapides de reproches qu'avec les choses sombres et informes qui affleuraient tout à l'heure. Nous sommes à mille lieues d'avoir le courage, la lucidité, et surtout l'envie de voir en nos anciens amoureux des forceurs, des violeurs, bref : des porcs.

– Tu sais, Bastien et moi, c'était un peu pareil…

Autour de notre deuxième limonade et du huitième portrait psychologique de Bastien de l'après-midi, je classe formellement la conversation parmi les plus épuisantes que j'aie jamais menées avec qui que ce soit.

Au moment de payer, Estelle me glisse un clin d'œil, dégaine son téléphone et nous capture dans l'écran. Un selfie froid et lisse, voilà ce qu'il nous reste, voilà ce que l'amour nous a laissé. Nous sommes des coquilles de filles, des corps beiges et immobiles, figés côte à côte par la contingence de scolarités similaires et d'intérêts assortis. Nous ne fabriquons plus de souvenirs depuis longtemps. Nous tournons à la machine du passé, et il n'y a plus que nos garçons disparus pour nous maintenir ensemble. Cette photo, c'est une reconstitution plus qu'un moment.

Nous nous séparons sans nous toucher.

– J'étais contente de te retrouver.

C'est dit comme un « pardon », ça sonne comme un « adieu », et nous le savons toutes les deux.

*

Je n'ai pas hâte de me remettre de Victor, mais de passer à la suite. Des mois durant, je guette ma belle histoire, celle que je vivrai un peu pour moi et beaucoup contre lui.

En attendant, c'est l'été et j'ai besoin de m'occuper. Je commence à travailler à la Fnac le jour anniversaire de mon célibat. Et puis je rencontre un garçon, un garçon lumineux, qui lit pour de vrai, prend du temps pour compter les nuages dans le ciel, et dont les questions ne servent pas à vérifier que je lui plais, mais à comprendre qui je suis. Il est tellement différent de Victor que c'est comme si je l'avais inventé pour me venger. À ses côtés, je délaisse un peu mes vieux souvenirs, mais surtout, je recommence à en fabriquer. Malgré moi, j'ai passé les dix derniers mois à rêver de quelqu'un comme lui.

Le garçon travaille au rayon littérature française, je m'occupe de l'étranger. Il me file du Flaubert. Je lui passe *La Maison aux esprits*. On s'en lit des passages, on se félicite l'un l'autre autant que si on les avait écrits. Il sème des post-it pour moi partout sur les nouveautés. La librairie se constelle, quelques minutes avant l'ouverture, de lumières de papier. Je les arrache juste à temps pour nous éviter d'être virés, et je les garde toute la journée dans ma blouse, ça fait comme des étoiles qui ne brûlent pas. Le soir, je les sème sur le sol de ma chambre. Non seulement ce garçon tient à moi, mais en plus, ça se voit.

En juin, on se plaît. En juillet, on s'adore. En août, on s'aime. En septembre, on se manque. En octobre, on est ensemble. Je l'aime comme si c'était le premier. Je le lui dis souvent, pour le rassurer lui, sans m'apercevoir que c'est surtout moi qui cherche à m'en persuader.

C'est le garçon le plus gentil du monde. Un grand romantique, très doux, un rien d'adolescence encore blotti dans les joues, du verre poli dans les yeux, des cheveux clairs saupoudrés sur la tête. Il n'a jamais été en couple auparavant. Lui aussi, il me rappelle la Lune, mais la face opposée à celle de Victor, celle qui reflète de la lumière.

On s'emballe, et on en fait trop. Je régresse sans me faire prier. Le garçon m'envoie une lettre dans laquelle il évoque le prénom de nos futurs enfants. C'est précisément ce dont j'ai besoin. Il me dit qu'il m'aime, tout le temps. Je ne sais pas vraiment ce qu'il entend par là, mais je m'en moque. Qui donc irait se préoccuper de la signification d'une formule magique, dès lors qu'elle fonctionne ?

Après quelques semaines, on décide de faire l'amour. Pour lui, c'est une découverte, pour moi, c'est une mise à l'épreuve. Je le guide, lui dis où me caresser même si ça ne me fait rien. Je suis juste contente qu'il m'obéisse. Il s'applique. Ce n'est pas douloureux pour le corps, mais ça l'est pour mon cœur. Je n'ai pas autant guéri que je ne le pensais. Il y a un an, j'ai appris à vivre sans amour, et maintenant que ça m'est offert, je n'arrive pas à l'accepter.

Ce qui me fait du bien, c'est qu'il est précautionneux. Grâce à ça, mes sourires sont sincères. Tout l'est, d'ailleurs. Je lui ai promis de ne pas simuler, alors je reste muette, mais demeure malgré moi dans mes yeux une trace de gratitude dont je sais qu'il la prend pour du plaisir. Quand le garçon s'endort à mes côtés, je me sens heureuse d'avoir fait ça avec lui.

C'est une histoire plus que de l'amour. Il aime un personnage, la photocopie lisse et brillante d'un instant de perfection qu'il a pris pour moi. Dans ses bras, je suis un idéal, alors je ne suis pas moi. C'est comme si je n'étais pas là. On n'a pas idée de la violence que c'est, d'être aimée pour ce qu'on ne sera jamais. À l'entendre, je chante bien, ris à merveille, danse mieux encore. Persuadé que nul ne le rendra plus heureux que moi, il oublie que si je lui donne l'impression de l'aimer comme personne, c'est surtout que personne ne l'a aimé avant moi. Nous sommes une immense bêtise, mais j'ai tellement envie d'y croire que je reste – il suffit souvent de se compromettre assez longtemps pour devenir sincère dans son erreur.

Nos proches nous voient déjà mariés. Sa mère m'annonce qu'elle est ravie de rencontrer la mère de ses futurs petits-enfants. Elle me sert du champagne dans un verre bleu, son préféré me dit-elle, celui dans lequel seuls les membres de la famille sont autorisés à boire. « Elle t'adore », m'annonce le garçon après le dîner. Lui aussi, d'ailleurs, il m'adore, ajoute-t-il. Je pensais que c'était ça, la façon dont je voulais être aimée. Je me trompais.

Je découvre qu'être l'idéal de quelqu'un, c'est aussi être son mensonge. Il me pardonne tout, me déguise en figure de vertu. Même dans mes absences et mes failles, il parvient à me dédouaner. À ses yeux, si je lui montre mes défauts, c'est une marque d'amour, de confiance, comme pour l'autoriser lui aussi à ne pas être parfait. Si je suis désinvolte, il y voit de la maturité. Si je me montre impatiente, il me trouve méritante. C'est cette indulgence illimitée que je méprise en premier chez lui. Le reste suit. J'apprends qu'être aimée coûte que coûte, c'est ne plus avoir de prix du tout. Il me suffit d'être là, même molle, même passive, même mauvaise, pour lui plaire. Condamnée à être la plus médiocre des femmes extraordinaires, je deviens triste. J'espère un court instant que mon apathie soudaine l'agacera, hélas il s'en émeut, y lit une sublime et admirable forme d'honnêteté, de vulnérabilité. Je commence à lui dire que je vais mal, jusqu'à pleurer devant lui sans un mot, un soir. Il me dit que je ne lui ai jamais paru aussi belle. Pour la première fois, je le déteste.

Je choisis un dimanche pour lui briser le cœur. Je n'ai aucun motif de rupture valable à lui avancer, excepté la vérité, mais c'est précisément ce qu'il m'est impossible de lui dire. Hélas, en ouvrant la bouche, je m'aperçois que j'ai tout prévu de mon discours, sauf le début, alors j'opte pour la pire des options : la sincérité. Je lui dis que je tiens à lui, mais pas comme ça, comme un ami plutôt. C'est gentil en intention, mais tellement peu efficace que ça en devient cruel. Ça ne suffit pas pour couper court à ses espoirs. J'essaye de me rendre plus méchante, plus ferme. Ça ne sert à rien. Rien n'a changé entre nous, ce n'est pas ça le problème. Le problème, c'est que je n'y ai jamais cru. J'insiste. Il commence à pleurer. Sa peine me paraît grotesque. Quelle ordure je suis de penser ça. L'heure tourne, mon humeur aussi. De douce et désolée, je deviens lasse, puis franchement dégueulasse. Le garçon ne comprend pas d'où sort l'étrangère calme qui lui fait face, et lui annonce sans couleur ni relief la fin de leur histoire. Il m'en veut, mais je ne pense plus qu'à me débarrasser de nous.

Pour moins m'en vouloir, je fonds en larmes aussi et ne m'en sens que plus sale.

Lui ne voit pas les choses comme ça, bien sûr. Très vite, sa douleur prend des proportions telles qu'elle en devient injuste, presque mauvaise. Je l'aime plus que jamais, mais ça ne sera jamais assez. La tristesse peint des falaises sur son visage. Je suis presque jalouse de ses yeux embués, de son visage écrasé, de sa détresse, de l'amour qu'il change en mépris, en reproches, pour ne pas avoir à admettre qu'il n'a plus lieu d'être. Sa souffrance est belle et je la lui envie . Ce n'est pas juste. Moi aussi, je veux connaître quelqu'un capable de me briser le cœur.

Je finis par refermer la porte sur lui, un peu de force, comme on lutte pour arracher son doigt à la main serrée d'un nourrisson. Dans le silence qui suit, je m'attends à me trouver apaisée, mais au lieu de ça, je pense immédiatement à Victor. Ça faisait très longtemps. Je suis une largueuse, désormais, moi aussi.

Mes amis viennent prendre de mes nouvelles, me demandent si ça va. Pour le garçon, oui, ça va. Pour le reste, résolument pas, mais je ne leur en dirai rien. Le garçon m'envoie un long message dégoulinant de tendresse où il me parle de notre amour, et je ne pense qu'à celui qui l'a précédé. Ce n'est pas que Victor me manque. C'est bien pire. Je le hais encore, mais je me dis qu'au fond, lui comme le garçon, je les ai bernés. Au premier j'ai fait croire que je l'aimais, et au second que j'étais prête à réessayer.

Naissance d'un porc

Estelle s'est éloignée de moi depuis un bout de temps déjà. Celle que j'étais à dix-sept ans lui manque, je crois. (Moi aussi je regrette parfois cette Elsa-là. Elle se protégeait moins bien que moi, mais je souffre tellement plus aujourd'hui.)

Nos échanges se sont délayés, prenant un goût de bonne surprise, puis d'exception, puis d'anomalie. Plus je lui parle, et plus je me sens vide. J'ai l'impression de lui mentir, parce qu'il me faut inventer des choses à lui dire. Je découvre le drame des amitiés qui meurent. Aucune raison de continuer, pas plus que de partir.

Nous nous perdons sans bien le comprendre, sans le vouloir non plus, dans une langueur molle et injustifiable. Pourtant, après ma rupture avec le garçon des étoiles, c'est Estelle que je préviens la première. Même le téléphone lâche un hoquet.

Mais pourquoi t'as fait ça ?

C'est lorsque j'entends ces mots, plus perplexes que vraiment éberlués, que je découvre pourquoi c'est vers elle que je me suis tournée : je veux parler de moi avec quelqu'un qui me comprend aussi peu que moi.

Et tu te sens comment ?

Mal, à vrai dire, mais à l'envers. Cela fait vingt-quatre heures que je suis célibataire, et ma joie est telle qu'elle a fini par m'écœurer. La soirée m'est tombée dessus comme une punition. Je m'ennuie. Je m'ennuie de tout ce que je ne ressens pas.

Je peux venir si tu as besoin.

Elle débarque aussitôt, avec ce qu'il faut de glucides pour aller mieux. Elle s'installe, prête à m'entendre lui parler du garçon des étoiles, mais seul le nom de Victor me vient. Le souvenir du garçon m'est doux, déjà tranquille. Mais Victor, Victor ça bouillonne. Il y a quelque chose, là. Quelque chose dans mon ventre qui me gratte.

– Il y a plein de choses qui resurgissent depuis quelques jours…

Je parle, presque malgré moi. Son silence m'y autorise. J'évoque des doutes, des incertitudes. Je lui dis qu'en fait, au lit, non seulement ça n'était pas très réussi, mais ça n'était pas très drôle non plus. Je suis étonnée de ce qui sort de moi. Tant que ça n'était que dans ma tête, ça appartenait encore à l'ordre des idées, des peut-être. Le formaliser, c'est en faire une question à laquelle il faudra répondre.

– Qu'est-ce que tu veux dire ?

Alors je reviens sur tout, je décortique, m'égratigne contre mes propres contradictions, dissèque mon couple avec Victor. Forcément, c'est sale. Je parle des nuits que je n'ai pas voulues, de celles dont je ne me souviens plus. Je ne fais pas le tri. Je me contente d'exhumer ce qui n'a jamais été dit.

– C'est du viol, tu sais.

C'était donc ça, le mot que je ne voulais pas trouver.

La lumière tombe. La syllabe unique comme un projectile tranche ma gorge, perce ma peau, dégringole en moi, se heurte à une masse dont je découvre l'existence au moment même où j'apprends à la nommer. Viol était dans mon ventre et je l'ignorais.

– Tu as été violée. Il t'a violée.
– Je ne crois pas.
– Je t'assure que si.

*

Estelle est plus âgée que moi, plus sage aussi. Elle a lu des livres, fait des études, réfléchi à ces sujets. Mais elle ne peut pas savoir. Ses idées ne valent pas mon expérience.

– Elsa, le consentement, c'est pas juste le fait d'accepter. Il faut vouloir aussi.

Elle me fixe, longtemps.

– Tu voulais, Elsa ?

Je ne sais pas. Je ne crois pas.

Estelle se recroqueville, saisit son visage. Ses ongles, rouges et bombés, alignent deux fois cinq petites tuiles sur ses pommettes.

– J'en reviens pas. Putain, le chien. Il m'écœure. Il me dégoûte.

– Pardon…

– Comment ça pardon ? Pardon de rien. Tu n'y peux rien. C'est lui, l'agresseur. C'est lui qui t'a fait du mal. C'est lui qui devrait être désolé.

Quelque part dans le monde, Victor est en train de prendre son dîner, et il n'a aucune idée de ce que je suis en train de raconter sur lui.

– Je suis tellement furieuse pour toi.

Elle doute si peu de sa colère qu'on dirait non pas une réaction, mais un état de fait. Je me sens coupable, mais pour la première fois, je me dis qu'il l'est aussi.

On cherche à changer de sujet, mais rien ne méritera plus d'attention ce soir que ma confession, alors on lance un film. Vers minuit, Estelle se tourne vers moi et embrasse ma joue. Ce n'est pas un baiser d'amie, mais de grande sœur. Elle pose une main sur ma tête, qui veut dire que tout ira bien. Puis elle dit merci, pour le vin, les secrets, les pâtes et le temps passé, et elle s'en va sans rien ajouter. Pour la première fois depuis des mois, je ne suis pas vraiment seule quand je m'endors.

Le lendemain matin, le monde est pareil. Personne ne se doute de la gravité de ce que j'ai commis hier. Je mets du rouge à lèvres, une belle tenue, un manteau lourd. Il va se passer quelque chose, c'est sûr. Il y aura forcément des conséquences.

*

#MeToo semble déjà loin, mais de temps en temps, comme on voit parfois jaillir de terre le rejet d'un arbre pourri depuis longtemps, le mouvement connaît encore des vagues.

Un an après le garçon des étoiles et ma conversation avec Estelle, je ne pense plus à Victor que pour le comparer à d'autres. J'ai fini de rire, fini de haïr. Après avoir quitté un énième garçon que j'ai cessé d'adorer le jour où je m'y suis habituée, j'ai établi que j'étais incapable d'aimer.

Mon séisme commence sur Facebook, par une fille de mon âge, qui est dans la même fac que moi mais que je ne connais pas. « Encore ? » me dis-je, alors qu'en fait, je pense surtout « merci ». Ce n'est pas comme le premier #MeToo : cette fois, je m'y reconnais, j'ai le sentiment qu'elle ne parle qu'à moi.

Je descends un peu le long de mon fil d'actualité, et je m'aperçois que le même témoignage a été posté deux, cinq, dix fois, par des inconnues, des copines, des amies d'amies. C'est un anonymat amélioré.

On est tellement que personne ne pourra jamais nous retrouver. Je copie-colle le témoignage, et puis je le publie, moi aussi. Une kyrielle de likes vient couronner mon acte de bravoure. Je guette le compteur. Je ne devrais pas, mais je suis contente.

Fil par fil, la toile d'araignée s'étend à mes amies, mes intimes, et puis à moi. Les publications poussent partout, des cellules blanches, des morceaux de vie. Il y a des filles à qui c'est arrivé une fois, d'autres cent, certaines pour qui ça a été un doigt, d'autres une nuit, d'autres encore qui viennent de s'en apercevoir, et enfin celles pour qui ça a été le fardeau de toute une vie. Nous avons vingt ans. En octobre 2017, nous n'avions rien à raconter. Quatre ans ont passé depuis, et nous avons toutes quelque chose à dire désormais. Je me dis un instant que c'est fort, avant de m'apercevoir que c'est horrible. Que nous est-il arrivé ?

Soudain, à mi-chemin d'un long pavé de texte nerveux mais limpide, découpé en paragraphes secs et techniques comme les organes d'un cadavre autopsié, je reconnais quelqu'un. Pas de signature ici non plus, pas besoin. Je calcule la durée de vie du couple fantôme qui y est décrit, repère les tics de langage de l'autrice, les amis que j'ai en commun avec les filles qui relaient ce texte particulier. Tout me le confirme. J'étrangle presque mon téléphone, lui fais cracher un SMS suffoqué :

C'est toi ?

Estelle me répond presque aussitôt :

Je me demandais si tu allais me reconnaître

J'hésite à lui demander si elle veut me raconter avant de me rappeler que j'ai déjà tout lu. Bastien l'a violée deux fois, précise-t-elle dans son post anonyme. C'était à la fin de leur relation. Elle a dit non, et il l'a ignorée. C'est tout. Elle s'est tue trois ans, et voilà qu'aujourd'hui, elle nomme ça viol sans hésiter. Je brûle de lui demander comment elle a fait, ne parviens qu'à lui demander pourquoi.

C'est nécessaire

Et t'as pas peur qu'il te lise ?

La réponse d'Estelle se fait attendre. Enfin, mon écran s'illumine tout doucement. Elle y souffle avec cette gravité qu'ont en commun les confidences adolescentes et les secrets d'État :

Ce n'est pas pour lui que j'ai écrit

Non seulement ça me concerne, mais je décide que ça m'implique. J'annonce à Estelle que je vais écrire mon témoignage, moi aussi. Mes quelques paragraphes sont maladroits, lourds, lyriques, clichés. Je décide que je m'en fiche et que je vais me contenter d'écrire ce que je connais. Je ne définis rien, je ne nomme pas, je raconte, et c'est bien plus pénible. Le terme de « zone grise » m'est insupportable. Comme s'il y avait un entre-deux. Ça s'est passé dans ma chambre d'adolescente. Je ne le précise pas pour émouvoir, mais parce que c'est vrai. Je donne nos âges, pas plus. Je dis qu'on est en bons termes. Je mets des guillemets. « Bons termes. » En fait, c'est surtout qu'il n'y a pas de termes du tout.

Estelle et quelques autres amies me proposent de le publier. Elles ne commentent pas le texte. Elles ne disent rien. Certaines d'entre elles ont rigolé avec moi, à l'époque où je me moquais de Victor en soirée.

Mon texte marche bien. C'est horrible, mais je suis flattée. Jamais je n'ai collectionné autant de « j'aime ». Je me dis que c'est parce qu'on me croit, ne me rends pas compte que c'est surtout parce qu'on se reconnaît en moi. Toutes publications confondues, je dénombre plus de 600 soutiens immatériels. Il y a des filles, des garçons. Des amis, dont certains ne sauront jamais que c'est moi. Une poignée de cœurs sont postés en commentaires. Ça fait beaucoup de monde. Étranglée de culpabilité, je fixe les pixels jusqu'à m'en déboîter la cornée. C'est écrit en noir et blanc. Comme si c'était vrai. Quand bien même ce serait un mensonge, ce serait le plus sincère que j'ai jamais raconté. (Est-ce moins grave si c'est anonyme ?)

Une nuit passe, et une nouvelle couche de témoignages recouvre le mien. Je suis contente qu'on soit nombreuses, et déçue que l'algorithme ait déjà fait passer ma contribution à la trappe. Je prends soudain conscience que ce sont de très mauvaises émotions. Je ne suis pas censée me réjouir que ça soit arrivé à autant de filles. Je ne suis pas censée vouloir attirer l'attention avec ce qui m'est arrivé. Je donne une gifle à mon ordinateur. Les mots ne bougent pas.

Le soir, mon téléphone scintille un instant. Aussitôt, je sais.

Coucou Elsa

Désolé de te déranger, mais je lisais les témoignages sur le viol sur Facebook et je voulais savoir si c'est quelque chose qui a pu arriver dans notre couple

C'est un peu bizarre mais si c'est arrivé je voudrais pouvoir m'excuser

« Un peu bizarre. » Ce n'est pas bizarre, c'est horrible.

Il n'a pas le droit de me demander de confirmer ça.

Moi-même, je ne sais toujours pas si j'ai le droit de me revendiquer victime de ça.

Je décide de ne pas répondre, et puis je lui écris aussitôt. J'ai besoin de savoir comment et combien au juste il me hait.

Coucou Victor, non, bien sûr, ce n'est pas du tout bizarre, je suis touchée que tu m'écrives

Pourquoi j'écris ça ? Je ne suis pas touchée. Je suis terrorisée.

Je ne sais pas comment t'en parler mais oui, c'est arrivé plusieurs fois, et j'aurais voulu t'en parler avant, je ne voulais absolument pas que ça te tombe dessus comme ça, mais je ne savais pas, je n'ai pas su faire

Je sais que tu n'étais pas malveillant et que tu ne l'as jamais été, si j'ai témoigné ce n'était pas pour me venger ni pour faire payer quoi que ce soit à qui que ce soit

Je ne voulais pas te faire de mal

Je n'avais pas les mots avant

Les ai-je maintenant ?

D'accord

Je ne sais pas te dire combien je suis désolé

J'aurais voulu être meilleur

Je n'ai jamais voulu te faire de mal

Je lisais les autres témoignages je me disais, putain les pauvres, c'est quoi ces cons qui comprennent pas, et en fait je suis dedans

Et toi tu restes pote avec moi, t'es sympa

Je pige pas

Alors, je le rassure. Je le rassure, c'est mieux. C'est ce que je fais. Je lui dis qu'il n'est pas un monstre, ni un connard, ni un criminel. Je lui dis tout ça parce qu'il en a besoin. Je lui raconte que je vais bien. Je lui dis que je ne suis pas cassée. (Est-ce vrai, ou est-ce un vœu ?) Je lui assure que je ne lui en veux pas. Que j'irai bien. Que je vais déjà bien. Que je n'ai pas témoigné contre lui, mais pour les autres. Je me rends compte qu'en réalité, je ne le rassure pas : pire que ça, je le console.

Merci pour tes mots, j'aimerais en avoir moi aussi

Désolé je ne suis pas très doué avec les mots

Sois désolé si tu veux Victor, mais pas pour ça.

Je vais changer, je vais être meilleur

Je lui dis que j'ai confiance en lui, que si tout était à refaire, je voudrais tout de même vivre notre histoire, parce qu'elle était belle malgré tout. Je veux qu'il aille bien. Il faut qu'il aille bien. Je n'ai pas le droit de le faire souffrir comme ça.

Le plus important pour moi c'est que tu n'aies pas de traces de tout ça et que tu me pardonnes

C'est déjà pardonné

C'est faux, mais ce n'est pas grave. Ce que je trouve grave, malgré moi, c'est de faire souffrir ce garçon si gentil, si prompt à me demander pardon. Je me déteste de lui infliger ça. Si seulement, à l'époque, il avait eu les mêmes scrupules que moi.

(Je me réjouis, en secret, de voir qu'il n'a pas tué mon empathie. Si même lui, je veux le préserver, alors je suis sauvée.)

Bon je vais process ça de mon côté

Mille fois désolé je vais changer

À la prochaine

Je fonds sur mon lit. Ça a marché. Il m'a crue. Désormais, chaque fois qu'il pensera à moi, il pensera au viol aussi. C'est comme si c'était vraiment arrivé. Plus personne ne viendra jamais me contester. Maintenant qu'il l'a dit, c'est vrai, enfin je crois. Je n'en sais rien. Je mélange tout, mes souvenirs, Victor, Facebook, les hashtags, les amies, Florian, les soirées à se moquer et les nuits à transpirer. Je mélange ce que j'ai cru, ce dont j'ai peur, ce qu'il ne faut pas dire, ce que j'ai inventé pour compléter, et ce que je me suis toujours tu. Je confonds le plausible, le probable et le possible. Rien de tout ça n'existe. C'est soit du passé, soit des pensées. Quel besoin avais-je de tout remuer ? À quoi me serviront ces excuses ?

Je passe et repasse ses messages sous mes doigts. Il a l'air tellement triste, tellement désolé. Ce n'est plus lui que je déteste, c'est moi. Comment ai-je pu lui faire ça ? Comment ai-je pu lui infliger de tels reproches, un tel fardeau, alors qu'au fond, je vivais très bien avec, et n'avais nul besoin de réparation ? Comment ai-je pu le faire souffrir alors que je ne ressentais presque plus rien du tout ?

Comment vais-je faire pour le détester, maintenant qu'il m'a demandé pardon ?

*

Je perds ma rage de Victor ce jour-là. Consciente pourtant de la mollesse de ses excuses, de la facilité avec laquelle il s'est fait tapoter dans le dos par mon estime de moi en lambeaux, je constate sitôt mon téléphone verrouillé que je ne parviens plus à lui en vouloir. Désormais, il me hante. C'est moi l'hypocrite, la menteuse, la mauvaise joueuse, celle qui s'arroge le beau rôle et se repaît de la culpabilité de ce garçon.

Je m'efforce de convoquer ma furie, mais je suis épuisée. La brutalité, l'irréversibilité de ma confession m'ont labourée d'une fatigue immense, et cette fatigue a transformé ma rage en tristesse, une tristesse qui me devient aussitôt odieuse – d'abominables reniflements d'enfant qui s'est inventé une douleur pour se rendre intéressante. C'est terrible, parce que ma peine vient de moi, alors à travers elle, c'est à moi que je m'en prends. Mais qui d'autre me reste-t-il à haïr ?

Détester Victor me manque, bien plus que l'innocence dont il m'a privée. Comme j'ai aimé pouvoir le traiter de monstre, le penser surtout, et comme je déteste ce chagrin qui m'enferme à l'intérieur de moi. La colère a l'avantage immense de faire oublier qui l'on est, de s'évader dans un monde où l'on peut se contenter d'exister contre autrui plutôt que pour soi. Mais je ne suis plus en colère, je suis triste et cette histoire n'est plus celle du mal qu'il m'a fait, mais de mon mal à moi.

Comme une attelle, la rage protège les victimes, fige les rôles, crée des certitudes et permet de se réparer. On m'a arraché la mienne trop tôt, et depuis j'oublie. Sans haine, les souvenirs s'abîment, se diluent. Mais moi, j'en veux encore. Je veux acidifier mes souvenirs au dégoût, à l'amertume, je refuse de me contenter de purée de mémoire, je me fous de souffrir du passé pourvu que je l'immobilise, que je garantisse son authenticité. C'est comme pour un corps. Si l'on veut le préserver, il sera nécessaire, à un moment ou à un autre, de le corrompre au formol. Mes souvenirs, une fois rendus acides et nauséabonds, ne seraient pas plaisants mais ils demeureraient. Pourtant je n'y crois plus. Je n'y crois plus assez. Je crois qu'il n'a vraiment pas fait exprès. Je crois que s'il avait pu, il ne l'aurait pas fait.

J'aurais presque voulu que Victor soit un vrai grand vicieux, ou même un petit vicelard. Qu'il y ait eu en lui une tare immonde, un mal profond, quelque chose qui l'aurait distingué du commun des mortels. Alors je pourrais me dire que si j'ai été abusée par un monstre, c'était parce que j'étais suffisamment rare, suffisamment belle et précieuse pour qu'il me fasse l'honneur de me choisir comme sa proie. Il y a un soulagement sans nom à pouvoir coller, dans le grand livre des disputes et des gens déçus, les étiquettes des gentils et des méchants.

Mais Victor n'était qu'un garçon. Il a disposé, sans comprendre qu'il s'imposait. Et il a consommé, parce que c'est facile, quand on est un homme.

*

– Je vais le faire. J'ai rendez-vous demain.
– Demain ?
– 14 heures.
– Genre… Comme ça, d'un coup ?
– Ben ça fait quand même trois semaines que j'y pense tout le temps…

Et moi trois ans que je suis débarrassée de Victor et incapable de faire de même. Je plisse les yeux, tâche de donner à mon amertume un air de simple inquiétude :

– Ça va se passer comment ?

– Demain le dépôt de plainte, ce sera pas long, une demi-heure… et puis après ça, ils vont me convoquer pour une audition.

La confiance toute douce qui rougeoie dans le regard d'Estelle me donne envie de me consumer sur place. Alors que je devrais être son alliée, je la fixe comme une rivale.

– Tu pourras venir demain avec moi ? Juste pour m'attendre, à côté… J'ai besoin que tu sois là, toi plus que n'importe qui d'autre…

Peut-être ne m'aime-t-elle plus que parce que moi aussi, on m'a violée. Plus elle me sourit, plus ses mains s'approchent des miennes, plus j'ai le sentiment que je n'aurai jamais rien à offrir d'aussi intéressant que mon agression. Je prétexte une quinte de toux pour retirer mes doigts, et enfouis dans mon poing serré tout mon dégoût d'être une victime pour ceux que j'aime et mon incapacité à être reconnue comme telle par le reste du monde.

– Je veux dire, toi aussi, tu sais ce que c'est…

J'étrangle mes larmes dans un sourire forcé. Pour la première fois, je l'entends mettre mon expérience à égalité de la sienne. Et moi, pour la première fois depuis que je la connais, je la déteste.

– Enfin, il y a ma famille bien sûr, mais toi c'est…

– Attends, tes parents savent pour Bastien ?

– Je leur ai tout raconté il y a deux semaines, oui… Ils m'ont dit qu'ils étaient fiers de moi.

Estelle ne s'arrête plus. Entre deux gorgées d'une nouvelle tasse de café, elle m'apprend le nom de trois avocates spécialisées, cite des articles et des textes de lois, pendant que je me nécrose de jalousie. Jamais je n'ai joui de pareille confiance en ce qu'on m'a fait.

La vérité, c'est que je ne suis pas une assez bonne victime pour soutenir la comparaison avec elle. Une bonne victime de viol, ça porte plainte. Dans son propre intérêt bien sûr, mais aussi et surtout dans celui de la société. Se taire, c'est bon pour les lâches et les menteuses. Laisser un agresseur libre de faire main basse sur une nouvelle pauvre fille innocente, n'est-ce pas de la complicité ?

La plupart des filles n'atteignent pourtant jamais la porte du commissariat. J'en ai croisé des dizaines, des victimes qui préfèrent l'être en secret. Souvent, nous nous devinons d'instinct. Nous n'avons pas grand-chose en commun, si ce n'est notre farouche besoin de nous taire. Ce silence, que les autres ne connaissent pas, c'est celui des nuits où la lumière nous a quittées.

Nous pourrions porter plainte, mais nous ne le faisons pas. La plainte, nous la portons déjà en nous. Et puis, tout le monde déteste les geigneuses, nous les premières. Alors, cette même douleur qui a fait notre union, nous la nions, nous prétendons n'avoir pas tant souffert que ça, et nous nous racontons les histoires qui conviennent à la survie. Pétrifiées par la perspective de mal nous souvenir, de mentir malgré nous, notre besoin premier n'est pas de punir nos agresseurs, mais d'être certaines qu'ils en sont. Faute d'être en mesure de mener tous les combats, nous consacrons nos forces à celui qui nous est le plus nécessaire : savoir, ou plutôt ne plus douter. C'est de certitudes que nous avons besoin, vite, alors nous en bricolons des fades et faciles, qui ne fâchent personne. « Il ne savait pas. » « Il a fait de son mieux. » Petit à petit, nous fabriquons des crimes sans coupables. Ils nous soulagent, parce que si nous décidons que l'acte relevait de l'accident et non du projet délibéré, alors le sujet est réglé, et un problème que l'on n'a plus à traiter, est-ce encore un problème ?

Parasitées par la haine de nous-mêmes, nous ne trouvons pour remède au doute que l'euphémisme, le consensuel, un réquisitoire très mou. Ce n'étaient pas des abus, non, rien que de tristes malentendus. À force de contorsions, nous assemblons nos récits en une structure absurde et précaire, mais qui tient, qui tient malgré tout. D'accord, nous avons été violées, mais ils n'y pouvaient rien. D'accord, nous avons été meurtries, mais nous n'allions pas si mal. D'accord, les garçons du passé ne savaient pas ce qu'ils faisaient, mais ceux d'après, eux, seront éclairés. Et une fois le mensonge parachevé, nous découvrons, en même temps que notre ersatz de paix, le coût du compromis : la résignation. Plus un geste. Le moindre nouvel élément risquerait de tout faire s'effondrer, et alors, qu'adviendrait-il de nous ? Rien ne se passe, rien ne se passera plus jamais, et nous nous satisfaisons de savoir que nos doutes, quoique écrasants, auront au moins le mérite de rester figés.

– Je voulais te demander aussi…

Estelle baisse les yeux. Ça ne lui ressemble pas.

– Est-ce que tu serais d'accord pour témoigner ?

Il me faut quelques secondes, non pas pour prendre ma décision, mais pour comprendre à quoi même ça lui servirait.

– Témoigner de quoi ?

Je n'étais pas dans la chambre, à ce que je sache. J'hésite à lui rappeler que je n'ai aucun élément de preuve formelle à apporter, mais tout à coup, ses mains piteuses, ses sourcils lourds, son silence gêné me rappellent que dans les affaires de viol, les témoignages ne sont pas tant des authentifications que des enquêtes de moralité. Elle n'a pas besoin de quelqu'un qui dise la vérité, mais qui soit capable de convaincre la police qu'elle-même est suffisamment saine et équilibrée pour être en mesure de la dire.

Je ravale ma rancœur, d'autant plus forte que je la sais illégitime. C'est de Victor que je voudrais parler à un commissaire, quel gâchis de consacrer mon peu de force, mon peu de rage, à un garçon qui ne m'a rien fait. Bien sûr, je le ferai, mais uniquement parce que je me détesterais bien davantage de refuser que je n'en veux à Estelle de me le demander.

J'aurais voulu me battre pour moi d'abord.

J'envie Estelle d'avoir plus de preuves, plus de courage, plus de colère que moi, suffisamment en tout cas pour tenter le coup. On ne lui accordera jamais de procès, encore moins de jugement en sa faveur, mais elle a ce qu'il faut de rage et de certitudes pour au moins tenter de se rendre justice, là où je n'arrive même pas à me prendre en pitié. Nous sommes toutes deux vouées à échouer, mais certaines défaites sont plus utiles que d'autres. Estelle perdra, mais au moins elle perdra face à quelqu'un plutôt que toute seule.

– Bien sûr que je peux témoigner.

Je ne sais pas encore ce que je trouverai à dire, mais je sais déjà que ce ne sera pas assez.

Le jour du dépôt de plainte, on la presse de questions, elle répond comme une première de la classe et je la regarde avec le soulagement de l'élève qui n'aurait clairement pas autant brillé si on avait eu la mauvaise idée de l'interroger. Quelques semaines plus tard, c'est à mon tour d'être convoquée. La femme qui s'occupe de moi ne me regarde pas, elle m'écoute. L'entretien dure une heure, au cours de laquelle une seule pensée m'obsède. C'est pour Victor que je devrais me trouver là. Vers la fin de l'entretien, ma langue fourche. J'ai prononcé le prénom de Victor au lieu de celui de l'accusé. La dame me fixe longtemps, pour la première fois. J'ai bien compris ce que vous voulez dire, mademoiselle, mais on n'est pas là pour ça. Cet autre garçon dont vous parlez, l'État n'en a rien à cirer. Pour ce qu'on en sait, avec Victor, il ne s'est rien passé. Mais ça, c'est à vous de le décider. Allez, on reprend. Et je reprends, sans me tromper. Victor se perd à nouveau quelque part dans mes trous de mémoire. Il ne s'est rien passé, en effet. Rien qui ne mérite d'être raconté entre les murs d'un commissariat.

On me cuisine à grands coups de piques contradictoires, de pièges rhétoriques et de stratégies de détournement d'attention. On tente de me faire parler des failles d'Estelle, on questionne sa fiabilité, sa cohérence. Pour la première fois depuis une éternité, je l'aime, farouchement, de tout mon cœur, et la défends mieux que je ne me suis jamais porté secours. Estelle n'a aucune chance de l'emporter aux yeux d'un juge, je le sais, mais j'ai soudain en mon pouvoir de faire en sorte que sa dignité ne soit pas bafouée, qu'elle sorte d'ici fière à défaut de victorieuse.

Deux semaines plus tard, le commissaire confirme qu'il est peu probable que l'enquête soit poursuivie. Je me sens coupable, comme si en plus d'être une mauvaise victime, j'avais été un mauvais témoin. Estelle n'arrête pas de parler, de la dame, des caméras, des dossiers.

À la regarder boire son chocolat chaud d'enfant, battre des pieds au rythme d'un enthousiasme que j'ai perdu, haranguer dans la salle du café une foule militante qui n'est pas là mais qu'elle ne désespère pas de rassembler un jour, je recommence à éprouver pour elle quelque chose qui ressemble à de l'amitié, un respect à partir duquel je réapprends à la chérir.

Tout à coup, j'ai envie de lui parler de Victor, mais je n'ai rien de frais à lui raconter. C'est absurde, mais j'ai ce sentiment que je n'aurai le droit de remettre le sujet sur la table qu'à condition d'avoir du nouveau, et qu'à terme, si je veux continuer à la partager, il faudra bien que j'achève cette horrible histoire quelque part. Pour cela, on le sait même si on n'en parle pas, je devrais m'en remettre à la plainte. Je le voudrais, je le voudrais tellement. Non pas pour gagner, ce n'est pas à ça que ça sert, mais pour opposer un geste de protestation, même infime, même risible, au doute et au silence, pour être ma propre alliée, du moins le prétendre, ne serait-ce que le temps d'un interrogatoire.

Porter plainte, c'est mon unique moyen de me comporter comme une victime, et donc de le devenir. Tant que je me tais, il ne s'est rien passé. Si je menais la procédure jusqu'à son terme, et donc à son probable échec, Victor ne serait certes pas davantage coupable aux yeux de l'État, mais il le serait pour moi. Que ma vérité soit reconnue n'est pas si important, ce qui compte, c'est que je la fasse exister en dehors de moi. Au commissariat, à force d'être malmenée par des questions sans égards et des dames sans regard, écrasée dans cette boîte à doutes obligatoires, je me verrais obligée d'examiner chaque détail de notre histoire, jusqu'à ce que ma confession se tienne.

Je voudrais pouvoir porter plainte, mais je suis furieuse de n'avoir d'autre recours que celui que m'impose la justice. Depuis #MeToo, les gens voient la plainte comme une fin en soi. De même que les contes de fées s'achèvent par un mariage et des tas d'enfants, les histoires de violées trouveraient leur terme avec un passage au commissariat. Ça pourrait, si seulement nous y attendait autre chose qu'un parpaing de papier et un non-lieu dans 99,9 % des cas.

Je voudrais pouvoir porter plainte, mais comment m'y résoudre, comment consentir à me soumettre à un régime de vérité absolue quand les gens mentent, partout, tout le temps, sans jamais être inquiétés ? Je voudrais pouvoir porter plainte, mais j'ai cette colère froide et fière, je suis furieuse qu'on exige de moi de tout dire pour, peut-être, admettre qu'on a pu me faire du tort.

Je voudrais un monde où il serait possible de reconnaître que la vertu de la victime est une fiction, un confort, une arnaque, qu'on peut être prise pour cible sans être irréprochable, qu'on peut avoir menti, traîné, pesté, et joui sans porter la moindre responsabilité de ce qui nous est arrivé. Je voudrais que l'on écoute les plaintes auxquelles il manque des morceaux. Les amnésiques, les bordéliques, les timides et les névrotiques, celles qui ont peur, celles qui ont mal, ne savent plus ou ne veulent plus savoir, celles qui ne veulent pas de réparation, n'en attendent plus, celles qui parlent pour en finir et celles qui veulent juste être prises dans les bras de quelqu'un. Je voudrais que les juges se rappellent un peu, parfois, qu'on a souvent davantage envie d'un regard que d'une sanction pénale. Il ne s'agit pas de le punir. Il s'agirait de me guérir.

J'ai envie, pourtant. J'ai envie d'y aller pour voir, pour crier, pour l'entendre. J'en rêve, mais je ne le déteste pas assez pour ça. Pour ça, il aurait fallu que ça se finisse mal, qu'il se révèle à moi comme un salaud, un vrai.

Si au moins je pouvais convaincre le reste du monde de le haïr pour moi. Mais je n'ai pas souffert assez, et ça se voit. De quoi je me plains ? Pour mériter d'être vengée, il me faudrait aller plus mal que ça, inspirer aux autres la peur que je porte en moi.

Comme ce serait facile, si j'avais en moi une douleur énorme, une douleur que personne ne pourrait prétendre réparer, un corps en loques, un ventre en cloque, quelque chose de plus sale que les abandons sans bruit d'un garçon qui m'a fait perdre une année dans un lit. J'ai saigné, bien sûr, mais les filles ça saigne tout le temps, c'est de la sensiblerie. J'ai pleuré, bien sûr, mais vous savez Elsa, elle a des soucis avec ses émotions, faut pas lui en vouloir. C'était pas grand-chose, rien qu'un copain qui n'écoute pas toujours très bien et qui a un peu déconné parfois. C'était une première relation, on les a tous un peu ratées, celles-là. Les coups et blessures, à cet âge-là, ça n'imprime pas, la peau est tendre et la tête encore molle.

Il m'aurait fallu des marques sur le corps, qu'il m'ait endurcie, tannée, diminuée, mais je n'ai eu droit qu'à la zone grise. C'est ça qu'on dit, n'est-ce pas ? La « zone grise ». Deux mots qu'on a trouvés pour faire disparaître les histoires pas assez graves pour faire condamner, mais trop bizarres pour ne pas déranger.

Oh, comme j'aurais voulu souffrir assez.

J'aurais été sûre de moi, sûre d'avoir raison de lui en vouloir. J'aurais été capable d'y aller. Entre les murs d'un tribunal, il n'aurait plus rien été d'autre que mon ennemi. Ni mon copain, ni un fantôme, ni un garçon inconnu. Nous serions devenus une défendante et un accusé plutôt que deux ex qui ne se parlent plus vraiment. Cela m'aurait plu. On se serait insultés. Je me serais réjouie de cette violence, parce que je n'aurais pas eu à douter de son existence. Voir Victor se défendre, chercher à me faire passer pour la menteuse, m'aurait permis de le haïr encore davantage. Cette bataille légale m'aurait valu des alliés, des ennemis. Les premiers m'auraient réconfortée, et les seconds auraient fait ma joie. L'envie de leur donner tort m'aurait permis, enfin, de croire en moi.

Il n'y aura pas de procès, pas plus qu'il n'y aura de plainte, et je le sais.

Ma lâcheté, aussi molle et frustrante soit-elle, a le mérite de ne pas me contester. On n'est pas bien ensemble, elle et moi, mais au moins, on est tranquilles.

Jamais Victor ne sera condamné, et ce pour une raison toute simple. Il n'a pas voulu me violer. S'il avait pris conscience de ce qu'il était en train de me faire, sans doute ne se serait-il rien passé. Or, en droit pénal, c'est l'intention criminelle qui détermine l'existence du crime. Si Victor ne cherchait ni à me nuire, ni à abuser de moi, ni même à occulter ou tromper ma faculté de jugement, alors aux yeux de la loi, il ne peut pas être puni.

Je suis d'accord avec ça. Mais l'irresponsabilité n'exclut pas la réparation. Je mérite des excuses, et de pouvoir choisir de lui pardonner, qu'importe qu'il en soit digne ou non. Mais tant que personne de légitime n'aura reconnu ma vérité et sa culpabilité, tant que personne n'aura su nous dire que non, Victor ne savait pas ce qu'il faisait, mais que oui, il l'a quand même fait, je n'aurai pas de refuge, pas d'autre soulagement que l'aigreur et la colère.

Je voudrais pouvoir porter plainte mais je n'en suis pas capable.

Je n'en suis pas capable.

*

Quand Florian est perdu, il ne boit pas.

Beaucoup de choses ont changé pour lui ce soir. Je n'aurais jamais cru lui parler de tout ça. Parce que c'est un garçon, déjà, parce qu'il connaît Victor, aussi, et surtout parce que je redoutais un peu, non pas qu'il ne me croie pas, mais précisément qu'il me croie, et que ça ne lui paraisse pas si grave que ça. Je n'ai jamais été aussi contente d'avoir eu tort.

– Tu n'as pas porté plainte ?

Je secoue la tête.

– Déposé une main courante ?

– Non.

– Tu pourrais, tu sais.

– Je sais.

– Tu étais majeure ?

Personne ne m'a jamais demandé ça.

– Tu étais majeure ?

Je ne m'étais jamais demandé ça.

– Elsa, t'étais pas mineure, si ?

Ça ne change rien juridiquement, la majorité sexuelle est fixée à quinze ans. C'est juste un détail nouveau, brutal parce qu'impensé, un symbole qui me fait très mal pour l'enfant que je ne serai jamais plus.

Florian était là, quand j'avais dix-sept ans. C'était mon ami déjà. Il a tout vu, sans rien savoir. Je répète, pas tant pour m'en convaincre que pour compenser les trois, quatre, cinq ans où je l'ai oublié :

– J'avais dix-sept ans.

Florian ne me regarde pas. Il n'en a pas besoin pour comprendre que faire, c'est bien plus compliqué que pouvoir. Après quelques instants, il murmure :

– Tu as du temps.

Oui, j'ai du temps. Mais ni lui ni moi n'ignorons que le temps judiciaire vieillit encore moins bien que le temps ordinaire.

*

L'idée d'abus sexuel me vient petit à petit, comme on s'endort. Il n'y a ni déclic, ni révélation, mais un lent apprivoisement. Ce n'est ni douloureux, ni écrasant. Juste un mot énorme, avec lequel je dois me familiariser. Même si je ne sais pas encore si ça s'applique vraiment à mon histoire, je suis déjà prête, non pas à le dire, mais à le croire. J'attends de savoir.

Et puis un jour je me rends compte que je me considère désormais victime, comme on s'aperçoit de la présence d'un nouveau grain de beauté sans jamais l'avoir vu poindre. Victime de quoi, cela reste à déterminer, mais victime déjà. Sans doute de viol. Sûrement de viol puisqu'il n'y a que ce mot-là pour tout dire. Je m'accroche au mot viol parce que je n'en ai pas d'autre, et qu'il me semble que je le mérite. Porteur de tout un héritage historique et juridique, il me dépasse, et me confère une noblesse d'héroïne, de martyr, de figure tragique d'un grand récit politique que d'autres ont déjà théorisé avec brio. Sans même le formuler et encore moins me l'approprier, l'effleurer du bout des doigts est une transgression – de celles qui font grandir, celles de l'enfance qui apprend et de l'adolescence qui se défend. J'ignore si j'ai le droit d'en parler. Alors je garde le silence, pas par honte mais par impuissance, par peur aussi. Je ne sais pas quoi en dire. J'ignore si mon viol était aussi grave que d'autres, si tous les viols méritent d'être racontés. Ce qui m'est arrivé était peut-être autre chose, mais personne ne saura jamais quoi et de toute façon, personne n'y verra jamais autre chose qu'un viol. Alors j'accepte le terme comme un mal nécessaire et ça me fait du bien. Un bien immense. Victor est plus facile à haïr qu'à plaindre, et des souvenirs un peu remaniés, mais cohérents, sont bien plus justes, bien plus sincères que ceux que la douleur a malmenés.

Je n'ai pas la moindre preuve, pas même la conviction absolue d'être dans mon bon droit. Les gens s'en moquent. Ce qui leur importe, c'est que la situation soit la plus simple possible à juger au tribunal populaire, qu'on puisse aisément distinguer la gentille et le méchant. C'est une unanimité facile, une fausse réparation, comme si tomber d'accord sur le fait que j'ai été violée suffisait à corriger l'acte. Ça me heurte, me trouble aussi, mais je n'ai pas le choix. Si je veux que ma douleur soit légitime, il faut qu'elle soit criminelle.

J'appelle ça mon viol pour me l'approprier, comme si c'était mon enfant. Un enfant que j'aurais eu de Victor, et que j'élèverais dans la haine de son géniteur, parce qu'il me serait trop pénible d'admettre que ce n'est pas tant le père que je déteste que le gosse qu'il m'a laissé.

J'appelle ça mon viol, on croirait que je l'ai acheté. Que j'ai payé pour me l'approprier. En vérité, il est autant à moi qu'à lui, mais jamais il ne lui donnera ce nom-là. Pour toujours, à ses yeux, ça restera ce que c'était quand ça s'est passé. Deux corps, un peu de bruit, et puis la nuit.

J'appelle ça mon viol et je dois être capable de le raconter, alors je le fabrique comme je peindrais un tableau. Je lis tout ce que je trouve sur le sujet, m'inspire de ce qui existe déjà pour tracer mes premières lignes, et recouvre le tout de couleurs qui me ressemblent. Le résultat présente bien. Les gens en prennent connaissance, et personne ne songe à remettre en cause ma légitimité à avoir accroché ça là. Dire que j'ai été violée, c'est me ranger dans une grande boîte où je suis sûre que personne ne viendra me repêcher. Je suis violée. Je suis blessée. Rideau, merci. Je suis dans le noir mais ça me plaît. Laissez-moi. Ne pas déranger. C'est grave, mais ça ira.

J'appelle ça mon viol et c'est un travail de groupe. Jamais je n'y serais parvenue seule. Heureusement, partout autour de moi, d'autres femmes ont produit des témoignages dans lesquels je n'ai qu'à piocher quelques mots au passage pour donner au mien la facture d'un discours convaincu. Les termes qu'elles emploient, rauques et ciselés, sont des armes que je manie mal mais dont le simple poids suffit à me rassurer. L'habit ne fait pas le moine, mais le vocabulaire dessine la victime. Sidération, déni et traumatisme deviennent les parfaites étiquettes de ma douleur prêt-à-porter. Tout ira bien pour moi. Il n'arrive pas grand-chose à celles qui exposent un crime qu'elles ne vengeront pas.

J'appelle ça mon viol et il est presque parfait, ni trop glauque, ni trop bizarre. Un récit plausible, un peu nuancé, à dérouler d'une voix douce et creuse, film plastique dans lequel j'étouffe mes souvenirs jusqu'à les priver de forme et d'odeur. J'en parle aux gens dont j'ai envie qu'ils m'aiment. Ce qui me rend triste, c'est que ça fonctionne toujours. L'histoire que je raconte force tout le monde à m'admirer, ou au moins à me plaindre. Elle a tout de la vérité, si ce n'est que je n'y crois pas toujours.

Je ne suis pas certaine d'être une bonne victime. Je n'ai pas honte d'avoir été violée bien que je doute encore que ça me soit vraiment arrivé. Je pense parfois comme ceux avec qui je ne suis pas d'accord, je me dis qu'il m'aurait suffi d'un peu de jugeotte pour m'épargner ça, que j'en fais quand même tout un flan pour pas grand-chose. J'en souffre encore alors que ce n'était rien. J'y pense toujours alors que ça ne me fait rien.

Tout ce qu'il manque à mon viol pour être parfait, c'est que je me mette enfin à y croire. J'ai bon espoir d'y parvenir bientôt. Tant mieux, parce qu'il le faut. J'ai besoin que ça soit un viol car si ça n'était pas un viol, alors c'était ma faute.

Viol, ça fait de l'effet, ça fait digne, bien plus qu'une petite fille sur le sol de sa cuisine, trop lâche pour dire à son copain qu'il n'a pas mis de préservatif alors qu'il est à portée de main. Viol, ça rend puissant, effrayant, ça prive les autres de toute possibilité de commentaire et ça arrête l'histoire là où ça arrange tout le monde, là où c'est facile à comprendre. Viol, c'est tout et n'importe quoi, on n'y pense pas sur le coup, quand on est toute seule et qu'un autre mange du vide à l'intérieur de nous, c'est facile à visualiser et légitime aux yeux des autres, mais ça reste une fiction, une excuse. Viol, c'est la cage de verre dans laquelle on veut enfermer les hommes violents qui n'ont pas conscience de l'être. Viol, c'est une tentative de rationaliser ces assauts-là, c'est un outil passé de main en main, dont on nous dit de nous satisfaire parce que c'est déjà super d'avoir ça à disposition. Viol, c'est un costume que j'ai longtemps répugné à endosser, et que je porte aujourd'hui faute de mieux, même si je ne m'y reconnais pas et ne m'y reconnaîtrai sans doute jamais.

Entre moi et Victor, il n'y avait que de la soif, du silence et des soupirs. Pas de place pour le malheur.

Nous étions des ados libidineux et hormonés, qui ont mis leurs mains sur les yeux et disparu pour de vrai.

Jamais nous n'avons réellement prêté attention aux qualités de l'autre, seul importait ce que nous voulions cacher, le besoin de plaire et la peur du retard. Je n'ai pas aimé Victor, je n'ai pas souhaité son plaisir par choix, par amour de quelque chose d'unique et précieux que j'aurais décelé en lui. Je lui ai donné du plaisir comme de l'argent à un mendiant dans la rue, parce que c'était une bonne action, mieux, une action bonne.

Lui m'a davantage utilisée que l'inverse, mais je n'en ai pas moins exploité ce qu'il avait à m'apporter : un statut, un prestige, une case depuis laquelle le reste de la plèbe me paraissait bien minable et peu désirable. Peu importait que Victor ne m'ait jamais fait de compliments, ne m'ait pas dit qu'il m'aimait. Son corps à côté du mien était un faire-valoir suffisant.

Il aurait été bien plus facile, bien plus doux pour moi qu'il ait réellement voulu me détruire. Hélas, Victor n'a jamais fait que se planquer à l'intérieur de moi. Mon corps lui offrait un endroit sécurisé qu'il a pu saturer de toute sa peur et de toute sa saleté à l'envi, avant d'en baisser la grille un jour, fébrile et honteux, et de filer ailleurs, loin du saccage qu'il avait orchestré.

Victor m'a prise quand je lui ai dit non et je n'ai pas bougé, je ne pouvais plus. On m'avait dit que je serais femme, je comprenais que je ne serais jamais que nourriture. On me dévorait. Ça faisait mal, mais il ne me serait pas venu à l'idée de le refuser. Je ne lui ai dit non qu'une fois, d'ailleurs. Le reste du temps, je me taisais. À mes amis, je dis tout autre chose, bien sûr, que mes refus étaient systématiques, qu'il les ignorait. Une bonne victime, ça proteste.

J'acceptais sans vouloir. Plutôt que de refuser, je me demandais pourquoi pas, et je n'avais aucune réponse convaincante à offrir. J'étais à disposition. Le pire est passé, et je suis encore là. Victor a tout pris de moi. Je suis devenue légère, grâce à lui. Je couche, et ça ne compte pas. On me touche, et je ne suis pas là. Mes yeux brillent, mais ils sont déjà morts, bien sûr. Les étoiles mettent du temps à s'éteindre. Je cuis sans bruit. Je suis calme. Victor m'a appris à remettre mes sensations à plus tard. Plus tard, bien plus tard, quand il n'y aura personne pour voir. Et d'ici-là, je vis encore. Je suis là. Les nuits sont pleines, et le soleil continue de se lever. Je n'ai rien à dire. Pas plus qu'à l'époque de Victor. Quoi qu'il arrive, ça finira par passer. Bien sûr, il y a eu d'autres garçons, d'autres nuits muettes, d'autres doigts passés sur mon corps. Mais ça aussi, c'est terminé. Ça ne se voit pas. De quoi je me plains ?

Qu'importe ce que c'était. Je voudrais juste savoir ce qu'il me reste à être, maintenant qu'il me l'a fait. Je dis que j'ai été violée, mais j'aimerais dire autre chose. Je n'ai simplement toujours pas trouvé quoi.

*

– Joyeux anniversaire Elsa !

La poignée de ma porte bredouille entre mes doigts. Un flash m'éclabousse le visage. Devant moi s'agitent des gens, des verres, des lumières. Ça ne ressemble pas du tout à chez moi.

– Tu l'avais pas vu venir hein ?

Il y a Estelle, Sarah, Florian et les autres. Des guirlandes ont poussé partout sur les murs, un bataillon de bouteilles de bière forme une piste de bowling sur mon comptoir, et le silence qui m'emplissait les oreilles s'avère tout à coup être un air de dream pop bien allumé. On colle un gobelet entre mes mains et une dizaine de paires de bises sur mes joues vernies de sueur. Je titube. Je suis contente, tellement contente, mais je n'ai pas compris.

Florian m'ouvre les yeux sur toutes les combines à côté desquelles je suis passée. Oh, comme j'ai été dépassée ! Tu as vu ces guirlandes, Elsa, sous tes yeux, sous tes yeux tu m'entends, je les ai commandées ! Tu n'as pas vu ? Non, je n'ai rien vu du tout. Et tout à l'heure, quand tu as traversé la rue, tu sais que Gaëtan et Estelle étaient planqués derrière un présentoir ? Non, non plus. D'ailleurs, t'as pas fait attention aux contradictions dans les messages de Sarah ? Non, du tout. Je ne me suis aperçue de rien.

« Viens, viens danser avec nous ! »

Mon corps ne bouge pas bien, passe d'une étreinte à l'autre et s'effrite en chemin. D'un interlocuteur au suivant, il me reste de moins en moins de mots. « Merci tout », finis-je par dire au dernier. Ils ont ouvert les fenêtres, la nuit a passé ses mains dans l'embrasure, et son haleine recouvre le sol du salon. Ça fume, ça chante, je pense à l'été de mes dix ans et aux sucettes qu'ont remplacé les cigarettes. Rien de tout ça n'était prévu.

– Ça va ?

Florian s'approche, s'avise de mes yeux qui brillent sans lumière, comme un écran éteint. Il sait que ça veut dire que je suis émue, mais également effrayée. J'aime bien que certaines personnes me connaissent aussi bien, même si ça me donne le sentiment de leur appartenir. Je hausse vaguement les épaules.

– Bon. Ça va aller ?

Oui, ça va aller. Florian a l'air rasséréné. Pour lui, mon problème est une plaie circonscrite, à surveiller, mais qui a une cause et une place et peut se traiter à coups de bonnes intentions. Je ne peux même pas le corriger, je n'ai aucune idée de ce que j'éprouve. Aucune de mes réactions ne s'explique, aucune n'est appropriée. Je devrais me réjouir, c'est un jour de fête, de grande amitié, et pourtant je ne pense qu'à un ex que je n'ai pas croisé depuis plus de trois ans. Je ne comprends pas. Florian non plus, d'ailleurs. Il est un soutien, mais pas un allié.

Une guirlande dans mon dos joue à remplacer le soleil, et sur mes bras, la nuit a découpé ses ombres à grandes hachures noires et bleutées. Le soir fait de moi une dentelle de personne, une toile de peau aspergée d'obscurité. C'est le gâteau, déjà. Les joues gonflent, les gestes aussi. Les fenêtres bâillent plus fort encore. L'air nous emporte, nous appelle, on ne danse pas mais on s'étend. Peut-être allons-nous nous envoler. Ça me plairait.

– Discours, discours !

Estelle fait piailler son verre de rhum.

– Je voulais juste... promis je serai pas longue, je voulais juste dire à quel point je suis contente d'avoir quelqu'un d'aussi exceptionnel qu'Elsa dans ma vie, parce que vraiment, une fille comme ça c'est magique, elle a toujours été là pour moi, elle m'accompagne aussi bien au musée qu'en soirée ou au commissariat…

– Au commissariat ? Qu'est-ce que t'as fait comme connerie toi ? Excès de lenteur sur l'autoroute ?

La vanne de Gaëtan rate son public, que l'évocation de la police a suffi à happer sans retour possible.

Estelle, elle, semble prendre du recul à l'intérieur d'elle-même, préparer sa grande voix lisse et calme de professeure patiente. Elle va le dire. Bien sûr qu'elle va le dire.

– Pas du tout. Je porte plainte contre Bastien.

– Oh.

Même la musique semble rater un ou deux aigus. Tout le monde a oublié l'anniversaire.

– Et euh, ça va ?

– Bien sûr, y a rien de tabou.

– Mais, euh…

– Putain Estelle j'hallucine…

La stupeur ambiante se laisse très vite grignoter par la curiosité des invités. Depuis Weinstein et les porcs, le sujet bruisse, tout le monde veut y prendre sa part, vivre l'histoire par procuration, le drame moins la violence, les détails moins l'usure. Dites, dites, coassent les regards de nos auditoires. Nous ne pouvons peut-être pas comprendre, mais nous voulons savoir. La frénésie des témoignages accumulés sert un peu aux victimes à aller mieux, et beaucoup aux autres à se sentir intégrés. Parler de viol, d'accord, mais seulement si on fait partie de la conversation.

Estelle raconte son viol sans difficulté apparente. Elle a tourné à son avantage cette attention déplacée, et livre son récit comme une transaction, comme si le coût de la confidence suffisait à authentifier son témoignage. Depuis quelques semaines, elle ne parle plus que de ça, et fait de sa prolixité la preuve de son honnêteté. Si c'était un mensonge, elle n'oserait pas tant le répéter.

Je voudrais avoir cette aisance, moi aussi, ou du moins cette témérité. Peut-être suffit-il de l'imiter ?

– Moi aussi il m'a fait ça, mon ex de l'époque.

Mes amis se figent. Ils savaient que c'était un branleur, mais pas un violeur.

– Mais Elsa, il a fait quoi ?

Je jette mes yeux aux pieds d'Estelle, qui comprend aussitôt. Alors elle raconte, elle raconte mon histoire à ma place, l'émotion en moins, la cohérence en plus.

– L'enculé, l'encu…

– Gaëtan…

– Ouais pardon, l'enfoiré…

– Montre sa tête ? Putain, on dirait pas…

– J'avoue, enfin, on te croit hein, mais quand je le regarde, je te jure, on dirait pas…

– En tout cas, ce qui est bien, c'est qu'on sent que tu t'en es remise.

– Ouais, de fou. On sent que c'est derrière toi. T'es super forte, ça se voit.

Je me demande si les gens croient que ça me fait du bien d'entendre ça.

– Et ça va ?

Oui, ça va.

Sarah s'accroche à mon bras.

– Tu veux en parler ?

– Tu lui en veux encore ?

Je ne suis pas en paix, en tout cas. Si je l'avais en face de moi, seule me viendrait la peur. Or avec la peur, on ne fait pas de pardon. Pour ça, il faut de la pitié, ou du mépris, au choix, et je n'ai ni l'un ni l'autre.

– Et du coup tu vas aller porter plainte ?

À quoi bon ?

Rien de ce qu'il m'a fait n'était neuf, ni unique. C'est arrivé après, c'est arrivé à d'autres. Plus qu'à lui, c'est à tout ce qui lui a permis de me faire du mal que j'en veux. Victor n'est que le crachat d'un système pourri qui le dépasse et qui l'a perverti malgré lui. Inutile de me battre contre lui.

– Pourquoi tu t'accroches comme ça à l'idée qu'il savait pas ce qu'il faisait ?

– C'est presque comme si tu le défendais, meuf.

La moue de Sarah me rappelle à l'ordre. Depuis #MeToo, on écoute les victimes, d'accord, mais à condition qu'elles tiennent leur place.

Or ma nuance dilue mon histoire d'un film blanchâtre, baveux, sous lequel plus rien n'est clair, et tout devient bien plus dégoûtant que ne l'était le crime propre et net originellement suggéré.

– T'es trop gentille avec lui.

Elle veut dire que je suis naïve.

– Ce mec est juste une énorme merde, il ne mérite pas une miette de ta compréhension.

Comme elle le hait. Ça a l’air de lui faire du bien.

Moi aussi, pour guérir, je voudrais quelqu’un à détester.

*

J’ai reçu la lettre
Pour Bastien
C’est fini
Pas de surprise
Non-lieu

Ce n’était pas mon combat, mais c’est quand même un peu ma défaite.

Nos corps défendants

Maman ne sait pas.

Elle connaît Victor de nom, l'a vu à la soirée de Corinne, sur quelques photographies aussi, a vaguement compris qu'on s'était quittés par dépit, et puis c'est tout.

Je pense à lui en parler tous les jours – en cours, à table, au téléphone. J'y pense surtout aux pires moments, quand on est tristes, qu'elle râle dans l'évier ou que je l'ai appelée pour un problème de Sécu. Ça n'a aucun sens. Je n'ai rien à y gagner, pourtant l'envie ne me quitte pas. Je ne cherche pas à être consolée, encore moins prise en pitié. Il m'est simplement inconcevable qu'elle ne sache pas.

Un soir, je descends dans la cuisine. Elle prépare un gratin.

– Tu peux juste m'éplucher celle-là ?

Elle me donne une pomme de terre, une deuxième, et on décide entre la troisième et la suivante que je l'aiderai jusqu'au bout. Je laisse les pelures couler, une à une.

– Tu sais, Victor…

L'économe de ma mère ne s'interrompt même pas.

– Quoi, Victor ?

Je m'aperçois soudain que je ne peux rien ajouter, non pas par pudeur, mais parce que pour dire que Victor m'a violée, il faudrait commencer par avouer que j'ai couché avec lui. Elle le sait bien sûr, mais puisque ça n'a jamais été formulé, ça n'existe pas, pas dans son foyer. Qu'importe ce que je fais à Paris ou dans la rue. Quand je rentre à la maison, je redeviens aussi vierge que l'huile d'olive de maman. Je pourrais m'en moquer, la provoquer, donner un bon coup de pied de réalité dans ses échafaudages superstitieux. Mais si je n'ai plus aucune difficulté à avouer qu'on m'a fait du mal, j'ai toujours la même réticence à en faire à autrui.

– Non, rien.

N'importe qui d'autre aurait insisté, au moins manifesté un peu de curiosité, mais maman consacre aussitôt toute son attention à produire l'épluchure de pomme de terre la plus longue du monde. C'est normal.

– Tu peux faire les oignons aussi, s'il te plaît ?

Je m'exécute en silence. Maman ne sait pas. Les mamans, ce n'est pas fait pour savoir.

*

Un jour, je fais l'amour avec une fille. On n'est pas amoureuses, mais on n'a jamais prétendu l'être, alors c'est aussi bien que si on l'était. J'ai mes règles, je l'ai prévenue, elle s'en fout. Axelle a pour mon sang la curiosité d'une peintre, d'une médecin. Son ventre à elle est endormi depuis deux ou trois ans déjà. Il lui faisait trop mal.

Dans la nuit douce, ses doigts courent sur mes clavicules. J'ignorais être vaste à ce point. Elle n'en finit pas de m'explorer. Minuit nous a déjà perdues de vue, et on n'en est même pas à l'épaule. Je suis tellement plus intéressante que je ne le pensais.

Elle me demande si elle peut, à chaque instant. Je me dis que je devrais l'imiter. Quand je lui pose la question à mon tour, je comprends pourquoi. On dit que le consentement explicite tue le désir, je découvre qu'il le crée. Je ne sais pas ce qu'est le sexe, au fond. C'est la permission que j'accorde aux autres de me toucher qui lui donne une définition, une réalité.

Son index dessine une petite clé de sol sur mon bas-ventre. Je crois qu'elle a envie d'y aller. Ça me paraît si inenvisageable que mon excitation prend le pas sur ma gêne.

– Tu peux me pénétrer ?

Une fois les mots dehors, j'ai envie de pleurer. Il y a tant de plaisirs que je me suis interdits pour rien. Elle a quelques secondes de silence, ses lèvres figées, non pas de dégoût mais de stupeur. Je crois que je viens de lui donner envie de quelque chose qu'elle ignorait permis. On va créer du plaisir avec quelque chose qui n'existait pas avant.

– Je peux y aller ?

Plus elle me le demande, et plus j'en ai envie.

C'est merveilleux qu'elle vérifie.

Mon ventre s'élargit pour ses doigts. J'ai envie qu'elle en mette partout sur moi. Elle le devine, j'ignore comment. C'est souvent comme ça, quand on fait l'amour correctement. Il se passe des choses qui ne s'expliquent pas, qu'on n'a jamais faites avant et qui deviennent bizarres dès qu'on les met sous la lumière.

Elle a le regard rouge, les lèvres grandes, le visage noir et violet, nimbé d'une lumière qui n'existe pas, une lumière incroyable qu'on ne pourrait ni peindre ni prendre en photo.

Mieux que beau, c'est bon.

Elle étale un peu de sang sur mon ventre, une fois, puis une autre, puis c'est tout un coucher de soleil qui s'endort sur ma peau.

Je n'ai jamais été à ce point avec quelqu'un.

À la fin, c'est encore la nuit et une empreinte sèche sur mon estomac. C'est mieux qu'une ombre, c'est mieux qu'une trace, c'est un baiser. Je ne savais pas que les mains pouvaient embrasser.

*

– T'en as combien ?
– Aucune idée.
– C'est une collection ?
– Un peu.
– C'est laquelle ta préférée ?
– Je sais pas trop.
– Celle-là c'est qui ?
– Marie Laurencin.
– Et ça ?
– Manet.
– Et ça ?
– Van Gogh.
– Et ça ?
– Nantes. J'y suis allée avec Florian l'an dernier.
– Et ça ?

Le doigt d'Axelle tombe sur une carte postale où trône le renard orange le plus criard de toute l'histoire de la papeterie française. Je songe à lui mentir, et puis je me dis que ce serait donner trop d'importance à une histoire que j'essaye chaque jour de transformer en anecdote, alors je souffle :

– Je l'avais achetée pour… pour un ex. Et puis en fait, je l'ai jamais envoyée.

Axelle reste muette, le regard cloué à la croûte de relation que j'ai cru bon de fixer au mur. Incapable de déchiffrer sa réaction, je pars du principe qu'elle est mauvaise :

– Pardon. C'est glauque non ? Je me rends pas compte.

Elle se tourne vers moi, et je me relâche. Ce que j'ai interprété comme du malaise n'était qu'un sourire qui prenait son temps.

– C'est pas glauque du tout…

Son regard s'épand partout dans la pièce, calme et diffus, étiré par les mots qui ne sortent pas. Une eau à peine teintée monte dans ses yeux, leur donne un très léger reflet bleu. Tout est bien. Le silence me soulage, couche par couche, de toutes mes strates de peine, de gêne, comme une mère ôterait les lourdes couvertures du lit de son enfant après une maladie.

– Vous étiez heureux ?

La réponse que je devrais donner, je ne me suis jamais laissée le droit de la formuler.

J'étais heureuse, oui.

Le temps que ça a duré, j'étais ravie.

Je ne savais pas ce qu'était le bonheur, alors je n'avais aucun moyen de savoir que le mien n'en était pas un.

Mais ça, j'ignore comment le dire.

Je finis par murmurer :

– J'y croyais.

Tout à coup, je comprends pourquoi j'ai gardé le renard. Ce n'est pas un souvenir, mais une preuve. S'il est encore là plutôt que dans un carton chez Victor, c'est parce que je n'ai jamais réussi à l'envoyer. Si je ne l'ai pas envoyé, c'est parce que je ne m'en sentais ni le droit, ni la liberté. Et si je ne me sentais rien de tout ça, c'est que je n'en disposais effectivement pas. Le renard est le témoin du fait que ça n'allait pas. Il raconte comme je redoutais l'humiliation, donc comme j'étais humiliée – avoir peur du ridicule, c'est l'être déjà. Il est le reflet des nuits de honte, des silences imposés et des rêves que j'ai dû gonfler, gonfler de toutes mes forces dans ma tête pour les empêcher de crever et de me crever avec, de mes mains raidies de désarroi dans le train face à la crainte soudaine de ce que Victor allait penser de mes mots, de mon idée, de la débilité dans laquelle je m'étais figée pour protéger le peu de certitudes, le peu de tranquillité dont je jouissais à ses côtés. J'ai punaisé le renard ici pour que rien ne disparaisse, pour que survive la fille que Victor n'autorisait pas à parler. Je lui donne le droit d'exister et je refuse que quiconque détruise le peu qu'elle a réussi à exprimer.

C'est une fiction, un vœu cassé, un petit papier lancé dans une eau qui ne courait nulle part, une pièce gobée sans souffle par une fontaine jaunie, un boomerang mal lancé, un avion que j'ai pris pour une étoile et auquel j'ai accroché tous mes rêves, tous mes espoirs, et dans la lumière duquel je me suis crue, un instant, bénie du ciel.

C'est une carte, mais aussi une certitude.

Elle ne signifie rien du tout, mais elle me confirme que tout est vrai.

*

– Ça a dû être tellement difficile…

Le « tellement » d'Axelle roule des montagnes sous sa langue, lâche des ahanements poussifs, des soupirs telluriques. Il m'épuise.

Elle pose une arête de doigt sur ma joue, laisse sa curiosité creuser un sillon le long de ma pommette.

– Ma pauvre…

J'aimerais que les gens puissent avoir été mis au courant avant que je ne les rencontre, ou alors avoir la capacité de le leur faire deviner par un haussement de sourcils, et qu'on en reste là. J'aimerais que ce ne soit qu'une formalité, pas ce moment grave et dévastateur en lequel leur pitié se sent obligée de le transformer.

– Et puis, devoir se le rappeler, devoir le raconter… ça a dû être tellement pénible…

Axelle se trompe.

Ce n'était pas ça, le plus pénible.

Être violée par Victor était long et douloureux, oui, bien sûr. Contrainte à la docilité de l'animal et à l'ignorance de l'enfant, je m'y suis sentie bête, lente, incompétente. Ce n'était pas le plus pénible.

Douter de ma mémoire était humiliant. Mes souvenirs comme de longs serpents en mue perpétuelle coulaient de toutes parts hors de ma portée et semblaient me confirmer de jour en jour que tout ça n'était jamais qu'un caprice. Ce n'était pas le plus pénible.

L'ordinaire, la parfaite absence de romanesque qui ont suivi la rupture m'ont paru une punition, preuve désinvolte que je m'étais inventé un amour qui n'avait convaincu personne, pas même sa cible. Je croyais que mon cœur se briserait, il s'est simplement avéré qu'il n'avait jamais battu pour de vrai. Ce n'était pas le plus pénible.

Le plus pénible, ce n'est ni la peine, ni le silence, ni la triste banalité d'une histoire dont je me sens à présent plus narratrice qu'actrice. Le plus pénible, c'est mon sentiment de ne pas avoir d'autre choix pour être entendue et crue que de présenter mon viol comme quelque chose d'épouvantable, comme une offense suprême et insurmontable. Le plus pénible, c'est le regard d'Axelle lorsque je lui confie mon récit, la crispation instantanée de sa mâchoire à l'évocation de la capote, à mi-chemin entre celle du magistrat et celle du cadavre, et la certitude tranquille avec laquelle ses paupières molles, sa bouche lourde et ses mains tombantes se sont aussitôt placées en posture d'attente, disposées à accueillir ma peine. Plus que de l'accepter, Axelle exige ma souffrance.

– Merci de me parler de tout ça, vraiment, merci pour ta confiance…

Ça ne me coûte rien de parler de Victor. J'en veux à Axelle d'accorder tant de prix à ce récit, mais c'est logique, j'aurais dû m'y attendre. Axelle milite chez #NousToutes. Elle a lu les mêmes articles que moi. Le viol la révolte, il l'intrigue, aussi. Axelle se sent le devoir d'agir. Axelle veut tellement bien faire que j'aurais le sentiment de la décevoir en lui disant qu'au fond, ce viol, on s'en fout.

– Tu peux pleurer, tu sais…

Et oui, comme elle me le propose, comme elle me l'impose, je m'effondre, la gorge cognée de larmes. Axelle se précipite sur moi, presque rassurée par mes sanglots. Voilà une victime qui pleure bien. Voilà une victime qui va mal comme il faut.

Ce qu'Axelle ignore, c'est qu'avant, je n'aurais pas pleuré. Avant, je n'éprouvais rien. Je pouvais tout raconter de Victor sans broncher. Ce n'était qu'une histoire triste – mais achevée.

Je ne pleure pas pour ce qu'il m'a fait, mais de ne pas parvenir à y échapper.

Je n'en veux plus à Victor. Je n'ai pas besoin qu'on le déteste pour moi. Ce sont les autres qui m'incitent à le prétendre, à singer les stigmates de la bonne victime. Et je l'ai fait, et ça a marché, oh, comme ça a marché. J'ai pris l'air accablé, laissé ma voix racler les octaves les plus graves et mes confessions s'étirer bien plus longtemps qu'il ne l'aurait fallu, tant et si bien que depuis quelque temps, je commence à souffrir pour de vrai, et que je ne sais même pas si c'est parce que je prends enfin conscience petit à petit de ce qui s'est passé, ou si c'est parce qu'il le faut bien, parce que toute cette peine constitue une forme de prix à payer pour mériter mon statut de jeune femme violée. Il y a quelques mois encore, je n'y pensais presque plus. Je passais devant chez lui sans trembler. Puis on m'a dit et répété que c'était grave, et ça l'est devenu.

Le bras d'Axelle s'imbibe de mes larmes, et je lui en veux. Je l'ai invitée pour lui plaire et l'embrasser, pas pour qu'elle me prenne en pitié. C'étaient mes blagues et mon sourire qui devaient la séduire, pas ce que j'ai vécu de pire.

– Tu as été tellement courageuse…

Sa sollicitude est un égoïsme. Si elle était honnête, elle admettrait ne rien avoir à me proposer de concret, et nous conviendrons ensemble d'accepter l'existence de mes viols, de trouver ces actes ignobles et condamnables, et puis d'en rester là, sans chercher à faire de moi une héroïne ou une martyre.

Axelle scrute mon visage, les battements de mes paupières, les frémissements de mes mains alors que j'évoque les matins volés et le sang sur les draps. Plus je m'approche du pire, plus je deviens légitime. Sentir que je ne serai crue que si je manifeste un traumatisme, une fragilité dignes de ce nom, est une violence bien plus insoutenable que toutes celles que Victor a pu m'infliger.

– Tu sais que tu peux me faire confiance, ça veut dire beaucoup que tu me racontes ça…

Je voudrais qu'on m'autorise à trouver l'épisode négligeable. Je voudrais avoir le droit d'oublier avoir été violée. On ne peut plus rien pour l'Elsa de dix-sept ans. L'urgence est de protéger les filles d'après, pas de disserter sur la guérison d'une gamine évanouie depuis des années.

– Tu as dû tellement en baver…

Je renifle.

– J'en sais rien, Axelle. Je vais pas si mal que ça, tu sais. Quand on ne me fait pas passer un interrogatoire sur tout ce que ce gars m'a fait, ça va.

– Attends, je voulais pas…

– Non, tu voulais pas. Mais tu vois, c'est pas parce que ça n'est plus horrible pour moi aujourd'hui que ça ne l'était pas sur le coup.

– Tu es légitime à souffrir, tu sais, tu n'as pas à…

– Mais je sais ça, Axelle ! Je sais que je suis légitime à souffrir. Mais j'aimerais bien, aussi, être légitime à n'en avoir rien à foutre.

Axelle se dérobe à moi. Je ne pleure plus depuis un moment, de toute façon. Ses sourcils froncés construisent un sévère couvercle au-dessus de son regard.

– Pourquoi tu dis ça ?

Mon amertume lâche un petit ricanement.

– J'apprécie vraiment ton empathie, mais promis, y a pas à en faire tout…

– Attends, on parle d'un viol quand même…

J'ai un sourire triste, et Axelle prend la mesure du tacle anodin qu'était son gentil petit rappel théorique.

– Tu penses à quoi, quand tu penses à viol ?

Deux grandes flaques de silence agrandissent les yeux d'Axelle.

– Je sais pas.

Elle pense à la définition juridique, à la sidération, au patriarcat, et c'est normal, nous ne disposons que de ces outils-là. Elle pense aux sanctions pénales, à l'article de loi. Mais ce n'est pas de ça que je veux parler. Ça existe, bien sûr, mais ça n'a rien à voir avec ce que j'ai vécu. Victor et moi, c'était le dernier maillon d'années et d'années d'éducation défaillante. C'était prévisible, mais pas prémédité. Victor n'a même pas eu conscience d'abuser de moi. Le viol n'en a pas été moins réel, mais il en a certainement été moins important.

– Victor…

J'ai un soupir si douloureux qu'on le dirait presque amoureux.

– Victor m'impressionnait tellement.

Malgré les années, malgré le recul, je crois qu'il m'intimide toujours autant, le Victor de vingt ans. Même aujourd'hui, je ne me battrais pas à armes égales contre lui. Je me demande si je resterai sa victime pour toujours.

Axelle hoche la tête. Elle comprend.
– Viens…

Dans mes bras, son corps repose comme une excuse. Je lui caresse les cheveux, lui embrasse les tempes. Tout va bien. Ce n'est pas à elle que j'en veux. Je lui raconte, pour qu'elle sache, pour que tout ait été dit. Je lui raconte pourquoi c'était grave, mais pas important.

Je lui explique que les violences exercées sur mon corps ne m'ont pas transformée. Ce serait leur faire trop d'honneur. Elles ont eu lieu, et puis elles se sont achevées. C'était quelque chose qui arrivait à ma peau et à mon ventre, et dont je savais que ça ne durerait pas. Le reste, en revanche, est demeuré. C'est ça qui m'a changée. C'est à ça que je pense la nuit, lorsque je n'arrive ni à dormir ni à me pardonner. La conviction d'être indigne d'amour, les histoires que je racontais à Victor et qui le marquaient autant que de l'eau dans une passoire, ses silences dans lesquels je m'évertuais en vain à voir la trace de notre complicité. Mon canapé, l'écran d'ordinateur qui l'intéressait davantage que moi, sa main posée sur ma cuisse, et ses yeux qui ne me trouvaient pas, parce qu'ils ne me cherchaient pas. J'ai souffert des moments où j'aurais voulu qu'il me prenne mais où il ne le faisait pas, bien davantage que des moments où il me prenait sans mon consentement.

Je lui parle des autres victimes, celles pour lesquelles le viol est une déchirure de chaque jour. Je me demande si le remords et la mortification ont toujours fait partie du chemin ou si ce n'est que par construction qu'ils sont devenus une forme de signe de reconnaissance, de rituel d'initiation. Pourquoi est-ce le viol qu'on doit redouter plus que tout, pourquoi est-ce de ça qu'on nous apprend à avoir peur, pourquoi est-ce ça la fin et l'horreur et le spectre de notre condition, pourquoi est-ce sur cet acte précisément que se cristallisent nos hontes ? Est-ce construit ? Est-ce inné ? Pourquoi subir mon viol a-t-il été moins pénible que d'apprendre que c'en était un ? Aurais-je pu avoir le choix de ne pas laisser ce viol importer ?

Les pensées me viennent plus vite que la voix, je voudrais pouvoir parler par la tête, le ventre, les mains, pour faire hurler hors de moi tous ces cris muets. Mais je n'ai que ma bouche, une cage à idées incapable de presser hors d'elle tout le poison du passé autrement qu'un mot après l'autre.

Pourquoi n'est-ce pas pareil, d'être une victime tout court et d'être une victime de viol ? Pourquoi n'a-t-on pas d'autre choix que de rester victime de viol tout au long de sa vie ? Comment est-on censées se reconstruire, quand on doit à la fois cesser d'y penser tout le temps mais ne jamais l'oublier ? Je rêve d'oublier avoir été violée, mais je n'y parviens pas. Ça ne me fait pas souffrir, mais ça fait partie de moi. Je lui dis que malgré moi, je me perçois et me percevrai sans doute toujours comme une victime de viol. Je ne suis pas que ça, mais je le suis pour toujours.

Le viol pourrait n'être qu'un viol, s'il n'était pas une peur dans laquelle on nous élève. Être violée, c'est non seulement subir le viol en lui-même, mais c'est aussi et surtout subir la déception, la honte, la violence d'être victime de cette menace qu'on connaissait, qu'on redoutait. Être violée, c'est avoir échoué à ne pas l'être. C'est confirmer une prophétie de sorcière, c'est se voir enfoncée dans une condition qu'on sait inférieure. C'est contempler toute la littérature plus ou moins féministe ingurgitée depuis des années comme autant d'exercices incendie dont l'accumulation ne s'avère d'aucune utilité pour qui se retrouve tout à coup nez à nez avec les flammes. « J'aurais pu éviter ça », se dit-on lorsque le garçon se retire enfin, et que le vide laisse place au doute. On se le dit aussi quand on se fait arracher son téléphone ou pirater sa carte bancaire. Mais on sait alors qui est coupable, et que l'audace de sortir son portable en pleine rue ou de vouloir acheter un tee-shirt en ligne ne signifie pas que l'on mérite d'être prise pour cible. Lorsqu'on a été violée, jamais le reproche latent que l'on s'adresse à soi-même ne s'éteint, jamais la certitude plus ou moins avouée de sa propre négligence, de sa naïveté, de sa bêtise ne se dissipe. Se croire, se reconnaître à la fois violée et innocente est un combat de chaque jour, que l'on espère ne pas perdre. Je n'ai pas encore perdu le mien.

C'est bizarre de parler autant de tout ça. J'ignorais qu'on pouvait dire le viol, et non simplement le subir. Quand Victor était sur mon corps, il n'y avait plus de mots.

Axelle glisse une main sur mon cou, grimpe doigt par doigt jusqu'à mon menton, mes lèvres. Ça fait comme un pansement.

– Je suis désolée si j'ai pu donner l'impression de te voir comme un petit oiseau malade. C'était pas mon intention.

On échange un sourire piteux, donc sincère.

Je pose sa main sur mon ventre. C'est comme si je la respirais. Minute après minute, je deviens un peu moins l'ancienne copine de Victor, et un peu plus la fille qui plaît à Axelle. Je murmure :

– Tu sais ce dont je rêve ?

« Dis-moi », répond le ventre qui danse avec ma main.

– Je rêve que cette conversation soit la dernière, qu'après, je n'aie plus jamais à parler de ça. Qu'ensemble, toi et moi, là, on en finisse avec Victor.

– Je sais pas si c'est possible.

Non, moi non plus. Je ne sais pas, mais j'espère. Axelle passe une caresse sur mon ventre comme pour le refermer, puis se redresse.

– Je vais y aller…

Les points de suspension à la fin de sa phrase me tirent un sourire. Elle ne demande pas la permission, elle prévient. C'est comme ça qu'on se comporte, quand on se sent bien.

Axelle retrouve sa veste, son sac, son visage rond et lisse, me souffle qu'elle a hâte de la prochaine fois. Sa silhouette file dans la rue comme une petite larme sur une joue, et puis elle tourne et c'est fini.

Comment c'était ????, piaille Estelle sur mon téléphone alors que la soirée s'affaisse dans la nuit.

Je ne réponds pas. Pas tout de suite. Je ne suis pas tout à fait prête à jouer l'amoureuse transie. Pour encore quelques heures ce soir, je crois, je resterai la victime de Victor. Demain, ça ira mieux. Demain, on n'en parlera pas. Demain, je ne serai plus celle qu'il a violée, mais celle qui lui a échappé.

*

Je déteste la psychothérapie. Pourtant, je passe de bons moments avec les psys, alors j'y retourne malgré tout. Entre les quinze psychologues que mon adolescence a épuisés, il ne s'est jamais écoulé guère plus de deux ou trois mois d'abstinence. Je n'arrive pas à décrocher. Quelque chose dans leurs yeux qui bâillent et leurs cahiers qui murmurent me pousse à m'acharner. Habitus familial, désœuvrement, besoin d'affection, qui sait ce qui m'y pousse encore et encore, si ce n'est, peut-être, à défaut d'un quelconque espoir de miracle thérapeutique, une forme de désir performatif. Me traîner chez une psy que je ne vois plus depuis quatre ans comme je remettrais un vêtement d'enfance sali, c'est peut-être m'accorder le droit d'aller mal.

À vingt-et-un ans, j'ai décidé de reprendre rendez-vous avec Isabelle. Elle m'a suivie treize mois, l'année de mes seize ans. Mon père avait réussi à me caler dans son agenda en me présentant comme une « urgence psychiatrique ». « Sans ça, j'aurais pas eu de rendez-vous », s'était-il justifié. Au fond, nous savions tous les deux que c'était comme ça qu'il me voyait.

Isabelle me terrorisait, parce qu'elle n'était ni gentille ni méchante. Elle souriait tout le temps, mais j'avais l'impression d'être face à un outil, pas un visage.

« Du nouveau », ai-je choisi comme objet de mon mail de reprise de contact. Ni urgence, ni demande, ni besoin. Rien que l'envie de lui raconter ce qui m'est arrivé. C'est pour ça que je retourne la consulter. Pour vérifier que j'ai changé, que je ne suis plus la même.

Les gestes d'Isabelle sont empreints d'une froideur très aimable. Elle inspire un mélange de confiance et de crainte, ce que j'ai longtemps interprété comme un signe de compétence.

– Installez-vous.

La dernière fois que je suis entrée dans ce bureau, j'étais encore vierge. Je m'écarte tout à coup de ma propre pensée, la considère avec dégoût. Une fois de plus, je ramène tout au sexe. Tout ce qui m'entoure, je le rends sale, et tout ce qui ne l'est pas, je le regarde comme s'il allait le devenir.

Je crois que j'ai bien davantage souffert de Victor que je ne m'autorise à le croire.

– Alors, racontez-moi.

Sa voix hésite entre les points de suspension et un point d'exclamation, ne tranche pas vraiment, achève sa consigne dans une petite pointe de rigidité affable.

– Raconter quoi ?

Elle ne dit rien. Elle sourit.

Je commence à lui dérouler ma vie, n'importe comment, parce que c'est une psy. J'ai peur de me tromper. Moins ce que j'évoque est intéressant, plus elle s'y attarde. Sept minutes durant, on parle de mon père. Je me demande si j'ai vraiment stagné à ce point ou si je suis simplement la pause biscuit de sa matinée.

– Vous êtes en couple ?

La fourbe. Par prudence, je me contente de décrire mon historique romantique, ce qui me permet de ne rien raconter. Isabelle n'est pas dupe.

– Attendez, attendez, reprenons dans l'ordre, reprenons au premier. Victor vous dites ?

Je déteste qu'il ait ce statut-là. Je voudrais qu'il soit perdu dans une masse de conquêtes blasées, je voudrais ne lui avoir cédé aucune de mes découvertes, je voudrais que les nuits à ses côtés aient été des déceptions plutôt que des déflagrations. Mais s'il n'avait pas été le premier, on n'en serait sûrement pas là.

– On s'est mis ensemble au moment où on a arrêté les séances…

– Je me souviens, oui !

C'est sûrement faux. Je n'en sais rien. J'aime bien l'idée qu'elle ait gardé en elle une image de moi avant tout ça. Je voudrais pouvoir la lui emprunter.

– C'était un premier amour, vous savez.

M'entendre prononcer ces mots est une trahison. Je ne suis même pas foutue d'être ma propre alliée.

– C'était un premier couple, donc forcément, c'était un peu… un peu brouillon.

– Qu'est-ce que vous voulez dire ?

Je décide d'être une bonne militante et de dire les mots, les vrais, ceux que j'ai appris.

– Disons qu'il y avait une asymétrie, un déséquilibre, en termes de relations de pouvoir, de communication…

– Qu'est-ce que vous voulez dire par là ?

Je voudrais pouvoir lui parler des manches de mon gilet. C'est ce que j'ai de plus vrai. Mais moi-même, je me méprise d'en être encore là. Alors à défaut d'être crédible, j'opte pour un vrai sujet.

– Il y a eu… des problèmes de consentement.

– C'est-à-dire ?

– Il m'a violée.

Je le dis comme j'avalerais un médicament.

– Vraiment ?

Ce n'est pas qu'elle ne me croit pas. Elle a simplement très bien perçu que je ne me croyais pas moi-même.

– J'en sais rien. C'est le mot que j'ai trouvé.

Je détaille tout. Je lui raconte la rupture avec un sourire, et notre premier baiser dans les larmes. Je dis qu'il était gentil et aussi la pire personne du monde. J'exagère. Je n'ai jamais été aussi sincère. Je parle de la fin, puis de ce qui a suivi le début, puis du reste, et enfin des habitudes. Je lui dis que je le trouvais beau. Je ne lui dis pas qu'il ne l'était pas. Je lui dis que certains souvenirs sont incertains. Je ne lui dis pas qu'ils ont disparu, ni que je passe des nuits entières à les chercher.

Elle semble très intriguée.

– Vous lui en avez parlé ?

– Oui.

– Et il a réagi comment ?

– Je me suis retrouvée à le consoler.

– Et vous, ça vous a fait quoi ?

Que dirait une bonne victime à ma place ?

– Je pensais que j'avais peur, mais ce que j'ai pris pour de la peur, c'était de la colère.

Je déglutis. Maintenant que je l'ai dit, je suis prête à le penser. Alors je répète :

– J'étais en colère.

– Pourquoi ?

– Parce que ce n'était pas à moi de le rassurer. Ce n'était pas à moi de lui dire qu'il n'était pas un monstre. Je n'avais pas à le soulager de tout ça.

– Oui, mais en retour, il a reconnu les faits, non ?

Les faits ne devraient même pas avoir à être reconnus. Ils ont eu lieu. C'est déjà bien assez.

– Ça ne vous a pas fait du bien, de voir qu'il acceptait la vérité ?

Je ne crois pas que la vérité vaille une consolation. (Je ne crois pas que ma vérité vaille sa consolation.)

Si seulement on arrêtait de faire comme si la vérité était un privilège à acquérir en échange d'autre chose.

– Il n'a rien reconnu, il n'a pas accepté. Il n'a pas contredit.

– Il a dit quoi alors ?

– Qu'il ne comprenait pas. On n'a même pas parlé des faits, juste de ce que ça lui faisait d'en entendre parler. Je n'ai même pas pu lui dire ce qui s'est passé. Il n'y avait de place que pour ses émotions à lui. Sa culpabilité. Et je l'ai rassuré. Pour qu'il se sente mieux.

– Mais c'était une forme de réparation, non ?

Bien sûr. De son estime de lui.

– Vous vous êtes reparlé après ça ?

– Jamais.

– Et vous aujourd'hui, vous avez quelqu'un ?

– Oui.

Je ne dis pas qui. Ça lui suffit.

– Vous l'avez dit vous-même, les premières relations, c'est maladroit bien souvent…

Je tremble, elle ne dit rien. Elle semble penser que ce silence est un silence utile. Je fixe les dessins roses et verts d'enfants passés ici avant moi. Des papillons, des bateaux, des fées. Beaucoup de ces enfants ont dû grandir. Mais on a piqué leurs dessins sur ces murs, comme des ailes de papillon, et ils n'en bougeront pas. Des étoiles, des princesses, des dinosaures. Aucun n'a représenté ce qui lui arrivait vraiment à l'hôpital. Aucun n'a dessiné les cloques sur les murs, les blouses jaunes qu'on dit blanches parce qu'on ne les regarde jamais vraiment, ou la douce méduse des poches à perfusion, qui brille même la nuit. Aucun ne s'est senti libre de raconter qu'il n'allait pas bien. Ce sont des dessins pour faire plaisir. Des dessins pour faire comme si. Je fixe une feuille, une deuxième, une troisième. Je recommence à pleurer. Ça ne leur appartient même pas. Ils étaient malades, et nulle part ça ne se voit. Ils avaient des douleurs qui ne se voient pas. Si l'on me demandait de dessiner Victor, je tracerais son visage, ses yeux, peut-être un sourire, alors qu'en réalité, je crèverais d'envie de dessiner du sang, rien que du sang, celui des draps, celui du ventre, celui des toilettes, celui que j'attendais et celui qui m'a salie. Tout le sang qu'on a nettoyé.

– Vous savez, moi, ce qui me touche le plus dans tout ce que vous me dites…

Je ne sais pas pourquoi elle parle. Je ne sais pas pourquoi c'est de mots dont elle pense que j'ai besoin.

– C'est ce garçon qui vient vous parler, qui veut chercher à comprendre, qui fait amende honorable…

Elle a un sourire, un dernier, le premier qui me semble vrai.

– Je le trouve très touchant, ce garçon.

*

– Tu aurais pu me dire…

Maman a repris la voix de mon enfance.

– Tu aurais pu…

Sa phrase se délite dans une flaque sans émotion ni ponctuation, où s'étranglent mille points d'exclamation et d'interrogation confondus. Du sang lui mord les joues, de petits frissons énervent ses yeux. Elle n'est pas triste, ni déçue, mais perdue. Et chez elle, comme chez la plupart des mères, l'impuissance se traduit par de la colère.

– Tu aurais dû me dire…

La rage de ma mère est terrifiante, parce qu'invisible. « Et là, elle m'a engueulée », dis-je souvent à mes amis pour leur raconter les pires déchirures de notre relation, avant de me rappeler que le mot a pour eux une signification radicalement différente de celle que j'ai en tête. Les engueulades de maman sont des messages sans réponse, sa fureur un regard clos, ses insultes des sous-entendus caviardés. Elle ne m'en veut pas, elle se tait. Certains silences sont plus vides que d'autres, et ceux dans lesquels je dois deviner toute seule pourquoi et combien ma mère m'en veut sont les plus béants de tous. Elle ne me refuse pas sa colère, elle renonce ne serait-ce qu'à l'éprouver. Faute d'avoir le cran de me haïr ou de me mépriser tout à fait, ou même de concevoir le moindre ressentiment à mon égard, elle m'abandonne la charge de nos disputes tout entières, et c'est à moi non seulement d'encaisser son dégoût et son amertume, mais surtout de les imaginer.

Je cherche à me raccrocher à son regard, me heurte aux verres fumés qui lui servent de bouclier oculaire. Été comme hiver, côté cour comme jardin, le visage de ma mère n'a pour constante que ses lunettes de soleil, épinglées à ses cheveux ou vissées à ses paupières. Ce n'est pas tant une cachette qu'un échafaudage, une corde serrée autour de ses hésitations. Maman porte des verres teintés comme d'autres un surnom. Ça n'est pas nécessaire, ça ne change rien à son quotidien, mais c'est un acte de volonté posé sur son identité.

– Pourquoi tu ne m'en as pas parlé ?

Ce doit être la première fois qu'on « s'engueule » face à face depuis des années. D'habitude, c'est toujours par SMS qu'on se tait.

– Je savais pas…

– Quoi ?

Mes yeux ricochent une fois de plus contre ses grosses paupières noires et vitrées, finissent par retomber par terre. De toute évidence, je n'en sais guère plus aujourd'hui.

– Elsa, tu étais au courant que si les choses se passaient mal, tu pouvais me le dire ? Hein ?

– On pouvait même pas parler contraception, comment veux-tu que…

– Tu vois, tu recommences.

– Mais quoi ?

– À rien me dire.

– Je ne suis pas obligée de te dire les choses.

– D'accord, mais dans ce cas, moi, je ne suis pas obligée de t'aider.

Nous nous figeons toutes les deux. Même les lunettes tremblent.

– Tu m'en veux de te raconter tout ça ?

– Je ne t'en veux pas, Elsa. C'est simplement que je ne comprends pas.

– Quoi ? Qu'est-ce que tu comprends pas ?

– Si tu n'avais pas besoin d'en parler à l'époque, quel besoin as-tu de le ressortir maintenant ? C'est parce que c'est à la mode ? Tu vas en faire un spectacle, un article, c'est ça ?

– C'est vraiment ce que tu penses ?

– …

Son silence me révèle bien pire que son ignorance : sa méfiance. Ne rien savoir de mes intentions ne l'empêche pas, au contraire, de les juger illégitimes, avec conviction.

– Je ne te reproche rien, maman. Tu n'avais pas moyen de savoir. J'ai juste mis du temps à, à savoir, et puis, j'ai eu peur…

– Tu n'avais aucune raison d'avoir peur de moi.

Je n'en avais guère plus de lui faire confiance.

– Je suis pas méchante, Elsa. C'est pas moi, la méchante.

Non, elle n'est pas méchante. Juste inconsciente.

– Désolée. J'aurais pas dû t'en parler.

Non, en effet, tonnent les lunettes sans ciller. Je ne lis rien, ne comprends rien de ce qui se passe derrière. Maman ne bouge pas, bien hermétique, bien fermée. Elle a disparu derrière ses yeux cachés, tels les enfants qui pensent se rendre invisibles en posant les mains sur leurs paupières, à la différence près que dans son cas, ça fonctionne.

J'hésite à ajouter quelque chose, à lui dire que je vais mal, et mieux aussi, à lui demander pardon, à lui annoncer que je change de prénom, que je la renie, à lui balancer le nombre de mes partenaires, le nom de ma copine, ma position préférée, et la quantité de soirées que j'ai animées de mes blagues salaces. J'envisage de lui décrire le plafond de chez moi, celui que j'ai repeint de mes silences. Je le connais par cœur, je lui ai inventé des couleurs, un miroir, un ailleurs, je m'y suis perdue des nuits entières, j'y ai oublié mon prénom et joué la comédie, attendu le lendemain et prié pour la fin. Je me vois lui montrer les photos, les messages, les poèmes troués dont j'ai inondé mes vieux carnets, où il manque un mot par douleur et une rime par doute, je songe un instant à la secouer, à lui hurler que je n'y suis pour rien, que je la hais, qu'elle m'a trahie, qu'elle a tout gâché. Je n'en fais rien. À quoi bon ? Elle ne sait pas. Elle ne sait rien de tout ça. Je finis par souffler :

– C'était difficile.

Je relève la tête, laisse échapper un filet d'air un peu lâche, un peu ému. Ma mère a remonté ses lunettes sur son front. Elle me fixe, pour de vrai, et je déteste ce que je vois dans ce regard-là. Restent la rancœur, l'inquiétude et la méfiance, restent l'amour et la frustration, mais ce qui surnage, ce que crient nos grands yeux blancs trempés sans avoir pleuré, c'est qu'on ne sait pas si ça la concerne aussi.

Que n'a-t-elle pas su dire ? De quoi a-t-elle oublié de se souvenir ? Soudain j'imagine tout ce qu'on dissuade les enfants d'envisager à propos de leurs parents. Je songe à maman à dix-sept ans, maman qui saigne, maman qui attend, maman qui désire et maman qui ne comprend pas. Je lui prête des pensées que je croyais avoir inventées toutes seules, mais que je découvre transmises, héritées. Elle aussi, la première fois qu'elle a fait l'amour, s'est demandé si elle donnerait un jour naissance à des filles qui connaîtraient le même sentiment. Elle aussi a interrogé son reflet du regard, un soir, dans le miroir, et s'est demandé si elle était belle, à cet endroit de son corps qu'elle ne connaissait pas. Elle aussi a flingué des pantalons et hésité à dire non. Elle aussi a renoncé. Elle aussi a oublié.

– Est-ce que tu veux attendre un peu avant d'en reparler ?

– Je ne sais pas si j'aurai envie d'en reparler, tranche-t-elle.

Elle s'empare de ses lunettes, les repose sur son nez, incline la tête. Jamais ses yeux n'ont été plus transparents que depuis qu'elle les a à nouveau cachés.

– Il y a du gratin pour ce soir. Comme tu aimes.

Je la déteste de m'interdire de creuser plus avant, de m'empêcher de transformer notre désaccord, peut-être pas en réconciliation, mais au moins en conciliation. Et puis je comprends. « C'est une autre génération », me diront mes amies. Elle a surtout trouvé sa propre solution. Ce n'est pas la mienne, mais puis-je la lui ôter pour autant ? Si sa façon à elle de guérir est d'oublier qu'il y a eu blessure, de quel droit irais-je gratter sa cicatrice pour la lui coller sous les yeux ?

Elle se lève, pose une main sur le comptoir comme un baiser d'adieu, bref mais profond, et se retourne vers les plaques de cuisson, à deux mètres de moi, mais à des kilomètres de me comprendre.

Je rêve de ses bras, comme avant. Mais l'enfance a passé, le temps a tout changé, un inconnu m'a eue contre sa peau à lui, et maman oiseau ne reconnaît plus l'odeur de son petit.

*

Il y a une heure de la nuit, lorsqu'on se fait une nouvelle amie, où l'on découvre si elle fait partie de celles qui savent. Ce n'est pas très compliqué à deviner. On sait toutes.

Ce soir, cette amie nouvelle s'appelle Fanny. Comme souvent avec les gens dont on sent qu'on les aimera longtemps, elle donne envie de tout lui confier, mais aussi le droit d'attendre. Et comme souvent avec les gens qui ne pressent pas, ça finit très vite par sortir. D'un coup, j'évoque les garçons d'avant, puis un garçon d'avant, et puis je dis le silence qui dit tout. J'ai un instant d'arrêt, cherche un mot pour commencer, un bout de souvenir auquel m'accrocher. L'histoire m'échappe. Comment pourrais-je savoir bien la raconter, quand j'ai déjà eu tellement de mal à la vivre ?

Lorsque je prononce le nom de Victor, Fanny a un regard dans lequel je devine que je n'ai pas besoin d'en dire plus, ce qui me permet de dire le reste. Elle sait, bien sûr, elle sait déjà tout, mais ce n'est pas le plus important. Le plus important, c'est qu'elle sait que c'est grave, alors que moi, je persiste à le nier.

Soudain ça s'escalade, ça se précipite, je balance tout comme si c'était la première fois parce que ça l'est toujours, parce que je n'ai jamais vraiment fini de tout raconter alors chaque fois c'est un peu comme si je reprenais mon récit là où je l'ai laissé, dans l'espoir de l'achever une fois pour toutes. Je n'y arrive jamais parce qu'à la fin, il manque le moment où je vais bien. Alors je raconte ce que je peux. Non pas la vérité, mais ce qui m'est arrivé. La vérité, je l'aurai en même temps que la justice, c'est-à-dire jamais.

– Ça doit être si difficile d'avoir oublié… De devoir vivre avec une histoire dont il manque tant de pans.

Fanny a raison de me dire ça, mais tort de le penser. Ce qui est terrible, ce n'est pas l'amnésie en soi. Ce dont on ne se remet jamais, c'est l'entre-deux. Ma malédiction, celle de toutes les victimes au fond, c'est que j'ai recommencé à me rappeler, mais que je n'y parviendrai jamais en entier. La mémoire m'est revenue, me revient encore et je m'en veux, non pas de l'avoir étouffée des années durant, mais de ne pas avoir réussi à l'effacer complètement. J'ai perdu des gestes, des paroles, des nuits entières parfois. J'ai perdu les plus sombres des soirées, des vacheries par poignées, des silences surtout, j'ai tué les silences. Mais lui, je n'ai toujours pas réussi à le convaincre de disparaître.

Je ne sais plus où on s'est vus la deuxième fois. Je ne sais plus si on a couché ensemble, entre le préservatif et le stérilet. Je ne sais plus s'il m'a vraiment dit « moi aussi » ou s'il m'a juste laissée dire « je t'aime » toute seule. Je ne sais plus si j'ai dit « non ». Je ne sais plus si j'ai eu envie un seul soir, si je le lui ai dit une seule fois. Je ne sais plus s'il avait des mugs ou des tasses, ni qui était son personnage préféré dans *The Big Bang Theory*. Je ne sais plus si je l'aimais bien, si je l'aimais tout court, ou si je l'aimais moins. Je ne sais plus son deuxième prénom. Je ne sais plus la couleur de ses draps. Je ne sais plus comment il me regardait.

Je pourrais essayer, bien sûr, de tout récupérer, d'enquêter, me plonger en transe et brasser des substances, appeler des psys, monter le congrès de ma mémoire perdue, mais ce serait vain. Ce serait vain, parce qu'il me manquera toujours un morceau.

C'est bête à dire, mais quand on est là, sur le lit, on n'y voit rien.

On ne se voit pas, soi. On voit son ventre, un peu, ses bras, beaucoup, ses jambes, parfois, mais jamais sa vulve, encore moins son vagin. On est trop loin. On sent, oui, on sent ce qui se passe, mais on n'en sait rien. À un doigt près, on peut très bien se tromper. Les sensations ne concernent que la personne qui les éprouve.

Les images, au moins, existent par elles-mêmes et pour tout le monde, elles sont là, elles sont réelles. La police écoute les témoins oculaires, pas les témoins par douleur. Or, on ne se voit pas. On est allongées, et il se passe en nous des choses dont on n'est pas actrices, ni même spectatrices. On nous prive des images, donc de la vérité. Comment sommes-nous censées la trouver quand on n'a même pas vu ce qui s'est passé ?

Fanny a un corps comme une fourchette, fin, brillant, nerveux, et des piques dans le regard. Elle s'approche de moi, et nos épaules en se touchant fabriquent entre nous une ressemblance. Ce n'est ni de l'amour, ni de l'amitié. C'est de la reconnaissance.

Je lui raconte le préservatif de ma première fois et ne lui épargne aucun détail. Je lui annonce tout de suite que je sais que ce n'était pas ma faute, mais qu'elle ne m'en convaincra jamais. Je lui décris ma soif de sexe, évanouie sitôt comblée, parce qu'au fond ce n'était pas ce que j'attendais – ce que j'attendais n'existait pas. Je pensais que l'amour, c'était avec quelqu'un. En fait, c'était avec mon corps. Je reviens, point par point, sur tout ce que je ne sais pas : cette succion dans mon ventre dont je n'ai jamais compris si elle m'a fait mal ou non, la façon dont Victor s'est retiré sans me dire s'il avait joui ou pas, le sperme que je n'aurais pas su reconnaître. Fanny ne dit rien. Je l'abreuve de détails, c'est sans doute trop, mais je n'en aurai jamais assez pour être sûre de moi. Je me rappelle même tout d'un coup la couleur de l'emballage du préservatif. Rose framboise. Il n'est pas rare que de nouveaux souvenirs me reviennent ainsi, sans prévenir. Je les déteste. Ce ne sont jamais ceux dont j'ai besoin.

– T'as déjà pensé au fait qu'il a peut-être fait exprès de l'oublier, la capote ?

Mon ventre se casse en deux. Je me tais très fort, bien plus fort qu'un cri. Jamais on ne m'a rien dit d'aussi horrible à propos de Victor. Je pleure. Je croyais que c'était fini, pourtant. Je croyais que j'avais fini de pleurer.

Non, je n'y avais pas pensé.

Je ne m'en sentais pas le droit.

Je ne me le sens toujours pas.

Je pense que je ne me le sentirai jamais.

*

– C'est toi Elsa ? De Paris-VIII ?

La fille en face de moi bégaie un sourire.

– Je sais pas si je devrais te dire ça mais…

Sa voix sonne tout à coup creux, une noix pourrie dans sa gorge. Mon hilarité retombe. Après deux heures à jouer au petit clown, acclamée par mon public pour mille histoires sordides dont aucune n'avait quoi que ce soit à voir avec un Victor que j'ai fini par ne plus savoir rendre drôle, le virage est violent.

Autour de nous, la soirée d'anniversaire et sa liesse déjà un peu fatiguée prennent ces accents ronds et aigus qu'ont les comptines dans les films d'horreur. Il y a quelque chose de la cicatrice dans le sourire gêné de cette fille inconnue, dont le prénom est encore une hypothèse plutôt qu'une information.

– J'ai eu une relation en commun avec toi…

Le visage tranchant partout où le mien s'amollit, l'œil sombre et rond, aussi rebondi que le mien a tendance à s'avachir sur le côté, Lila est tout ce à quoi je ne ressemble pas. L'ex que nous avons partagé avait, de toute évidence, une sacrée envie de changement.

– Enfin je sais pas, c'est peut-être gênant… j'ai pas envie de te froisser ou quoi…

– Non, du tout…

J'ai la curiosité extrêmement peu jalouse.

– C'était qui ?

J'ai à ce point fossilisé mon passé, cloué dans ma tête à grands coups d'interprétations définitives qui me servent de prises autant que de ligatures, que j'éprouve le plus grand mal à y insérer la moindre nouveauté. Lila ne rentre nulle part dans le récit que je me suis bâti par sécurité.

– Baptiste ?

– Non…

Quelques invités de l'anniversaire dont nous sommes en train de saboter la légèreté se sont figés, conscients de la gravité de la conversation en train d'éclore, mais pas encore de sa nature.

– Adam ?

– Non… Plus loin dans ton passé.

J'ai un sourire, très léger. C'est à moi de prononcer le nom suivant, comme il est bon qu'un enfant assume lui-même la charge de dire que le Père Noël n'existe pas, que papa et maman vont divorcer, ou que son petit chien ne reviendra jamais jouer avec lui. Il le sait déjà, tout autour de lui le lui a indiqué, mais il lui faut ces quelques petits mots pour que ça cesse d'être un raisonnement et devienne une réalité.

– Victor.

Le monde soudain s'injecte de couleurs nouvelles. Les cheveux de Lila deviennent aussi lourds et sombres qu'ils devaient l'être, la nuit dans les bras de Victor. La bière dans son verre s'illumine de reflets artificiels, comme si de l'essence y avait été versée, et les visages à nos côtés, nécessaires barrières de notre échange, se gorgent de toute l'émotion rouge et tiède que Lila et moi sommes trop sonnées pour relâcher.

– C'est pas gênant hein ?

Mes yeux s'écrasent un peu, comme pour presser les images en face de moi de leur jus d'informations. Je crois que je ne parviens même plus à recomposer ses traits. Victor n'est plus qu'une ombre, qui alourdit le front de Lila, en surligne les pincements, l'inquiétude, mais plus un garçon, plus vraiment. C'était il y a tellement longtemps.

– Non, non…

Elle pose une main sur sa joue, caresse fantôme de nuits où je n'étais pas. Victor ne touchait jamais mon visage à moi.

– On n'était pas en couple, on a juste couché ensemble quelques mois…

– Et… ça allait ?

– Oh, écoute, oui, c'était chouette… Je l'aimais bien, on passait des bons moments ensemble. On s'est connus par des amis communs… On aimait bien se tenir compagnie, on était complices, je trouvais que c'était quelqu'un de bien.

– Oh, OK.

– Ça va ?

– Oui oui.

– Je suis désolée c'est peut-être très maladroit de, je voulais pas…

– Non, c'est pas ça.

Mon « ça » fend la conversation en deux. Je ne reculerai pas.

– En fait, c'est… c'est un agresseur et un violeur.

Le visage de Lila semble s'ouvrir de l'intérieur.
– Pardon ?
Le silence qui suit assèche tout l'espace, tout le brouhaha alentour. Lorsqu'il a tout aspiré, ne reste entre nous que l'horreur de ce que je viens de lâcher, fossile mort, mais monstrueux encore.
– Elsa, je suis tellement désolée…
– T'y es pour rien.

Une grande écharpe de culpabilité me poinçonne la gorge, la langue. En face de Lila et de son souvenir simple et joli, mon récit a l'air plus énorme, plus improbable, plus calomnieux que jamais.

– Au début c'était… J'avais envie, je voulais qu'on le fasse, et puis avec le temps, de moins en moins, et puis plus du tout, mais lui…
Je crois que c'est la première fois que je crois à ce que je raconte.
– Il continuait. Et il forçait. Et je ne disais rien du tout.
J'attends, et puis j'ajoute :
– Le matin…

Je pourrais tout raconter, mais ce que j'ai à dire diffère tellement de ce que Lila a vécu que j'aurais l'air de vouloir la convaincre. Je ne veux pas que mon histoire soit une allégation. Elle existe, et je refuse de la traiter ne serait-ce qu'un instant comme autre chose qu'une certitude. J'en ai assez douté comme ça.
– Et j'avais mal, j'avais très mal… et puis il m'a larguée et c'était fini.
Lila me croit. Plus que crédible, mon témoignage est logique, l'élément qu'il lui manquait. Voilà deux

heures ce soir qu'elle m'entend énumérer des anecdotes de chopes foireuses, de couples tornades et de passions complètement tordues. Une fille qui a de telles expériences à ressasser n'a pas dû être très bien aimée. Victor était le premier domino de ma longue course vers le pire, et Lila enfin l'a saisi.

– C'est tellement loin de ce que j'ai vu de lui…

« Dis-moi », je la supplie en regard. Alors elle me raconte. Elle me raconte un gars bien, un chic type, aurait-on dit autrefois. Le Victor d'aujourd'hui ne mange pas de viande et ne trouve plus Napoléon Bonaparte si fascinant que ça. Il fait toujours attention, ne dépasse pas les limites du cadre posé avec la personne en face de lui, a réfléchi à l'amour, et à ce que ça signifie pour lui. Il ne scrute pas les manches des gilets de sa partenaire, ne lui donne pas de devoirs d'anglais à corriger, et ne lui dit pas que son corps compense son visage « un peu commun » ou qu'elle n'est « pas trop mal pour une fille qui ne fait pas de sport ».

Comme il est triste, bien sûr, que je n'ai pas eu la chance de le connaître lui, plutôt que le garçon fétide qui buvait pour danser et sacquait pour se rassurer, mais comme il est doux, aussi, d'apprendre que ça n'a pas duré, qu'il n'y aura plus de filles de gomme sous ses doigts, plus de plafonds aux yeux clos, et plus de larmes de sang sur ses draps.

Une main ferme vient claquemurer, une à une, les trappes béantes d'où s'écoulaient depuis cinq ans mes vaines interrogations. En moi se répand alors un profond silence, celui du sommeil, des sourires et des paysages qu'on n'a pas à commenter pour savoir qu'ils sont beaux. J'écoute, j'écoute un instant cette douleur qui ne fait plus mal. Elle demeure, mais je sais où elle s'arrête désormais. Mon très heureux chagrin.

– Et c'est fou, parce que… Victor n'était pas dingue de sexe, en fait… C'était toujours moi qui avais l'initiative des rapports. Et c'était rare qu'il ait envie de lui-même. Parfois, il y avait des périodes de deux ou trois semaines où il refusait que je le touche.

Peut-être avais-je fini par l'écœurer.

– Et puis surtout… Disons qu'au bout de quelques mois, je m'attendais à ce que ça évolue en couple, tu vois… qu'on se mette à sortir ensemble.

– Et il ne voulait pas ?

– Catégorique. C'était non.

Ses lèvres s'étirent, semblent plus fermées encore.

– Il la jouait un peu cœur de pierre… Il disait « je ne tombe pas amoureux facilement, c'est comme ça ».

Il ne me l'avait jamais dit, à moi.

– Il disait surtout qu'il ne voulait pas reproduire les erreurs du passé.

Tiens, on parle de moi.

– Il me parlait de toi…

La relation n'était finalement pas si asymétrique que ça. À défaut de nous chérir, nous sommes tombés d'accord pour devenir le plus grand regret l'un de l'autre. Comme il est drôle que nous n'ayons jamais été aussi alignés qu'une fois séparés.

– Il me disait tout le temps « je ne veux plus me mettre en couple avec quelqu'un dont je ne suis pas amoureux, je l'ai déjà fait avec Elsa, et c'est une mauvaise idée ».

Mon estomac s'en décroche la mâchoire.

– Il n'était pas amoureux ?

Et moi, moi non plus je ne l'étais pas. Je plaque une main contre ma bouche. J'avais renoncé au droit de le savoir.

– Non…

Le mot me perce un grand abcès de sourire. Cinq ans de doute me dégoulinent entre les dents.

Il ne m'aimait pas.

– Il n'était pas amoureux ?

– Non…

– Il te l'a dit ?

– Oui.

Il n'était pas amoureux.

Comme j'ai dû lui être étrange.

Il n'était pas amoureux.

Ce n'était pas pour moi qu'il était avec moi.

– Tu es sûre ?

Lila hésite.

– Oui…

Un choc immense me secoue la poitrine – je comprends que c'est un rire.

S'il n'était pas amoureux, alors je n'ai rien gâché. S'il n'était pas amoureux, alors le calomnier n'était pas une insulte. S'il n'était pas amoureux, alors son « je t'aime » était un mensonge, qu'il n'a plus assumé par la suite, et j'étais légitime à le lui reprocher. S'il n'était pas amoureux, alors c'est qu'il m'a vraiment prise parce que je passais par là, qu'il lui fallait un corps sur lequel se faire la main, qu'il m'a utilisée, sans malveillance et en toute bonne foi, mais utilisée quoi qu'il en soit.

Il savait, au fond.
Il savait qu'il se jouait de moi.
Il savait qu'il n'avait pas le droit.
Tous se sont trompés.
Ce n'était pas de l'amour, c'était de l'intérêt.

Je pourrais me dissoudre de honte à l'idée des trois pauvres poèmes d'amour que j'ai écrits pour lui, et de l'indifférence gênée avec laquelle il les a accueillis. Pourtant j'en suis fière. Moi non plus, je ne l'aimais pas, mais au moins j'y croyais. Mes envolées lyriques sont tombées à plat, chantaient une passion qui n'existait pas, mais au moins, quand je les composais, je vivais quelque chose de grand. Lui devait se sentir vide si souvent.

Je pourrais pleurer à l'idée que toute ma souffrance, tout ce à quoi j'ai consenti, n'a jamais été au service de quoi que ce soit de beau, de vrai ou de réciproque. Je pourrais me racler de larmes à l'idée que j'ai tant donné de moi à quelqu'un qui n'en voulait pas et n'en a tiré que de l'embarras, mais je me réjouis. C'est parfait. Au moins, je n'ai rien sali. Notre histoire était laide, de bout en bout, nos corps comme des outils dont on n'a même pas été fichus de savoir se servir, et me l'entendre confirmer est une libération. Tout de nous a disparu.

Je pourrais pleurer, aussi, pour les filles de ma génération. On avait dix-sept ans en 2017. On a cru qu'on pourrait grandir sereines à l'ombre de la grande fleur soudainement éclose qu'était #MeToo, mais ils l'ont arrachée sous nos yeux. Séchée, placardée, étouffée sous du verre de musée où ils l'ont étiquetée, morte et inoffensive, comme un curieux fossile du passé. Ce qui aurait dû être notre vie est devenu de l'Histoire.

On a pris #MeToo pour le début de quelque chose alors que ça n'était qu'un moment. On a grandi avec le regret de cette mort prématurée, de tous les autres #MeToo qu'on a vus naître et périr dans un même élan avorté.

Je pourrais pleurer, mais je préfère sourire. Ils nous ont pris #MeToo, mais ils n'auront pas notre pouvoir de guérir, de mugir, de tout reconquérir.

Une frénésie de curiosité s'empare de moi, perce ma bouche de mille questions. Je n'en lâche qu'une.
– Vous avez commencé à vous voir quand ?
– En mai, il y a deux ans.
Un mois après l'épisode des témoignages, de l'aveu, de Victor affolé, de notre confrontation.

Alors ça a marché.
Oui, ça a servi à quelque chose que je lui dise tout, que je m'abaisse à le consoler. La gentillesse ne peut pas tout, mais elle a pu le changer lui. Et tant pis si je me trompe, si je surinterprète, s'il avait déjà pris conscience de tout ça avant moi. Je lui ai dit ce qu'il m'avait fait, et il a arrêté. C'est tout ce que j'ai besoin de savoir.
Victor ne violera plus.
Désormais il fait attention, mes angoisses peuvent aller se reposer, et l'Elsa de dix-sept ans n'aura pas à craindre que d'autres poupées de malheur viennent la rejoindre dans sa petite boîte à horreurs.

Lila et moi nous touchons enfin, et dans notre étreinte je ne sens plus rien de Victor. Peut-être a-t-il eu un jour un peu de nous contre lui, mais c'est fini. Aucune de nous deux ne l'aime, et il est parti.

Je suis moins mauvaise que je ne l'ai redouté ; je l'ai moqué, je l'ai accusé, mais au moins, je n'ai rien inventé. C'était vrai, je n'ai rien déformé, et lui, il ne m'aimait pas.

Apprendre qu'il m'a encore plus abusée que je ne le pensais est une libération. Jamais je n'aurais pu m'abandonner à en vouloir à un garçon amoureux, mais si Victor ne m'aimait pas, alors tout est permis. Pour son viol, pour sa lâcheté, pour sa duplicité, je me ferai un plaisir copieux de le mépriser, même si je ne parviens pas à le haïr. Il m'a consommée, et ce n'était qu'une moche histoire.

C'est fini, je crois.

Il n'était pas amoureux, et moi, je n'ai pas menti.

Remerciements

Merci à Romane D. et au regard tendre et expert qu'elle porte sur mes textes derrière ses sublimes lunettes écaillées, merci pour son temps, son enthousiasme, merci surtout de m'avoir assuré que non, ça n'intéressait pas que moi, cette histoire, que oui, ça servirait à d'autres que moi. Ce livre est pour beaucoup de monde, mais beaucoup pour elle.

Merci à Anouk T., qui m'a dit qu'elle voyait « plein de choses à retravailler dans ce texte mais que c'était pas son job de le faire » quelques mois avant que ça devienne son job et qu'elle le fasse avec talent et intelligence. Merci à elle de mettre de la lumière dans nos nuits blanches.

Merci à Phil, qui sait déjà tout. Si j'avais su que je connaîtrais un jour une amitié comme la nôtre, je n'y aurais pas cru.

Merci du fond du cœur à Marianne Zuzula, pour sa foi en mon texte et mes idées, et le talent et l'intelligence qu'elle a placés dans son ciselage et son façonnage. Les deux ans après *Les Déviantes* ont été parfois longs, parfois éprouvants, mais toujours instructifs, et avoir pu rencontrer une éditrice pareille, aussi bien capable de féliciter que de corriger, d'encourager que de baliser, a été plus que salutaire aussi bien pour moi que pour ce que j'écris.

Merci à Joy M. pour les Google Docs et les lectures marathon, la traque des « j'ai toujours », la confiance surtout, celle qu'elle a placée en moi et celle qu'elle m'a si souvent enjointe à avoir en moi-même. *Caps lock/Capiton forever grateful to you.*

Merci à Zéphyr V., dont l'amitié est l'une des expériences les plus extraordinaires qu'il m'a été donné de vivre à ce jour. Il a donné à Elsa un visage et à mon texte une vérité.

Merci à Gabrielle H.-R., pour sa lecture précoce éminemment lucide et pertinente, merci pour son enthousiasme et les promesses qu'on s'est faites. Merci à Viktor C. de m'avoir empêchée de faire (trop) n'importe quoi.

Mille mercis à ma famille, avec des pensées toutes particulières pour mes parents et mes grands-parents, qui ont investi avec un talent rare le rôle de commerciaux dévoués et à qui je dois les trois-quarts de mon lectorat au bas mot.

Merci à Guillaume Robert, à Susanna Lea, à qui je dois beaucoup.

Merci à Sara, à qui ce roman doit un personnage et tout son sens.

Merci à Allison, qui est là depuis les balbutiements, supervise tous mes revirements sans ciller et que je considère chaque jour davantage comme ma bénédiction personnelle.

Merci à Éléonore, qui m'a appris que les infinis existent, et qu'on peut y vivre.

Merci à Lisa et Karim, avec qui j'ai envie de construire un monde et auxquels je commencerai par offrir une petite ligne de ce livre.

Merci à Tommy, qui est de ceux qui permettent à leurs amis de croire en leur propre valeur.

Merci à Manon, avec qui on a attendu trop de temps pour écrire, pleurer, hésiter ensemble, qui a tout de suite su ce dont ce texte avait besoin et ce qu'il cherchait à être, et qui écrit les plus belles lettres du monde.

Merci aux gens à qui j'ai envoyé des poèmes éclatés à minuit et qui m'ont dit que c'était bien.

Merci à Pauline P., Charlotte G., Oscar B., Lucie V., Carl C., Louise W., Tamara L., Mathi G., Juliette P., Alice L., Lilas B., Cécile C., Hanae, qui sont mes soleils.

Un merci un peu doux-amer, mais très reconnaissant à toutes les personnes qui ne sont plus dans ma vie aujourd'hui, mais qui ont compté pour ce livre.

Pour leurs mots et leurs encouragements, merci à Anne-Laure, Simon L. N., Manon H.-P, Noémie T, Jordan M.

Merci à mes amie·s, à mes copains et copines, à mes potes, collègues et connaissances enthousiastes, à tous mes inconnu·es enfin, à tous ces gens qui ont refait mes journées avec un simple « j'ai lu ton livre et j'ai aimé ».

Merci aux libraires, aux blogueurs et blogueuses, aux critiques, merci à tous les lecteurs et lectrices qui m'ont soutenue, merci à tous les organisateurs et organisatrices d'événements littéraires (et autres) qui ont eu la gentillesse de m'inviter à échanger avec eux, merci à toutes ces personnes grâce auxquelles je me suis sentie accueillie par un monde que j'ai toujours tant aimé et que je n'aurais jamais cru pouvoir découvrir si tôt.

Merci à Rone, Glass Animals, MGMT, Twenty-One Pilots, Silly Boy Blue, Max Richter et Dan Levy. Et Lorde. Merci pour toujours à Lorde.

Merci à mes psys.

Merci enfin à toutes les écrivaines, essayistes, philosophes, militantes et activistes sans la pensée et les travaux desquelles je n'aurais sans doute jamais pu raconter Elsa. Merci en particulier à Manon Garcia, dont le texte *La Conversation des sexes* m'a donné le courage d'écrire celui-ci.

Les Éditions Points s'engagent pour la protection de l'environnement et une production française responsable

Ce livre a été imprimé en France, sur un papier certifié issu de forêts gérées durablement, chez un imprimeur labellisé Imprim'Vert, marque créée en partenariat avec l'Agence de l'eau, l'ADEME (Agence de l'environnement et de la maîtrise de l'énergie) et l'UNIIC (Union nationale des industries de l'impression et de la communication).

La marque Imprim'Vert apporte trois garanties essentielles :

- La suppression totale de l'utilisation de produits toxiques
- La sécurisation des stockages de produits et de déchets dangereux
- La collecte et le traitement de produits dangereux

RÉALISATION : NORD COMPO À VILLENEUVE-D'ASCQ
IMPRESSION : CPI FRANCE
DÉPÔT LÉGAL : JANVIER 2025. N° 156232 (3059193)
IMPRIMÉ EN FRANCE

Éditions Points

DERNIERS TITRES PARUS

P5968. Patte blanche, *Kinga Wyrzykowska*
P5969. La Femme du deuxième étage, *Jurica Pavičić*
P5970. À la recherche de Milan Kundera, *Ariane Chemin*
P5971. Les Sacrifiés, *Sylvie le Bihan*
P5972. Tenir sa langue, *Polina Panassenko*
P5973. Chelsea Girls, *Eileen Myles*
P5974. L'Espion qui venait du livre, *Luc Chomarat*
P5975. La Septième Croix, *Anna Seghers*
P5976. Gueules d'ombre, *Lionel Destremau*
P5977. Correctrice incorrigible. Des bonbons sur la langue et autres curiosités du français, *Muriel Gilbert*
P5978. La Peau du dos, *Bernard Chambaz*
P5979. Je sais qui l'a tué, *Steve Mosby*
P5980. Une rétrospective, *Juan Garcia Vasquez*
P5981. Poids plume, *Mick Kitson*
P5982. Maikan, *Michel Jean*
P5983. Tombeaux, *Annette Wieviorka*
P5984. J'étais le collabo Sadorski, *Romain Slocombe*
P5985. La Clé anglaise. Français-Anglais, des idiotismes pas si bêtes !, *Jean Max Thomson*
P5986. Crossroads, *Jonathan Franzen*
P5987. Sisyphe est une femme. La marche du cavalier *Geneviève Brisac*
P5988. Les Enchanteurs, *Geneviève Brisac*
P5989. Au plus beau pays du monde, *Tahar Ben Jelloun*
P5990. Au nom du temple. Israël et l'irrésistible ascension du messianisme juif, *Charles Enderlin*
P5991. Le Joueur d'échecs, *Stefan Zweig*
P5992. L'Allégresse de la femme solitaire, *Irène Frain*
P5993. Toujours vivantes, *Nicolas Leclerc*
P5994. Tu sais qui, *Jakub Szamałek*
P5995. L'Imposture, *Georges Bernanos*
P5996. Ivo et Jorge, *Patrick Rotman*
P5997. Paris se lève, *Armand Delpierre*
P5998. Ça ne tient qu'à vous. Cultivez votre potentiel et décuplez vos performances, *Nadia Bouali, Kamel Kajout*
P5999. Itinéraire d'un naufragé, *Hubert Félix Thiéfaine*
P6000. Nu avec Picasso, *Enki Bilal*
P6001. La Tour Eiffel, *Roland Barthes*
P6002. New York, aller et retour, *Raymond Depardon, Philippe Séclier*
P6014. Couleurs primitives, *Jeanne Cherhal, Petites Luxures*

P6050 Alice Zeniter, une écrivaine au travail
Richard Gaitet, Alice Zeniter
P6051 Nicolas Mathieu, un écrivain au travail
Richard Gaitet, Nicolas Mathieu
P6052. Hervé le Tellier, un écrivain au travail
Richard Gaitet, Hervé le Tellier
P6053. Maria Pourchet, une écrivaine au travail
Richard Gaitet, Maria Pourchet
P6100. New York New York. Une ville rêvée, *Philippe Delerm*
P6101. Comment être parfait, *Michael Schur*
P6102. Les Sentiers obscurs de Karachi, *Olivier Truc*
P6103. Sans preuve et sans aveu, *Philippe Jaenada*
P6104. Respire..., *Joyce Carol Oates*
P6105. Un (autre) toi, *Joyce Carol Oates*
P6106. Pipelines, *Etgar Keret*
P6107. Vingt Minutes de silence, *Hélène Bessette*
P6108. Le Petit Audiard illustré par l'exemple, *Michel Audiard*
P6109. Seul vers l'Everest, *Earl Denman*
P6110. Froid comme l'enfer, *Lilja Sigurdardottir*
P6111. Quand les politiques nous faisaient rire, *Jean-Louis Debré*
P6112. Le Monde du dessous, *Charlotte Brontë, Branwell Brontë, Emily Brontë*
P6113. Sachez que nous sommes toujours là
Esther Safran Foer
P6114. La Joie, *Georges Bernanos*
P6115. Les Humilié.es. 10 ans après le Mariage pour tous, l'heure du bilan, *Rozenn Le Carboulec*
P6116. L'Œil de l'éléphant, *Delia Owens, Mark Owens*
P6117. La Terre de Mandela, *Wole Soyinka*
P6118. Impunité, *Hélène Devynck*
P6119. Anne et sa maison de rêve, *Lucy Maud Montgomery*
P6121. Arthur Rostron, le sauveur du Titanic, *Bernard Marck*
P6122. Le Monde après nous, *Rumaan Alam*
P6123. Shalom Berlin, *Michael Wallner*
P6124. Madame Mohr a disparu. Les enquêtes de Zofia Turbotyńska, vol. 1, *Maryla Szymiczkowa*
P6125. Est et Ouest, *Wolf Wieviorka*
P6126. La Pâqueline ou les mémoires d'une mère monstrueuse
Isabelle Duquesnoy
P6127. Pour que chantent les montagnes, *Phan Que Mai Nguyen*
P6128. Ni seuls, ni ensemble, *Marie-Fleur Albecker*
P6129. L'Allemand de ma mère, *Catherine Clément*
P6130. La Mort de Jésus, *J. M. Coetzee*
P6131. Sortir au jour, *Amandine Dhée*
P6132. Il suffit de traverser la rue : petite saga des années 2010
Eric Faye

P6133. Les Nuits d'été, *Thomas Flahaut*
P6134. Trio des ardents, *Patrick Grainville*
P6135. Suite en do mineur, *Jean Mattern*
P6136. Le Lâche, *Jarred McGinnis*
P6137. Cléopâtre et Frankenstein, *Coco Mellors*
P6138. Utopia Avenue, *David Mitchell*
P6139. Prends ma main, *Dolen Perkins-Valdez*
P6140. Irréfutable Essai de successologie, *Lydie Salvayre*
P6141. Partout les autres, *David Thomas*
P6142. Les Baisers, *Manuel Vilas*
P6143. Le Maître a de plus en plus d'humour, *Mo Yan*
P6144. Veritas Tantam Potentiam habet ut non subverti possit (La vérité a une telle puissance qu'elle ne peut être anéantie), *Olivier de Kersauson*
P6145. Traité sur l'intolérance, *Richard Malka*
P6146. Le Grêlé. Le tueur était un flic, *Patricia Tourancheau*
P6147. La Battue. L'État, la police et les étrangers, *Louis Witter*
P6148. Le Langage de l'amour. De la rencontre à la rupture, comment les mots révèlent nos sentiments, *Julie Neveux*
P6149. Mon chant, *Missak Manouchian*
P6150. Latérite *suivi de* Déclinaison du temps premier *Véronique Tadjo*
P6151. Et des poussières…, *Thomas Vinau*
P6152. Les Garçons qui brûlent, *Eva Björg Ægisdóttir*
P6153. La Tragédie du chat, *Sophie Chabanel*
P6154. Mort au couvent. Les Mystères de sœur Juana, vol. 1 *Oscar de Muriel*
P6155. À qui la faute, *Ragnar Jónasson*
P6156. Black Bird. Infiltré auprès d'un tueur en série *James Keene, Hillel Levin*
P6157. Petite sale, *Louise Mey*
P6158. L'Or vert du Sangha, *Pierre Pouchairet*
P6159. Ici et Ailleurs, *Florence Aubenas*
P6160. Will, *Will Self*
P6161. La Tour d'amour, *Rachilde*
P6162. Un fils perdu, *Sacha Filipenko*
P6163. Matrix, *Lauren Groff*
P6164. Le Mystère de la femme sans tête, *Myriam Leroy*
P6165. La Fille du bourreau, *Céline Knidler*
P6166. La Revanche des orages, *Sébastien Spitzer*
P6167. L'Art et la Manière, *Barbara Carlotti*
P6168. Open Water, *Caleb Azumah Nelson*
P6169. Sur les terres du loup, *Cherie Dimaline*
P6170. La Petite Librairie de Riverside Drive, *Frida Skybäck*
P6171. L'espion qui aimait les livres, *John le Carré*
P6172. Nuit, Néon, *Joyce Carol Oates*

P6173. Le Bâtard de Nazareth, *Metin Arditi*
P6174. Les Filles bleues de l'été, *Mikella Nicol*
P6175. La plus résistante de toutes, *Nicole Bacharan*
P6176. Un pays de neige et de cendres, *Petra Rautiainen*
P6177. Tumulte, *Selim Nassib*
P6178. Cet homme est mort, *Wole Soyinka*
P6179. Alpinistes de Mao, *Cédric Gras*
P6180. Qui se souvient de Paula ? *Romain Slocombe*
P6181. Atuk, *Michel Jean*
P6182. Grimper avec Mollie, *William Finnegan*
P6183. Le Fin Mot de l'histoire. 201 expressions pour épater la galerie, *Nathalie Gendrot, Guillaume Meurice*
P6184. Le Secret de la force surhumaine, *Alison Bechdel*
P6185. Ma plus-que-reine. Poèmes choisis (1983-2023) *Bernard Chambaz*
P6186. Fungi de Yuggoth et autres poèmes *Howard Phillips Lovecraft*
P6187. Le Roi et l'Horloger, *Arnaldur Indridason*
P6188. Le Steve McQueen, *Caryl Férey, Tim Willocks*
P6189. Le Coeur de l'hiver, *Craig Johnson*
P6190. Tokyo Detective, *Jake Adelstein*
P6191. Brazilian Psycho, *Joe Thomas*
P6192. Le Rideau déchiré. Les Enquêtes de Zofia Turbotyńska *Maryla Szymiczkowa*
P6193. Les Orphelins du Mont Scarclaw. Six versions *Matt Wesolowski*
P6194. Sang d'encre à Marrakech. Une enquête de Gabrielle Kaplan, *Melvina Mestre*
P6195. Alienés, *Fabrice Papillon*
P6196. Mes années chinoises, *Annette Wieviorka*
P6197. La Libraire du Caire, *Nadia Wassef*
P6198. La Contagion émotionnelle, *Christophe Haag*
P6199. Les 12 étapes. La méthode qui a transformé des millions de vies, *Julien Gangnet*
P6200. Choisir d'être mère. Tout ce qu'on ne vous a pas dit sur la parentalité, *Renée Greusard*
P6201. Je chante et la montagne danse, *Irene Solà*
P6202. Dans mon obscurité, *Valentin Musso*
P6203. Les Oiseaux chanteurs, *Christy Lefteri*
P6204. Sidi, *Arturo Pérez-Reverte*
P6205. Les Secrets de la savane, *Delia Owens, Mark Owens*
P6206. Le Médecin de Cape Town, *E. J. Levy*
P6207. Annie au milieu, *Émilie Chazerand*
P6208. Les Dangers de fumer au lit, *Mariana Enriquez*
P6209. De si jolies boîtes, *Mélanie Guyard*
P6210. Roca Pelada, *Eduardo Fernando Varela*
P6211. Le Sorcier blanc, *Mathieu Vivion*

P6212. Bienvenue à la charmante pension de Cecilia Dueñas
Mamen Sánchez
P6213. Un destin sauvage, si sauvage
Inga Vesper
P6214. Anne d'Ingleside, *Lucy Maud Montgomery*
P6215. Le Romantique, *William Boyd*
P6216. Mélancolie américaine, *Joyce Carol Oates*
P6217. Feuilles d'herbe, *Walt Whitman*
P6218. Le Don du mensonge, *Donna Leon*
P6219. Ce n'est qu'un début, commissaire Soneri
Valerio Varesi
P6220. Les Noces funestes, *Jonathan Kellerman*
P6221. Coupez !, *Chris Brookmyre*
P6222. Sang d'encre. Les Mystères de sœur Juana, vol. 2
Oscar de Muriel
P6223. Le Smoking des orques, *Vincent Maillard*
P6224. Anissa, *Rachid Santaki*
P6225. Wild Wild Siberia, *Josh Haven*
P6226. Sarek, *Ulf Kvensler*
P6227. La Baignoire de Staline, *Renaud S. Lyautey*
P6228. Amour, Meurtre et Pandémie, *Xiaolong Qiu*
P6229. Pourquoi tu pleures ? *Amélie Antoine*
P6230. La Dernière Frontière, *Volodia Petropavlosky*
P6231. Ailes ouvertes. Carnet d'une aviatrice des années folles
Maryse Bastié
P6232. Ivan Illich. L'homme qui a libéré l'avenir
Jean-Michel Djian
P6233. Viva Frida, *Gérard de Cortanze*
P6234. Robert Oppenheimer – Triomphe et tragédie d'un génie
Kai Bird Martin, Martin J. Sherwin
P6235. Atteindre l'aube, *Diglee*
P6236. Être en accord avec soi-même. Pour mieux négocier avec les autres, *William Ury*
P6238. Le Château des Rentiers, *Agnès Desarthe*
P6239. La Colère et l'Envie, *Alice Renard*
P6240. Lumières aveugles, *Benjamin Labatut*
P6241. Le Jour et l'Heure, *Carole Fives*
P6242. La Propagandiste, *Cécile Desprairies*
P6243. Pauvre folle, *Chloé Delaume*
P6244. Les Amants du Lutetia, *Émilie Frèche*
P6245. Ils vont tuer vos fils, *Guillaume Perilhou*
P6246. Trust, *Hernan Diaz*
P6247. Que notre joie demeure, *Kevin Lambert*
P6248. Le Livre de la rentrée, Luc Chomarat
P6249. Les Heures, *Michael Cunningham*
P6250. Les Silences des pères, *Rachid Benzine*

P6251. Les Alchimies, *Sarah Chiche*
P6252. Là où s'arrête la terre, *Sylvie Le Bihan*
P6253. Chroniques du pays des gens les plus heureux du monde *Wole Soyinka*
P6254. Isara, périple autour de mon père, *Wole Soyinka*
P6255. La Main sur le cœur, *Yves Harté*
P6256. Lettres à un jeune romancier sénégalais *Alain Mabanckou*
P6257. L'Archiviste, *Alexandra Koszelyk*
P6258. Le Passager, *Cormac McCarthy, Serge Chauvin*
P6259. Stella Maris, *Cormac McCarthy, Paule Guivarch*
P6260. Georgette, *Dea Liane*
P6261. Hommes, *Emmanuelle Richard*
P6262. Comédie d'automne, *Jean Rouaud*
P6263. De Pitchik à Pitchouk : un conte pour vieux enfants *Jean-Claude Grumberg*
P6264. FranKISSstein. Une histoire d'amour *Jeanette Winterson*
P6265. Babysitter, *Joyce Carol Oates*
P6266. Monstresœur, *Joyce Carol Oates*
P6267. Girl in Pieces, *Kathleen Glasgow*
P6268. Cinq Petits Indiens, *Michelle Good*
P6269. Tasmania, *Paolo Giordano*
P6270. Patrouille au Grand Nord, *Patrice Franceschi*
P6271. Samsara, *Patrick Deville*
P6272. Les Instants suspendus, *Philippe Delerm*
P6273. Tout le monde sait que ta mère est une sorcière *Rivka Galchen*
P6274. Les Romans de l'interdit Tormento et Madame Bringas *Benito Pérez Galdós*
P6275. Le Tour d'écrou *suivi de* L'Élève, *Henry James*
P6276. Poèmes, *Arthur Rimbaud*
P6277. Marche forcée. Œuvres (1930-1944), *Miklós Radnóti*
P6278. Chants d'Innocence et d'Expérience, *William Blake*
P6281. Brèves de philo. Seriez-vous stoïcien sans le savoir ? *Laurence Devillairs*
P6282. La Grande Peur du Petit Blanc, *Frédéric Paulin*
P6283. Ouragans tropicaux, *Leonardo Padura*
P6284. La Revanche, *Arttu Tuominen*
P6285. La Situation, *Karim Miské*
P6286. Reykjavík, *Ragnar Jónasson*
P6287. Datas sanglantes, *Jakub Szamalek*
P6288. Six Versions – Tome 2 : La Tuerie McLeod *Matt Wesolowski*
P6289. Une promesse d'aventure. Mémoires, *Donna Leon*
P6290. Le Châtiment des fidèles, *Nadine Matheson*

P6291. Seuls les enfants changent le monde, *Jean Birnbaum*
P6292. Dans l'œil du FSB, *Jean-Michel Cosnuau*
Antoine Izambard
P6293. Pour un soulèvement écologique, *Camille Etienne*
P6294. La France d'après. Tableau politique
Jérôme Fourquet
P6295. Trop et jamais assez. Comment ma famille a fabriqué l'homme le plus dangereux du monde, *Mary L. Trump*
P6296. Faites-les lire ! Pour en finir avec le crétin digital
Michel Desmurget
P6297. Fin de règne. Où va la monarchie britannique : les derniers scandales révélés, *Omid Scobie*
P6298. Les Survivants, *Piers Paul Read*
P6299. La Mythomane du Bataclan, *Alexandre Kauffmann*
P6300. Ne réveille pas les enfants, *Ariane Chemin*
P6301. Goldman, *Ivan Jablonka*
P6302. Tout garder, *Carole Allamand*
P6303. Je te laisse dormir, *Edith Bruck*
P6304. Marilyn, ombre et lumière, *Norman Rosten*
P6305. Les Secrets d'une bonne relation, *Roger Fisher, Scott Brown*
P6306. Bélier, *André Barbault*
P6307. Taureau, *André Barbault*
P6308. Gémeaux, *André Barbault*
P6309. Cancer, *André Barbault*
P6310. Lion, *André Barbault*
P6311. Vierge, *André Barbault*
P6312. Balance, *André Barbault*
P6313. Scorpion, *André Barbault*
P6314. Sagittaire, *André Barbault*
P6315. Capricorne, *André Barbault*
P6316. Verseau, *André Barbault*
P6317. Poisson, *André Barbault*
P6319. Goodbye fatigue ! L'art de ne plus subir sa fatigue et celle des autres, *Léonard Anthony*
P6320. La Technique des étincelles. 80 clés pour rebondir en période de changement, *Vanessa Cahierre*
Nadège Fougeras
P6321. La Géographie et quelques explorateurs. Et autres récits d'aventure, *Joseph Conrad*
P6322. Comment partir en exploration. Et autres articles (1949)
Raymond Maufrais
P6323. Carnets d'Abyssinie, *Wilfred Thesiger*
P6324. Le Savoir de la peau, *Gérard Chaliand*
P6325. Toutes les routes possibles (Collector). Quatre du Congo, Terre farouche, Qui a bu l'eau du Nil, Raid papou
Patrice Franceschi

P6326. Les Naufragés du *Wager*, *David Grann*
P6327. Vivre à ta lumière, *Abdellah Taïa*
P6328. Un monde plus sale que moi, *Capucine Delattre*
P6329. La Sauvagière, *Corinne Morel Darleux*
P6330. Celle qui parle aux corbeaux, *Melissa Lucashenko*
P6331. Hôtel de la folie, *David Le Bailly*
P6332. Vie et Mort de Vernon Sullivan, *Dimitri Kantcheloff*
P6333. L'Odeur des clémentines grillées, *Do-woo Lee*
P6334. Très chers amis, *Gary Shteyngart*
P6335. Le Golem, *Gustav Meyrink*
P6336. Ghost Town, *Kevin Chen*
P6337. Eunice, *Lisette Lombé*
P6338. Melody, *Martin Suter*
P6339. Qui-vive, *Valérie Zenatti*
P6340. Irene, *Manuel Vilas*
P6341. En vérité, *Alice, Tiffany Tavernier*
P6342. Un ballet de lépreux, *Leonard Cohen*
P6343. Lèvres rouges, Langue verte, *Mo Yan*
P6344. Fille de Tunis, *Olivia Elkaim*
P6345. Une sale Française, *Romain Slocombe*
P6346. Là où fleurissent les cendres, *Phan Que Mai Nguyen*
P6347. Le Fanal bleu, *Colette*
P6348. Les Aventures singulières du soldat Ivan Tchonkine *Vladimir Voïnovitch*
P6349. Mosaïque, *Edouard Maunick*
P6350. Météorites, *Aurélien Barrau*
P6351. Correspondance 1934-1944, *Hélène Berr Odile Neuburger*
P6352. La Vie après, *Virginie Linhart*
P6353. Une pédiatre à Auschwitz, *Lucie Adelsberger*
P6354. Les Linges de la nuit, *Madeleine Riffaud*
P6355. L'Obstiné, *Raphaël Nedilko*
P6356. Technopolitique. Comment la technologie fait de nous des soldats, *Asma Mhalla*
P6357. DGSE. La Fabrique des agents secrets *Jean-Christophe Notin*
P6358. Mustang. Royaume tibétain interdit *Michel Peissel, Roselyne Peissel*
P6359. Tendi Sherpa. Plus haut que l'Everest, *Flore Dussey*
P6360. Le Grand Livre des guérisseuses, *Clara Lemonnier*
P6361. Bonjour Anxiété. Parler de santé mentale, *Marco Coiffard*
P6362. L'Affaire Bramard, *Davide Longo*
P6363. La Résistance des matériaux, *François Médéline*
P6364. L'Île des souvenirs, *Chrystel Duchamp*
P6365. Le Clan Snaeberg, *Eva Björg Ægisdóttir*
P6366. Les Malvenus, *Audrey Brière*
P6367. Le Manoir des glaces, *Camilla Sten*
P6368. La Lame, *Frédéric Mars*